Katelyn Faith
Fesselnde Liebe
Band II

Katelyn Faith

Fesselnde Liebe

Band II

Deutsche Erstausgabe
Oktober 2013

www.katelynfaith.de
Postfach 100455
45404 Mülheim a.d. Ruhr
katelyn@alphafrau.de

Besuchen Sie mich auf Facebook:
www.facebook.com/autorinkatelynfaith

© Cover by Andrea Gunschera, 2013
unter Verwendung eines Motivs von www.shutterstock.com
Lektorat: Franziska Köhler
Satz & Gestaltung: Hanspeter Ludwig, Wetzlar

Dies ist die Fortsetzung des Erfolgsromans
Fesselnde Liebe
von Katelyn Faith, der im Juli 2013 erschien.
Die Geschichte baut auf der Geschichte aus Band I auf.

Vertrauen ist Mut.

1

Die Blondine auf Gregs Schoß wirft mir so giftige Blicke zu, dass sich mein Magen verkrampft.

»Nächste Woche ist unsere Premiere, Gwen. Und leider fehlt uns immer noch eine Schauspielerin für diese Rolle. Willst du es wirklich nicht versuchen?« Gaby, die Theaterchefin, reicht mir ein Senfglas mit Weißwein und lächelt dabei so flehentlich, dass ich tatsächlich über ihren Vorschlag nachdenke. Greg grinst, während seine linke Hand über den Rücken seiner Verehrerin streichelt.

»Das wird sie niemals tun, Ma, das weißt du. Außerdem müsste sie mich dann küssen.«

Blondie kichert albern, sieht jedoch plötzlich beunruhigt aus. Als ob von mir irgendeine Gefahr ausginge. Sehr witzig!

»Es ist nur eine winzige Rolle, zwei Sätze. Und du wärst perfekt dafür! Ich würde dich wirklich gern mal auf der Bühne sehen und nicht immer nur hinter der Bar.«

Gaby lässt einfach nicht nach, und noch bevor ich weiter darüber nachdenken kann, höre ich mich auch schon sprechen.

»Klar. Warum nicht?« Das Blut schießt mir in die Wangen, aber die Worte sind eindeutig aus meinem Mund gekommen. Jesus, aus welchen Untiefen meines Hirns kamen die?

»Was hast du gesagt?«, fragt Greg und schiebt Blondie tatsächlich zur Seite, um mich mit gerunzelter Stirn anzusehen.

»Klar. Warum nicht?«, wiederhole ich, als wäre das vorhin nicht laut genug gewesen. Oder als ob ich mich selbst davon überzeugen müsste, es so zu meinen.

Gaby entfährt ein freudiges Quietschen. »Das ist großartig, Gwen! Ich habe schon überlegt, ob ich die Nebenrolle aus dem Stück streiche, aber mir würde sie sehr fehlen! Sie ist wichtig für die Weiterentwicklung des männlichen Protagonisten.«

Gabys enthusiastisches Gerede über ihr selbst geschriebenes Werk rauscht an mir vorbei wie Radiomusik. Hinter meinen Schläfen pocht es, während ich Greg so locker wie möglich ansehe. Er wirkt so unglaublich irritiert, dass ich mir ein Grinsen kaum verkneifen kann.

»Du weißt, dass wir uns dann küssen müssen?«, fragt er in eine von Gabys Redepausen hinein und löst damit heiteres Gelächter in dem kleinen Raum aus. Sogar Hamish, der miesepetrige Hausmeister, grinst mich breit an. Und Greg wird … rot! Ich möchte innerlich schreien, weil mich ein seltsames Triumphgefühl erfasst.

»Darauf hatte ich spekuliert«, sage ich so ungerührt wie möglich und trinke von meinem Weißwein.

Gaby rutscht unruhig auf ihrem Stuhl hin und her. Wahrscheinlich fragt sie sich, welche Drogen ich neuerdings nehme, von denen sie nichts weiß. Ich sollte mir eine Antwort überlegen, falls sie mich tatsächlich …

»Ach, das wird toll! Du und Greg auf der Bühne. Zusammen! Ihr habt eine perfekte Chemie, ihr zwei …«

Gregs Mund steht jetzt sperrangelweit auf, als ob er darauf wartet, dass ihn jemand füttert. Vorzugsweise mit Asbest. Die Blondine, die von seinem Schoß gehüpft ist, wäre eine gute Kandidatin dafür.

Ich bin etwas irritiert wegen seines Gesichtsausdrucks, hoffe aber, dass er nur positiv von mir überrascht ist. Ich werde im Rampenlicht stehen, und ich werde Greg küssen! Vor aller Leute Augen! Meine Arme fangen an zu kribbeln vor lauter Vorfreude, und ich stelle mir Cats Gesicht vor, wenn ich ihr das nachher erzähle.

Vielleicht wird mir der Fortschritt mit Greg dabei helfen, endlich meine dämliche Fixierung auf Adrian Moore loszuwerden. Ich meine, das kann nicht normal sein, was ich hier seit zwei Wochen mache. Jeden Morgen nach dem Aufstehen setze ich mich zuerst an meinen Computer, gucke bei Facebook nach, ob er was gepostet hat, und rufe meinen Google-Alert auf. Es gibt viele Neuigkeiten im Moment, weil ein Filmstudio die Rechte an seinem Roman erworben hat und sich die Fans nun in Spekulationen ergehen, wer die Hauptrolle spielen wird. Adrian selbst ist der am häufigsten vorgeschlagene Darsteller, obwohl er gleich bekannt gegeben hat, dass er sein mageres Schauspieltalent nicht unter Beweis stellen wird. Vielleicht war die Aussage der Ausschlag dafür, dass ich mich nun meinerseits gern mit der Schauspielerei probieren möchte? Was verstehe ich schon von meinem Gehirn!

Ich habe außerdem ein paar Mal bei ihm angerufen, nur, um seine Stimme zu hören. Und natürlich sofort wieder aufgelegt, nachdem er ans Telefon gegangen ist. Danach leide ich dann mindestens zwei Stunden lang, was ich jedoch niemandem gegenüber zugeben darf. Nicht einmal Cat weiß davon! Zum einen ist sie zu beschäftigt mit ihren eigenen Sorgen (sie guckt sogar ständig mit so einer GPS-App im Internet nach, wo Jonathan sich gerade aufhält! Also das ist echt … ich glaube, das würde ich nicht mal machen, wenn ich auf Adrians Handy so ein Programm installiert hätte. Oder höchstens ganz selten). Zum anderen traue ich mich immer noch nicht, ihr zu erzählen, was in London wirklich vorgefallen ist. Ich habe ihr nur gesagt, dass wir uns wegen seines Romans schrecklich gezankt haben und er daher den Auftrag beendet hat.

Oh Mann, von der Aufregung in der Garderobe habe ich kaum etwas mitbekommen, so vertieft war ich in meine Gedanken. Gabys Wangen leuchten jetzt, und Greg hat die Blondine auf einem Barhocker neben sich platziert, wo sie schmollend sitzt und ihre langen Haare zwischen den Fingern dreht. Ich grinse sie an, während ich die silberne Spange löse, sodass sich die Locken über meine Schultern ergießen. Ich glaube, Gaby und Greg haben mich noch nie so gesehen, weil ich mein Haar sonst immer ganz pragmatisch hochstecke. Gregs Augen flackern auf, als sein Blick meine Mähne streift. Oder bilde ich mir das ein?

»Hast du gehört, Gwen? Wir fangen am Montag mit den Proben an. Greg kann dir nachher das Skript geben, dann hast du zwei Tage Zeit, um dich einzulesen. Es ist nur eine kleine Rolle, also wirst du wahrscheinlich nicht lange dafür brauchen.«

Ich nicke eifrig, während Gaby mir detailliert erklärt, was ich auf der Bühne zu tun habe. Außer, dass ich Greg küssen muss, interessiert es mich allerdings kaum. Schon male ich mir aus, wie dieser Kuss aussehen wird, und mir wird ganz warm bei dem Gedanken.

Oh Gwen, das war der beste Kuss meines Lebens! Was tust du nur mit mir?

Seltsamerweise taucht nicht Gregs blonder Haarschopf vor meinem geistigen Auge auf, als ich über den Kuss nachdenke, sondern … Adrian. Warum schaffe ich es nicht, ihn aus meinem Hirn zu verbannen?

Ich schnaube verächtlich. Was wir hatten, war kurz und heftig, jetzt ist es vorbei. Es gibt keinen Weg zurück, das weiß ich. Und selbst wenn er mich noch wollte, würde ich Nein sagen müssen. Weil es keinen Sinn hat, weil wir so gut zusammen passen wie Engländer und Franzosen. Wie spanischer Käse und deutsches Bier. Greg ist dagegen einfach perfekt für mich! Er ist wunderschön, nett, er kennt mich schon lange, und ich weiß, dass er mich mag, auch wenn er mich im Moment noch nicht begehrt. Aber die Erfahrung mit Adrian hat mich stärker und mutiger gemacht, und ich bin mir sicher, dass ich es hinkriege, Greg irgendwann zu verführen. Vielleicht brauche ich dazu etwas Alkohol, okay, aber ich werde es schaffen. Der Kuss auf der Bühne ist der erste Schritt in mein neues Leben, und ich freue mich darauf.

»Worüber grinst du so?« Greg mustert mich neugierig. Er ist mit dem Stuhl näher an mich heran gerutscht.

»Ach, nichts«, antworte ich und winke lässig mit der Hand ab, dann nippe ich an meinem Drink.

Blondie blättert genervt in dem dünnen Theaterprogramm, das hier überall ausliegt, ohne ihren Schwarm dabei aus den übertünchten Augen zu lassen.

»Du hast dich verändert, seit du in London warst. Ich kann es nicht genau einschätzen, aber … es gefällt mir.«

Noch immer grinsend stelle ich fest, dass er mein offenes Haar fixiert, während er mit mir spricht. Gut so! Noch besser wäre, wenn er meinen Mund ansehen würde, denn dann wüsste ich, dass er mich küssen will. Habe ich von Adrian gelernt.

Oh mein Gott! Da ist er schon wieder! Schleicht sich in meine Gedanken, obwohl ich hier sitze und dabei bin, eine Strategie vorzubereiten, wie ich Greg verführen kann. Mistkerl!

»Ich war in ein paar Clubs und habe mich in der Szene umgesehen«, höre ich mich plötzlich sagen, und Gregs Gesichtsausdruck verwandelt sich von erstaunt in ungläubig. Ich schlage die Beine übereinander, sodass sein Blick an meinen nackten Knien hängen bleibt. Da ich mir momentan keine neue Garderobe leisten kann, habe ich mich an Cats Kleiderschrank bedient. Ihre Miniröcke enden bei mir knapp über den Knien, und das ist völlig in Ordnung so. Schließlich will ich nicht aussehen wie eine verhinderte Prostituierte.

Greg beugt sich zu mir rüber. Er ist ganz Ohr und meine Hand fängt an zu jucken vor Aufregung.

»Das klingt wirklich spannend. Wirst du mir eines Tages alles darüber erzählen? Über diese … Clubs?«

Ich zucke lässig die Achseln und leere mein Glas in einem tiefen Zug. »Glaub nicht. Das ist ganz schön geheim, weißt du? Da gehen berühmte und wichtige Leute hin, und Diskretion ist sehr wichtig. Sonst …« Ich mache mit der Handkante eine Geste an meinem Hals, die überall auf der Welt verstanden wird. Sogar Greg zuckt kurz zusammen, bevor er mich wieder angrinst.

»Ehrlich, Gwen, aber wenn so ein Trip auf alle Frauen diese Auswirkungen hat, sollte der Staat das als Kur verschreiben.«

Ich schiele zu Blondie, die das Programmheft so heftig umblättert, dass sie dabei eine Seite zerreißt. Ihre Lippen sind zu einem schmalen Strich zusammengepresst, und ihr Blick ist auf mich fixiert.

»Vielleicht kann ich dir mal unter vier Augen …«, sage ich bedeutungsschwanger und deute mit dem Kinn über seine Schulter, woraufhin er sich umdreht und mit kindlichem Erstaunen die Blondine hinter sich mustert.

»Oh verdammt, die hab ich fast vergessen«, murmelt er und fährt sich durch die Haare.

Ich bin ganz hibbelig vor Anspannung und fühle mich ein bisschen wie ein Kleinkind, das die Angst überwunden und einen riesigen Hund gestreichelt hat. Erleichtert und stolz. Stolz darauf, dass ich mich nach all den Jahren endlich gezwungen habe, Greg deutlich zu machen, was mir an ihm liegt. Um noch interessanter für ihn zu werden, wende ich einen von Cats Tricks an. Ich gähne herzhaft, natürlich ganz damenhaft mit vorgehaltener Hand, und stehe auf. Sofort dreht er sich wieder zu mir um und sieht zu mir hoch.

»Gehst du schon?«, fragt er. Ich bin mir sicher, so was wie Bedauern in seiner Stimme zu hören.

Mein Körper prickelt vor Aufregung, aber ich gebe mir Mühe, total cool zu bleiben. »Ja, ich muss morgen früh raus, das Wochenende widme ich ganz meiner Abschlussarbeit. Wir sehen uns ja am Montag bei den Proben.« Augenzwinkernd wende ich mich zum Gehen.

»Warte, ich bring dich zur Tür.«

Träume ich das gerade? Seit zwei Jahren verlasse ich mehrmals pro Woche allein dieses Theater. Es ist das erste Mal, dass mich jemand zur Tür begleitet, und es ist so unnötig wie ein Silikonimplantat für Cat. Schließlich weiß ich sehr gut, wo es rausgeht. Trotzdem warte ich, bis Greg mir gefolgt ist, dann gehen wir gemeinsam durch den düsteren Gang, vorbei an der winzigen alten Toilette, deren Tür nicht mehr richtig schließt, und dem Büro, in dem neben zahlreichen Büchern und Unterlagen auch der schwarze Beo in seinem Käfig wohnt. Ich höre ihn quatschen; das Vieh macht einen irre, weil er ständig vor sich hinbrabbelt oder pfeift. Am liebsten imitiert er das klassische Hinterpfeifen von Bauarbeitern, das hat Gaby ihm beigebracht.

»Ich freue mich auf Montag«, sagt Greg und bleibt, einen Arm in den Türrahmen gestützt, vor mir stehen.

Ich runzle die Stirn und frage mich, ob ich jetzt unter seinem Arm durchkriechen soll, oder warum er mir sonst den Weg versperrt, da nähert er sich meinem Gesicht auf eine derart eindeutige Weise, dass sich mein Magen verknotet.

»Vielleicht können wir vor der eigentlichen Probe einen kleinen Test …?«, fragt er leise, sein Mund nur noch Zentimeter von meinem entfernt.

Der Beo lacht hysterisch, was mich irritiert und gleichzeitig zum Kichern bringt. Und genau in diesem Moment ertönt das Glockenspiel von Big Ben, was meinen Herzschlag blitzschnell in ungesunde Höhen treibt. Lieber Himmel, wer ruft denn um diese Uhrzeit noch an?

2

Cat hockt wie immer vor ihrem Computer und surft im Internet. Ich muss gar nicht fragen, wonach sie guckt, weil ich es sowieso weiß. Vorsichtig lege ich ihr von hinten die Hand auf die Schulter.

»Cat? Ich muss mit dir reden. Dringend.«

Mein Herzschlag hat sich nur sehr langsam beruhigt, nachdem ich die Nachricht auf meinem Handy abgehört hatte. Noch immer bin ich aufgewühlt und verwirrt und habe das dringende Bedürfnis, Cat davon zu erzählen.

»Moment«, sagt sie, ohne sich zu mir umzudrehen.

Auf ihrem Monitor tauchen lauter Chatbeiträge auf.

»Hast du Jonathans Rechner gehackt?«, frage ich skeptisch und beuge mich vor, um mitlesen zu können. In der Tat flirtet er mit einer Frau, die sich *MadeMoiSelle* nennt. Seinen Chatnamen, *The_great_commandment*, kenne ich natürlich längst. Und meine Gedanken dazu habe ich Cat gegenüber auch schon ausgiebig ausgebreitet, das muss ich nicht wiederholen. Erst Minuten später schnalle ich, dass *sie* MadeMoiSelle ist, und stöhne auf. »Ernsthaft? Das merkt er doch sofort!«

Ihr Gesicht glüht, während ihre Finger über die Tastatur fliegen. »Da kommt er nie drauf«, murmelt sie vor sich hin, schickt ihre Nachricht ab und lehnt sich lächelnd, mit verschränkten Armen, im Stuhl zurück.

Nur ihr wippender rechter Fuß deutet darauf hin, wie nervös sie gerade ist. Allerdings kreisen meine Gedanken seit einer halben Stunde um die seltsame Nachricht auf meiner Mailbox, die ich nicht zuordnen kann, und ich muss es jetzt unbedingt loswerden. Ich lasse mich auf ihr Bett fallen, das Handy fest umklammert, und warte darauf, dass sie ihre Cybersex-Runde mit Jonathan beendet und Zeit für mich hat. Witzigerweise stört meine Anwesenheit sie offenbar gar nicht, aber das ist typisch für sie. Meine persönliche Privatsphäre muss ich ihr gegenüber mit Klauen verteidigen, sonst würde sie die gnadenlos ignorieren. Diskretion ist leider nicht gerade ihre Stärke.

»Cat? Ich muss wirklich mit dir sprechen. Bitte!«

»Was?« Die rot gefärbten Haare fliegen, als sie sich zu mir umdreht und mich mit hochgezogenen Brauen mustert. Offenbar erkennt sie an meinem Gesichtsausdruck, dass etwas nicht in Ordnung ist. »Hey, was ist los, Süße?«

Ich halte das Handy hoch. »Ich habe einen sehr seltsamen Anruf bekommen, und ich kann mir nicht erklären, was das zu bedeuten hat.«

»Oh, warte!« Sie tippt hastig ein paar Zeilen, dann sehe ich, dass sie das Browserfenster schließt. »Coitus interruptus«, meint sie grinsend und kommt zu mir rüber. »Geschieht ihm recht.« Cat deutet mit dem Kinn auf mein Telefon. »Und? Wer hat angerufen?«

Wortlos wähle ich die Nummer meiner Mailbox und lasse die Nachricht des anonymen Anrufers über den Lautsprecher laufen. Es ist eine männliche Stimme, die ich nicht wirklich zuordnen kann, weil sie etwas verzerrt klingt. Und was sie mir zu sagen hat, lässt mir das Blut in den Adern gefrieren.

Sieh dich vor, du kleine Schlampe, und lass die Finger von ihm, sonst könnte es ein schlimmes Ende nehmen.

»Okay.« Cat nimmt mir das Handy aus der Hand und starrt mich an, als ob ich mich gerade vor ihren Augen in ein Tier verwandeln würde. »Ich denke, jetzt musst du mal damit rausrücken, was in London wirklich passiert ist.«

»Was? Nein, nein, das ist nicht Adrian … jedenfalls glaube ich das nicht, es ist nicht seine Stimme. Aber ich weiß nicht, was das bedeuten soll?«

»Unterdrückte Nummer, natürlich«, murmelt Cat vor sich hin und dreht das Handy hin und her, wie wenn sie beim Scotland Yard wäre. »Aber es hat doch mit ihm zu tun, oder etwa nicht?«

Ich zucke die Achseln und sauge an meiner Unterlippe. »Keine Ahnung. Wenn es eine Frau gewesen wäre, hätte es vielleicht Gregs enttäuschtes Groupie sein können, aber so …«

»Greg?« Cat hebt ihre Augenbrauen an und sieht mich scharf an. »Was ist mit Greg?«

Ich muss grinsen, weil sie mir das vermutlich gar nicht glauben wird. Dann erzähle ich kurz, was im Theater passiert ist, und tatsächlich runzelt sie ungläubig die Stirn.

»Herzlichen Glückwunsch, Gwen! Auch wenn du mir nach wie vor nicht erzählst, was zwischen Adrian Moore und dir vorgefallen ist, aber offenbar hast du dich verändert. Gut! Meinst du, das wird was mit Greg und dir?«

»Keine Ahnung. Er schien jedenfalls nicht abgeneigt und ich hatte das Gefühl, dass er mich küssen wollte. Bevor mein Handy uns unterbrochen hat.«

Cat legt eine Hand auf mein Knie und kräuselt die Lippen. »Vielleicht hat Greg auch männliche Verehrer und einer von denen hat euch beobachtet? Oder es war doch Adrian, der …«

Ich schüttele vehement den Kopf. »Nein, auf keinen Fall. Seine Stimme würde ich sofort erkennen.« Mein Magen zieht sich zusammen beim Gedanken an ihn. Noch immer habe ich das Gefühl, dass sich ein Gewicht auf meine Brust legt, wenn ich an ihn denke, obwohl ich einfach nur mit ihm abschließen möchte.

»Vielleicht hat sich jemand verwählt und meinte gar nicht dich«, philosophiert Cat weiter. »Ich würde die Nachricht einfach löschen. Mach dir keine Gedanken. Und jetzt erzähl, was du mit Greg vorhast. Die neue Gwen gefällt mir! Du musstest zwar erst durch deinen eigenen Schatten schwimmen, aber jetzt wird es passieren. Ganz bestimmt!«

Ich unterdrücke den rechthaberischen Impuls, die Redewendung zu korrigieren. Cat ist eine Expertin darin, Phrasen zu verbiegen, bis sie völlig sinnentstellt sind. Heute ist mir aber nicht danach, ihr eine Sprachlektion zu erteilen. Ausnahmsweise nicht. Ich bin viel zu aufgedreht, obwohl sie mich wirklich beruhigt hat. Ganz sicher hat sie Recht und diese komische Nachricht war gar nicht für mich. Ich meine, wer sollte mich schon telefonisch bedrohen? Das ist einfach absoluter Unsinn.

»Ich muss was trinken. Lust auf einen Scotch?«

Sie sieht nicht mal auf die Uhr, wozu auch? Den Campus betritt sie höchst selten und nie vor zwölf (weil sie früher nicht vorzeigbar ist, ihrer Meinung nach), und für ihren Unterhalt sorgen ihre Eltern. Der monatliche Scheck reicht zwar gerade für das Nötigste, aber wenn man bedenkt, dass sie seit acht Jahren kein Wort mit ihrer Familie gewechselt hat, ist das mehr, als man erwarten kann. Nicht, dass es um meine Familienverhältnisse besser bestellt wäre. Ich weiß, dass meine Mutter nicht gerade in Geld schwimmt, trotzdem nehme ich den Scheck für die Unigebühren ohne Dank entgegen. Das ist sie mir schuldig.

Wir gehen gemeinsam in die Küche. Ich hole die Flasche aus dem Schrank, dann schenke ich zwei Gläser ein.

»Lädst du mich zur Premiere ein? Ich möchte unbedingt Gregs Gesicht sehen, wenn ihr in aller Öffentlichkeit knutscht.«

Sie grinst so breit, dass die Grübchen in der Wange sich zu kleinen Kratern vertiefen. Wie immer erinnern sie mich an … Adrian. An sein Grübchen, das sich nur selten zeigte. Die Erinnerung schmerzt wie ein Insektenstich.

»Klar lade ich dich ein. Du bekommst einen Ehrenplatz in der ersten Reihe. Und ich erwarte von dir Standing Ovations nach der Vorstellung!«

»Wow, Gwen, das ist echt … cool! Ich wünschte, ich hätte derzeit so viel Glück bei Jonathan.«

Ihr Blick wird trüb und erinnert mich daran, dass auch meine beste Freundin Probleme hat. Ihretwegen bin ich aus London zurückgekommen und habe mich mit Adrian überworfen. Zwei Wochen lang habe ich sie getröstet, und jetzt ist sie schon wieder fröhlich dabei, sich an Jonathan ranzumachen. Was ich absolut nicht begreifen kann.

»Hast du nicht mal gesagt, dass Beziehungen nur für Männer gut sind?«, frage ich. »Warum bist ausgerechnet du plötzlich so hinter einer her? Ich verstehe das nicht.«

Cat hebt seufzend die Schultern und sieht mich mit einem Blick an, der das Herz eines Investmentbankers erweichen könnte. »Ich weiß es nicht, Gwen. Ich glaube, ich liebe ihn wirklich. Ich denke andauernd an ihn, ich habe körperliche Sehnsucht, die ich spüren kann, ich fühle mich nur in seiner Gegenwart wirklich wohl und rund und … ich könnte daran verzweifeln, aber ich weiß nicht, wie ich es abstellen soll.«

Meine Hand zittert. Ich nehme das Glas wieder an mich und trinke noch einen Schluck. Ihre Worte fallen auf fruchtbaren Boden, denn mir geht es mit Adrian genauso. Abgesehen davon, dass ich verzweifelt versuche, ihn loszuwerden. Jedenfalls gedanklich.

»Dann erinnere dich doch mal an früher. Was hast du immer gesagt? Nur Männer profitieren von Beziehungen und von der Ehe. Sie bekommen regelmäßig Sex, ohne etwas dafür tun oder bezahlen zu müssen, sie haben gebügelte Hemden im Schrank, abends ein warmes Essen auf dem Tisch, und wenn es sie mal nach Abwechslung gelüstet, ist auch das kein Problem. Eine Affäre hier, eine Affäre da, und zu Hause sitzt die Mutti, die ihr Leben nach dem Kerl richtet und sich selbst dabei vergisst. Gut für die Männer, schlecht für uns Frauen. Ist es denn das, was du willst? Eine wirkliche, richtige Beziehung mit Jonathan, der dich vermutlich ständig betrügen wird, während du sein Lieblingsessen kochst und deine Karriere vernachlässigst?«

Das klingt eigentlich nicht nach mir, aber genau diese zynische Sicht auf Paare hat Cat früher propagiert. Wir haben nächtelang darüber diskutiert, warum die Emanzipation für Frauen vorüber ist, sobald sie Kinder kriegen und ihren Beruf hintenanstellen, der Familie wegen. Und warum die Männer genau das gut finden – laut Cat gibt ihnen das Sicherheit. Sie wissen, dass die Frau abhängig von ihnen ist, und das mögen sie, weil es ein Freibrief für außereheliche Affären ist. Darum wollen die meisten Männer angeblich auch keine emanzipierte Frau, weil sie an so einer Beziehung ständig arbeiten müssen. Schließlich könnte die Frau sie jederzeit verlassen, so unabhängig und selbstständig, wie sie ist. Warum denke ich eigentlich gerade über so einen Kram nach?

Wir trinken noch einen Whisky und diskutieren weiter über Emanzipation und Liebe, dann lasse ich Cat allein und gehe in mein Zimmer. Ich bin müde und will schlafen, gleichzeitig fühle ich mich jedoch so aufgekratzt, dass ich dringend etwas brauche, um runterzukommen. Auf meinem Nachttisch liegt die *Fesselnde Liebe*, mit vielen kleinen Notizzetteln darin. Ich habe mir ein paar Stellen markiert, die mich beim ersten Lesen schockierten. Inzwischen dienen sie mir abends im Bett als Anregung für vergnügliche Zeit … mit mir selbst.

Sorgfältig verriegele ich die Tür, damit die neugierige Cat nicht versehentlich in meine Privatorgie platzt, drapiere den Vibrator auf dem Kopfkissen, nachdem ich den Stand der Batterien geprüft habe, und ziehe mich aus. Dann schlüpfe ich unter die Decke und nehme das Buch zur Hand. Während ich lese wird mir warm. Wärmer. Zwischen meinen Beinen breitet sich Feuchtigkeit aus. Ich sehe uns, Adrian und mich. Spüre seine Küsse, seine Hände, überall auf meinem Körper. Ich höre ihn, wie er auf diese samtige Weise *Kleines* raunt und leise in mein Ohr stöhnt. Versuche, mir stattdessen Greg vorzustellen, doch sein Bild wird immer wieder verdrängt von Adrian. Von den blauen Augen, der Stirnfalte, der kleinen Narbe am Auge …

Ich erinnere mich gut an unser erstes Mal. Auch wenn sie heute nicht mehr das Mädchen ist, das mich vor zwei Jahren in den Bann gezogen hat, sondern eine junge Frau. In ihren Augen liegt plötzlich die schmerzhafte Erfahrung unerfüllter Liebe, und ich weiß, dass ich es war, der sie so gezeichnet hat. Das Wissen darüber erregt mich, fast ebenso sehr wie die Erinnerung an den Tag, an dem ich ihren Körper in Besitz nahm und sie markierte. Für immer.

Sie sah hilflos aus, zerbrechlich und verletzlich. Mit schwarzen Tüchern gefesselt, die Beine gespreizt an die Bettpfosten gebunden. Ich nahm ihrem Blick die Intensität, indem ich ein dunkles Tuch um ihren Kopf schlang und sie in gnädige Dunkelheit hüllte. Ihr Körper zitterte vor mir, nackt. Ich sah, wie sie zusammenzuckte, als ich den Gürtel aus den Laschen zog und um mein Handgelenk schlang.

»Wirst du mir wehtun?«, flüsterte sie, mit bebender Unterlippe. Ich zog mich nicht aus, obwohl es bequemer gewesen wäre und sie mich sowieso nicht sehen konnte. Der Druck der Hose auf meinen Schwanz steigerte meine Erregung.

Dann hob ich den Arm und ließ den Ledergürtel auf ihren Oberschenkel auftreffen. Ein unterdrücktes Stöhnen entfuhr ihr. Ihre Beine zuckten, sodass ich den Hieb einfach wiederholte, ohne ihre Spalte aus den Augen zu lassen.

Mit jedem Schlag wurde sie feuchter; ich überprüfte ihre Erregung mit den Fingern, strich zwischen zwei Hieben mit der Zunge über ihre Pussy und saugte an der winzigen, harten Perle, bis sie eine halbe Stunde später wimmernd und flehend vor mir lag. Rote Striemen zierten ihre Schenkel, also löste ich die Fußfesseln und drehte sie an der Hüfte herum. Sie streckte mir ihren weißen Hintern entgegen. Makellose Haut, so unschuldig rein, weich. Ich streichelte ihre Pobacken, fuhr mit dem Finger dazwischen und rieb an ihr, bis sie den Kopf lustvoll hin und her wand und auf meinem Finger tanzte.

Mein Unterleib verkrampft sich. Die Vibrationen des kleinen Spielzeugs wandern durch meinen Körper, sorgen für heftige Spasmen, die sich innerhalb von zwei Sekunden in einem markerschütternden Pulsieren auflösen. Ich keuche, werfe den besudelten Vibrator zur Seite und presse meine Oberschenkel fest zusammen, um die letzten Wellen der Erregung tiefer in mir zu spüren.

Ein Ritual. Das Lesen von Adrians Roman im Bett ist zu einem heimlichen Ritus geworden, und ich fürchte langsam, dass ich ohne gar nicht mehr einschlafen kann. Doch wie immer hat es mir geholfen, schläfrig zu werden. Mit dem Kopf auf dem aufgeschlagenen Buch, dessen Seiten inzwischen ziemlich ramponiert sind, dämmere ich endlich weg. Um Adrian in einem heißen Traum erneut zu begegnen. Ich freue mich auf dieses Wiedersehen, wie an jedem Abend …

3

Mein Herz klopft viel zu schnell. Aber äußerlich bin ich cool. Total cool.

Greg fährt sich schon zum dritten Mal durch die blonden Haare. Ich verkneife mir ein Grinsen und lehne mich lässig gegen den schwarzen Holzpfeiler, der mitten auf der Bühne steht. Eigentlich eine Bausünde – es ist ein Stützpfeiler für die Decke, der nicht einfach entfernt werden kann –, aber Gaby ist gut darin, das Ding in ihre Werke einzubauen.

So verführerisch wie möglich lasse ich die Finger über meinen Körper gleiten, angefangen beim Oberschenkel, sehr langsam über meinen Schritt, bis sie auf meinen Brüsten liegen bleiben.

»Super, Gwen!«, ruft Gaby aus dem Off.

An ihre ständigen Anweisungen habe ich mich gewöhnt, und inzwischen weiß ich auch, was ich zu tun habe. Ich soll Greg *anmachen* und … liebe Güte, es scheint mir ja zu gelingen! Seine Zungenspitze taucht für den Bruchteil einer Sekunde zwischen seinen Lippen auf, dann schließe ich die Augen, hebe das Kinn und spitze den Mund. Unser erster Kuss, in einer Probe im leeren Theater. Ich weiß, dass Gaby uns von hinten beobachtet und jede Bewegung gleich kommentieren wird. Trotzdem wird mir plötzlich kalt, seine Lippen sind warm auf meinen und sie … bewegen sich.

Das ist nicht zaghaft oder gar schüchtern. Das ist forsch, und das ist … verdammt echt! Sollte das hier nicht so eine Art *Filmkuss* werden? Jedenfalls ohne … Zunge? Mein Gesicht ist ganz heiß, und unter meinen Achseln wird es feucht, was hoffentlich keiner mitkriegt. Gott sei gepriesen für die Erfindung des Deos!

Gaby sagt irgendwas, das ich nicht mehr registriere. Weil Greg mich küsst! Und er küsst mich so, wie ich es mir früher immer vorgestellt habe. Gierig, leidenschaftlich. Als ob er mich wirklich wollte! Aber seltsamerweise passiert nichts in mir. Ich löse mich nicht auf, meine Knie werden nicht weich, ich verspüre nicht einmal ein leises Kribbeln. Liegt es an der Situation? Daran, dass wir auf der Bühne stehen, beleuchtet von verschiedenen Scheinwerfern? Daran, dass wir beobachtet werden, und ich weiß, dass es nur für ein Theaterstück ist, nur eine Probe? Aber muss sein Kuss wirklich so lange dauern?

Gaby räuspert sich vernehmlich, doch Greg macht weiter. Meine Hände liegen noch immer wie festgewachsen auf meiner Brust, während Greg seine um meinen Nacken geschlungen hat und mich festhält. Er küsst nicht schlecht, wirklich nicht, aber es fühlt sich … seltsam an. Ich höre, wie Gaby jetzt laut hustet, dann löst er seinen Mund von mir und ich öffne die Augen. Mein Text … verdammt, wie war denn noch der Text? Fieberhaft denke ich nach, aber in meinem Kopf geht einiges durcheinander und ich erinnere mich nicht mehr.

»Das nennst du einen Kuss?«, raunt Greg mir zu, mit zitternder Unterlippe, und ich brauche ein paar Sekunden um zu kapieren, dass genau das mein Text ist. Fast schon erleichtert zwinge ich mich dazu, diese wenigen, barschen Worte so ungerührt wie möglich zu sagen, dann teilt sich der hintere Vorhang und Gaby erscheint. Kopfschüttelnd.

»Greg, der Kuss war okay, aber viel zu lang! Schließlich wird das hier kein Erotikfilm. Etwas kürzer genügt, damit Gwen, also Ellen, auch einen Grund für ihre Abfuhr hat. Okay?«

Greg nickt, ohne den Blick von mir zu nehmen. Ich weiche seinen Augen aus, weil mir das Ganze plötzlich irgendwie peinlich ist. Was habe ich mir dabei gedacht, dieser Sache hier zuzustimmen?

»Du warst gut, Gwen, aber du musst den Satz am Ende mit mehr Nachdruck sagen. Spöttisch, amüsiert. Zeig ihm, dass du nichts von ihm hältst, dreh dich danach abrupt um und lass ihn stehen. Du musst dominant und überlegen wirken. Schaffst du das?«

Ich versuche, die Sorge in ihrem Gesicht zu übersehen, und nicke tapfer. »Klar. Ich geb mein Bestes.«

Dominant. Überlegen. Na, es wundert mich nicht, dass ich urplötzlich wieder Adrian vor mir sehe. Aber wenn meine Erlebnisse mit ihm zu irgendwas gut waren, dann hierzu. Ich kann Adrian sein. Ich kann Greg meine Verachtung zeigen, kann ihn mit Arroganz strafen, bis er vor mir kriecht, meine Füße küsst und mich anfleht, ihn zu …

Himmel, was ist denn mit mir los? Meine Fantasie war zwar schon immer wild, aber was mein Kopf in letzter Zeit für seltsame Filme produziert, ist echt bedenklich! Ich meine, was würde Cat dazu sagen, wenn sie es wüsste? *Ich bin stolz auf dich, Gwen! Endlich wirst du normal!* Haha.

»Also, bereit für eine Wiederholung?« Gaby legt den Kopf zur Seite und spitzt die Lippen so übertrieben, dass ich lachen muss.

»Okay.«

So professionell wie möglich nehme ich meine Position an der Säule ein und schaue zum ersten Mal nach diesem Kuss Greg in die Augen. Er wirkt plötzlich unsicher und scheint etwas von mir zu erwarten. Sucht er wirklich Bestätigung? Großer Gott, werden wir jemals über das hier hinauskommen? Will ich das überhaupt noch? Oder besser … kann ich?

Ich schließe die Augen und verharre am Pfeiler, bis ich seinen Atem auf dem Gesicht spüre. Er kitzelt mich an der Nase und ich muss ein Kichern unterdrücken, dann sind seine Lippen auf mir. Fordernder und forscher als beim ersten Mal, dafür diesmal ohne Zunge. Sekundenlang presst er den Mund auf meinen und ich versuche, den Kuss zu erwidern, aber mein Mund fühlt sich an wie nach einer Betäubungsspritze beim Zahnarzt!

Wenige Sekunden später zieht er sich zurück und ich öffne die Augen, richte mich auf, strecke den Rücken durch und die Brust raus und sage so kühl wie möglich: »*Das* nennst du einen *Kuss*?«

Mit einem Grinsen werfe ich den Kopf herum und gehe von der

Bühne ab, aufrecht und stolz. Gabys Applaus lässt mein Herz vor Freude hüpfen, bis sich mein Puls wieder verlangsamt.

»Super, Gwen! Das war perfekt!«

Greg lächelt gequält und folgt mir hinter den Vorhang.

»Unseren ersten Kuss habe ich mir ehrlich gesagt anders vorgestellt«, flüstert er mir im Vorbeigehen zu. Als ich seine Körperwärme spüre, richten sich die Härchen an meinen Armen auf.

Plötzlich ist es da, das Kribbeln, das ich vorhin vermisst habe. Vielleicht war es doch ganz richtig. Vielleicht wird hier etwas passieren, das ich jetzt noch nicht glauben kann. Immerhin haben wir mindestens zehn Vorstellungen vor uns, und in jeder davon werden wir uns … küssen. Vor Publikum! Nachdenklich bleibe ich hinter der Bühne stehen und luge durch einen Schlitz im Vorhang nach vorn. Natürlich ist der Raum leer, aber der Gedanke, dass all diese Stühle und Bänke bei unserer Aufführung besetzt sein werden, jagt mir einen Schauer über den Rücken.

Trotzdem betrete ich wenig später gut gelaunt die Garderobe – und stoße auf Gregs nackten Hintern.

»Großer Gott, Greg! Zieh dir was an!«, rufe ich entsetzt und schlage die Hände vor die Augen, nur um durch die Finger doch heimlich hinzusehen. Muss er ja nicht wissen, aber sein Hinterteil ist nackt tatsächlich noch aufregender, als ich es mir immer vorgestellt habe.

Er dreht sich nicht um, dafür wackelt er aufreizend mit dem Hintern. Und ich muss lachen.

»Wieso? Gefällt dir nicht, was du siehst?«, fragt er neckend und zieht so entsetzlich langsam eine weiße Boxershorts über seine perfekten, schmalen Hüften, dass ich mich nicht lange fragen muss, was er mit diesem Auftritt bezweckt.

»Wenn das ein Attentat sein soll, Greg, dann …«

»Dann was?«

Er fährt herum und grinst mit blitzenden Augen. Ich nehme die Hände vom Gesicht und versuche, zu lächeln.

»Dann ist es gelungen«, sage ich leise, ohne den Blick von ihm zu lösen. Ich weiß, dass er durchtrainiert ist, ich habe ihn oft genug ohne Hemd gesehen. Aber nun, so dicht vor ihm, seinen Geruch noch in der Nase, löst sein Anblick ein seltsames Ziehen in meinem Bauch aus. Alles ist auf einmal möglich. Fast alles.

»Du hast dich so verändert«, sagt er.

Mein Herz klopft schneller, als er sich langsam vorbeugt. Ich rieche ihn, ich höre seinen Atem, spüre seine Nähe. Eigentlich müsste ich wahnsinnig werden vor Begierde, jahrelang habe ich davon geträumt, aber seltsamerweise …

»Ich hätte nie gedacht, dass du dich mit einem wie mir abgeben würdest, Gwen. Du wirkst immer so … elitär.«

Seine Hände sind auf mir, auf meinem Körper. Wie winzige Spinnen spüre ich seine Finger auf dem Rücken und erschauere.

»Greg, ich …«, höre ich mich noch sagen, dann ist sein Mund wieder auf meinen Lippen. Ich muss mich konzentrieren, um mich auf ihn einlassen zu können. Liegt es daran, dass mir die Probe so nahegegangen ist? Dass ich mich fühle, als ob Gaby uns zusieht und mir gleich zurufen wird, was ich anders machen soll?

Seine Finger gleiten tiefer und bleiben kurz auf meinen Pobacken liegen, bevor er sie sanft durch die Jeans hindurch knetet. Ich seufze leise, während seine Zunge sich langsam vorschiebt und meinen Mund erkundet. Er sieht das offenbar als Aufforderung, weiterzumachen. Mit beiden Händen hebt er mich jetzt an und setzt mich auf Gabys Schminktisch. Etwas Hartes drückt sich gegen meinen Po, ein Nagellack oder ein Lippenstift. Die Garderobe ist das reine Chaos. Kostüme, deren intensiver Geruch die Luft durchtränkt, liegen in unordentlichen Haufen auf dem Boden. Ich kann kaum atmen, so gierig ist Gregs Kuss geworden. Er schiebt meine Beine auseinander und stellt sich zwischen meine Schenkel, presst sich an mich, während er mich weiter küsst und seine Hände langsam über meinen Oberkörper wandern. Jetzt spüre ich auch etwas Hartes an meinem Schoß, und das ist ganz sicher kein Nagellack oder Lippenstift!

»Greg«, hauche ich in einer kurzen Pause, die er sofort mit seiner Zunge beendet, bevor ich weitersprechen kann. Er wird immer wilder, seine Hand ist plötzlich unter meinem Pullover, gleitet über meine erhitzte Haut, bis er die Rundungen meiner Brüste erreicht und die Luft scharf durch die Zähne einzieht.

»Greg, bitte … nicht.«

Entschlossen schiebe ich ihn von mir. Mein Gesicht glüht und ich höre meinen eigenen Herzschlag in den Ohren.

Er schaut mich irritiert an. »Entschuldige, ich dachte …«

»Nicht so. Und schon gar nicht hier!«

Ich mache eine ausladende Handbewegung, die seine Aufmerksamkeit auf das heillose Durcheinander lenkt, das uns umgibt. Er grinst verlegen und sieht für den Moment aus wie ein kleiner Junge, der sich heimlich am Süßigkeitenschrank bedient hat und erwischt wurde.

»Sorry, du hast natürlich recht.«

Ich zupfe an meiner Unterlippe und frage mich, ob ich von meinem unbequemen Sitzplatz aufstehen soll oder besser nicht. Greg sieht aus, als ob er sogar einen Trip nach Afghanistan buchen würde, wenn ihm das jetzt jemand anböte. Nur, um schnell hier wegzukommen. Verdammt, es tut mir leid. Aber irgendwie fühlte es sich nicht richtig an.

»Vielleicht können wir mal zusammen ausgehen?«, versuche ich mich mit einer Versöhnung, und er zieht skeptisch eine Braue hoch.

»Ein Date? Klar, hm … warum nicht?«

Gut, etwas mehr Begeisterung hätte er heucheln können. Aber ich will auf keinen Fall enden wie eine der vielen Blondies, die er regelmäßig in sein Bett zerrt und anschließend sausen lässt. Warum zum Teufel zieht es mich dauernd zu Männern hin, die nicht beziehungsfähig sind? Was stimmt nicht mit mir?

»Also …« Ich drücke mich an ihm vorbei und versuche, meine Gliedmaßen zu sortieren. Meine Knie sind weich und zittrig.

»Ja, ich sollte dann auch mal … haben ja heute Abend Vorstellung«, murmelt er vor sich hin und wendet sich ab, um in den Klamotten an einem alten Kleiderständer herumzuwühlen. Wahrscheinlich will er seine Erektion vor mir verbergen, was ich ihm natürlich nicht übel nehmen kann. Mein Herz klopft ganz schnell. War es das schon? Hab ich es versaut, weil ich mich nicht auf einen bedeutungslosen Quickie in der Garderobe einlassen wollte? Das ist doch einfach unfair!

»Dann bis … übermorgen. Oder so.«

Er nickt nur kurz und ich frage mich beim Rausgehen, was sein komisches Verhalten zu bedeuten hat. Vielleicht kann Cat mir helfen – sie hat schließlich viel mehr Erfahrung mit Männern.

4

»Calzone?« Antonio wirft mir einen fragenden Blick über seine Glastheke hinweg zu, und ich nicke, während ich mich Cat gegenüber an einen der kleinen Plastiktische setze. Antonios Pizzeria ist der einzige Ort in Newcastle, an dem man um diese Uhrzeit noch was Essbares bekommen kann.

»Klar. Wie immer.«

»Los, sprich! Wie war der Kuss?«

Cat öffnet eine Bierdose und prostet mir zu, als ob es sich um kostbaren Champagner handelte. Ich erzähle, während wir auf das Essen warten und billiges Bier aus billigen Dosen schlürfen. Warum ich gerade jetzt an den köstlichen Whisky von Adrian denken muss, weiß ich nicht. Mein Gehirn schiebt seit Wochen ständig irgendwelche Erinnerungen aus London in Situationen, die eigentlich gar nichts damit gemein haben. Blödes Gehirn!

»Und dann hab ich gesagt – Nein. Nicht so«, beende ich meinen Bericht von der Episode in der Umkleide des Theaters, und Cat lacht, laut und klirrend wie immer.

Antonio stellt meine Pizza und Cats Spaghetti Vongole zwischen uns. Er sieht müde aus, aber seine Brauen sind wie immer sorgfältig gezupft, was irgendwie nicht zu seinem markanten Gesicht passt. »Habt ihr Spaß?«

»Oh ja«, meint Cat glucksend und reicht ihm die inzwischen leere Bierdose. »Und wie!«

»Sehr witzig«, maule ich und zerschneide meine Pizza so heftig, als ob sie lebendig wäre und ich befürchten müsste, dass sie von meinem Teller flüchten könnte.

»Gwen, du fragst dich nicht ernsthaft, warum er so komisch reagiert hat? Du hast ihn *abgewiesen*! Du hast seine Männlichkeit vernichtet, indem du Nein gesagt hast! Ist doch klar, dass er durcheinander und verletzt war.«

»Ich habe doch erklärt, warum ich nicht …«

»Das spielt keine Rolle! Ein Kerl, der deinetwegen eine Erektion hat und dann ein Nein hört, ist am Boden zerstört. Genauso gut hättest du ihn wegen seiner Schwanzgröße auslachen können. Das ist quasi ein traumatisches Erlebnis!«

Na toll. Ich habe Greg traumatisiert, was wahrscheinlich dazu führt, dass er nie wieder eine Erektion in meiner Nähe kriegt. Aus der Traum.

»Was hätte ich denn sonst tun sollen? Ich wollte eben nicht. Nicht da.« Und vielleicht überhaupt nicht.

Cat schüttelt grinsend den Kopf. »Du bist einfach köstlich, Gwen. Es ist aber nicht alles verloren, wenn du es jetzt geschickt anstellst. Eventuell hast du Glück und Greg wird sogar schärfer auf dich, weil du Mrs Rühr-mich-nicht-an spielst.«

Ich schnaufe verächtlich. »Er ist es wohl nicht gewohnt, abgewiesen zu werden, schätze ich.«

»Stimmt. War sicher eine heilsame Erfahrung für ihn.«

Cat kichert immer noch vor sich hin. Offenbar hat sie aufgrund meiner Geschichte ihren Jonathan-Frust kurzzeitig verdrängt. Was mich sofort auf einen Themenwechsel bringt.

»Was macht der große Kommandant?«

»Flirtet mit *MadeMoiSelle*. Sehr erfolgreich. Sie treffen sich nächste Woche.«

Mir bleibt fast die Pizza im Hals stecken. »Hä? Wie willst du das machen? Dich verkleiden? Umoperieren lassen?«

»Nö. Ich dachte, du gehst für mich dahin und spionierst ihn ein bisschen aus.«

Was zum …? Sie sieht wirklich aus, als ob sie das ernst meint. Du liebe Zeit!

»Du spinnst, Cat. Er kennt mich doch und wird mich sofort erkennen!«

»Nicht, wenn ich dich vorher ein wenig zurechtmache. Es handelt sich um einen sehr diskreten Ort mit sehr schummriger Beleuchtung. Und ich habe eine dunkelhaarige Perücke und eine Federmaske für dich.«

»Sag mal …« Ich bin zu geschockt, um irgendwas sagen zu können. Also wenn sie glaubt, dass ich so einen Mist mitmache, dann hat sie sich geschnitten! Sie ist meine beste Freundin, aber das würde ich nicht mal für mich selbst machen! »Was soll das denn bringen?«, frage ich, als ob ich eine halbwegs vernünftige Antwort zu erwarten hätte.

»Du sollst mit ihm reden, ihn ein bisschen ausfragen, über mich und ob er gerade andere Frauen sieht … und mir anschließend natürlich berichten. Und am Ende lässt du ihn abblitzen, weil du ihn in der Realität doch nicht so cool findest wie im Chat. Kein Risiko, Gwen, ich schwör's!«

»Danke, aber ich habe vorerst genug von dominanten Männern«, knurre ich und schiebe den Rest meiner Calzone von mir. Mir ist der Appetit echt vergangen. »Und vergiss es. Wirklich!«

»Bitte, Gwen!« Cat sieht mich mit einem dieser Blicke an, mit denen sie nicht nur Männerherzen erweicht. Sie hat mich damit mal dazu gebracht, sie einem ihrer Verehrer gegenüber für tot zu erklären, weil der sich als Stalker entpuppte. Leider hat sie vergessen, ihn auch bei Facebook zu blockieren. Der Typ war echt sauer auf mich und hat behauptet, zwei Tage um Cat getrauert zu haben. Diesmal bleibe ich stur.

»Nein.«

»Du könntest von ihm etwas über Adrian erfahren. Jonathan war nämlich letzte Woche in London in so einem Club, und da hat er lauter wichtige Leute getroffen. Lord Nelson, Adrian Moore … hat er mir stolz im Chat erzählt.«

Mein Herz setzt für zwei Schläge aus, bevor ich mich wieder im Griff habe. »Interessiert mich nicht«, sage ich ungerührt, aber der Knoten, der sich gerade in meinem Magen bildet, straft meine eigenen Worte Lügen. »Außerdem hat er das vielleicht nur erfunden, damit du auf ihn abfährst.«

»Quatsch. Wobei – das wäre natürlich eine gute Masche. Wer würde nicht gern mit jemandem ausgehen, der Adrian Moore kennt?«

Sie fixiert mich stirnrunzelnd mit ihrem Blick. So intensiv, dass ich ihm ausweiche. Zu durchdringend. Ich kann immer noch nicht gut lügen und fürchte, dass sie mir sofort ansehen wird, wie ich wirklich über Adrian denke. Den angeblichen Schmierfink.

»Haha«, sage ich also nur und hoffe, dass sie bald das Thema wechselt.

»Du hast gut lachen, Gwen. Du kennst den Meister persönlich! Und bist seltsam verschwiegen über alles, was in London vorgefallen ist.«

»Weil nichts passiert ist«, antworte ich und rutsche auf dem Stuhl hin und her. »Bist du fertig? Ich bin müde und will nach Hause.«

Wir gehen schweigend nebeneinander her, es ist eine laue Nacht. Die erste Hitze des Jahres, die in den nächsten Tagen erwartet wird, liegt schon in der Luft. Man kann den Sommer noch nicht wirklich fühlen Anfang Mai, aber heute kommt es mir vor, als ob ich ihn immerhin riechen könnte.

Cat brummt ab und zu etwas vor sich hin, was ich nicht verstehe, doch ich frage gar nicht nach. Wahrscheinlich ist sie sauer auf mich, weil ich ihren bescheuerten Plan mit Jonathan nicht unterstützen will. Warum sie nicht einfach mit ihm redet und ihm sagt, was sie für ihn empfindet, kann sie mir nicht erklären. Aber was rede ich eigentlich – ich will mir ja selbst nicht eingestehen, was mit mir los ist. Statt mich zu freuen, dass ich Greg wenigstens geküsst habe und damit einen riesigen Schritt weitergekommen bin, kann ich meine Gedanken nicht von Adrian lösen. Obwohl ich es wirklich versuche! Na gut, ein bisschen inkonsequent bin ich schon. Ich lese alles über ihn, jedes Wort, verfolge die Facebook-Gruppe der *Fesselnden Liebe*, in der immer noch heftig darüber diskutiert wird, wer denn nun in der Verfilmung die Hauptrollen übernehmen soll, lese täglich den Google Alert, der in meiner Mailbox landet … Und warum? Das weiß ich selbst nicht.

Am liebsten würde ich das ganze Erlebnis löschen wie einen Film von einer Festplatte. Ist gar nicht passiert. Ich kann mich kaum noch daran erinnern.

Falsch! Jede Minute hat sich in mein Hirn gebrannt, und manchmal habe ich das Gefühl, ihn riechen, sogar spüren zu können.

Cat fischt die Post aus dem Briefkasten, bevor wir nach oben gehen. In der Küche wirft sie drei Umschläge auf den Tisch und macht sich über unseren Barschrank her (der eigentlich nur ein Hängeschrank ist und in der Regel höchstens zwei oder drei angebrochene Flaschen irgendwas enthält, aber Barschrank klingt einfach besser). Während ich die Briefe durchsehe, von denen einer sofort meine Aufmerksamkeit erregt, gießt sie zwei Gläser Pimm's ein und setzt sich zu mir.

»Werbung? Oder Rechnungen?«

»Weder noch«, sage ich atemlos, den aufgerissenen Umschlag mit dem aufregenden Absender in der Hand. Mein Herz schlägt mir bis zum Hals. »Ich fahre nach London!«

»Adrian? Was hat er geschrieben, dass du nun doch wieder …?«

»Nicht Adrian. John Karry!«

Cat zieht die Stirn kraus und mustert mich fragend. »Was ist mit dem?«

»Der Brief ist von meinem Professor. Er hat ein Angebot vom Yosemite-Verlag erhalten, der John Karry verlegt. Sie suchen jemanden, der sie bei der Biografie von John Karry unterstützt, und da ich meine Abschlussarbeit über ihn schreibe, meinte mein Prof, ich sei perfekt dafür.«

»Hey, das ist super! Wahnsinn!« Cat hebt ihr Glas und nimmt einen großen Schluck. »Hast du davon nicht immer geträumt?«

»Ich hätte nicht mal *gewagt*, davon zu träumen! Deshalb mache ich mir auch gerade ein wenig Sorgen.«

Cat verdreht stöhnend die Augen. »Gwen, ich bitte dich … musst du hinter jeder guten Sache ein schwarzes Loch vermuten, das dich verschlingen will? Was soll daran jetzt bitte besorgniserregend sein? Du liebst John Karry, du schreibst eine Arbeit über ihn, und dein Prof hat dir einen Job vermittelt. Einen richtigen Job! Vor ein paar Wochen warst du ...«

»Ich weiß, was ich war«, unterbreche ich ihre Tirade und werfe den Brief auf den Tisch, bevor ich die Arme um die Knie schlinge. »Aber ... findest du nicht, dass das ein seltsamer Zufall ist? Wie kommen die ausgerechnet auf mich?«

»Ich verstehe nicht ganz, worauf du hinauswillst. Für deine Verschwörungstheorien bin ich offenbar zu seriös.«

»Adrian Moore«, flüstere ich.

Cat zieht die schmalen Brauen hoch und rümpft die Nase. »Was hat der damit zu tun?«

»Ich weiß es nicht, aber ... es könnte ein Versuch sein, mich nach London zu locken, schließlich hat er das schon einmal getan. Er kennt John Karry und ich bin mir sicher, dass Adrian irgendwie dahintersteckt.«

»Findest du nicht du solltest mir langsam sagen, was passiert ist? Ich sehe dir an den Zehenspitzen an, dass du mir einiges verschweigst, und das mag ich nicht. Wir erzählen uns doch sonst alles!«

»Du erzählst *mir* alles. Auch Dinge, die ich gar nicht wissen will«, widerspreche ich. »Es gibt nichts zu sagen, außer, dass wir uns wegen seines Buches gestritten haben und der Auftrag damit erledigt ist.« Meine Wangen werden warm, aber Cat ist nicht so besonders gut darin, Körpersprache zu lesen. Irgendwie keine gute Voraussetzung für ihren zukünftigen Beruf als Psychologin.

Sie zuckt gähnend mit den Achseln. »Egal. Irgendwann kriege ich es sowieso raus. Ich habe dich im Verdacht, dass du Dinge getrieben hast, die dir im Nachhinein peinlich sind. Deshalb willst du es mir nicht beichten.«

»Quatsch«, antworte ich wenig überzeugend, was sogar Cat sofort auffällt.

»Ich wusste es! Spuck's aus, Gwen! Hast du etwas getan, was ich auch getan hätte? Bitte, lass mich stolz auf dich sein!«

Ich lache laut. »Quäl dich nicht! Es gibt nichts, was dich interessieren könnte. Nur langweilige Arbeit.«

»Dann weiß ich nicht, worüber du dir Sorgen machst. Du kannst an John Karrys Biografie arbeiten! Ich kann mir nicht vorstellen, dass irgendwer sein Werk so gut kennt wie du. Wahrscheinlich nicht mal er selbst. Das ist irre! Wir sollten das feiern, aber ich bin echt zu müde heute …« Sie gähnt noch einmal, und ich winke ab.

»Schon gut. Ich kann's noch nicht wirklich glauben, bevor ich nicht mit meinem Prof gesprochen habe. Aber wenn das stimmt, dann feiern wir. Versprochen!«

Cat schlurft in ihr Zimmer und lässt mich in der Küche zurück. Nachdenklich starre ich auf den Brief, dessen Inhalt mir vorkommt wie eine Hiobsbotschaft, obwohl ich mich darüber freuen sollte.

Ich kann es Cat nicht sagen, doch ich bin mir sicher, dass Adrian seine Finger im Spiel hat. Er hat mich schon einmal mit John Karry nach London gelockt. Und als wäre das alles nicht genug, finde ich auf meinem Handy auch noch eine anonym verschickte SMS, als ich es im Bett noch einmal in die Hand nehme. Diesmal bin ich mir fast sicher, dass die Botschaft für mich bestimmt ist. Und etwas mit Adrian zu tun hat.

Großer Gott, worauf habe ich mich da nur eingelassen?

5

Ich habe Probleme, mich auf meine Abschlussarbeit zu konzentrieren, weil meine Gedanken ständig abschweifen. Ich denke nicht an die bevorstehende Theaterpremiere, bei der ich Greg wieder küssen muss. Sogar das Foto, das Gaby auf der Facebook-Seite des Theaters von den Proben gepostet hat, war mir egal, obwohl es einige blöde Kommentare von Gregs Fanclub dazu gab. Cat hat sie für mich kommentiert und diverse Blondies in die Schranken gewiesen, aber ich konnte mich gar nicht darüber freuen.

Das Schlimmste jedoch ist, dass ich vor lauter Verwirrtheit Cats blödsinnigem Vorschlag zugestimmt habe, Jonathan zu treffen. Verkleidet und an einem Ort, an dem er mich ihrer Meinung nach niemals erwarten und daher auch nicht erkennen wird.

»Bist du bereit?«

»Wozu?« Ich nehme die Brille ab und sehe von meiner Hausarbeit auf, die um eine erbärmliche halbe Seite angewachsen ist.

»Jonathan! In zwei Stunden trefft ihr euch!« Cat sieht aus, als hätte sie sich zu einem Empfang im Londoner Dungeon zurechtgemacht.

Stirnrunzelnd betrachte ich ihre Maskerade. »Gehst du etwa mit?«

»Nein, natürlich nicht! Aber ich bin gerne vorbereitet, falls es zum Notfall kommt.«

Notfall? Glaubt sie, dass ich ohnmächtig werde oder mich übergeben muss, oder was? Mir ist völlig schleierhaft, wovon sie da gerade redet, doch ich bin auch nicht wirklich bei der Sache.

Während sie an meinen Haaren herumziept und diese so eng an den Kopf flechtet, dass ich zwischendurch laut fluche, gibt sie mir Instruktionen für das Treffen. Nicht zu viel reden (okay, kann ich). Schon gar nicht über Cat sprechen (auch kein Problem). Verführerisch lächeln (ähm …). Möglichst viele Fragen stellen (wie das zu Punkt 1 passen soll, ist mir ein Rätsel, aber ich werde mich bemühen, das irgendwie auf einen Nenner zu bringen).

Nachdem sie mir eine langhaarige, schwarze Perücke mit wilden Locken auf den Kopf gesetzt und wir uns zehn Minuten lang vor Lachen auf dem Boden gewälzt haben, macht sie sich über mein Gesicht her. Ihr Make-up-Koffer wirkt wie eine Kriegsausrüstung, und als ich mein neues Ich im Spiegel betrachte, weiß ich auch, warum. Es *ist* eine Kriegsausrüstung, und ich sehe aus wie nach einer entsetzlichen, blutigen Schlacht.

»Ist das dein Ernst?«, frage ich skeptisch und beobachte meine neuen buschigen Augenbrauen, die zu tanzen scheinen, während ich spreche. Nicht mal meine Mutter würde mich in diesem Aufzug erkennen! »So kann ich doch nicht auf die Straße gehen, Cat! Halloween ist erst im Oktober!«

»Keine Sorge. Da kommt ja noch die Maske über die Augen …«

Sie nimmt eine filigrane Augenmaske aus zerbrochener Spitze und steckt das zusammengeknotete Band mit Haarnadeln an der Perücke fest, damit es besser hält. Okay, jetzt könnte ich auch zum Casting für einen Tarantino-Film gehen. Ich kann mir ein Lachen nicht verkneifen, während ich mich im Spiegel betrachte. Mein grüner Bademantel passt überhaupt nicht dazu, aber natürlich hat Cat ein entsprechendes Outfit für mich vorbereitet. Als sie es stolz aus dem Schrank zieht und mir präsentiert, verschlägt es mir die Sprache.

»Nein, wirklich nicht!«

Schwarzer Lack. Kurz. Eng. Obwohl es an meinem dünnen Körper vermutlich nicht so eng sitzen wird wie an Cats üppigen Rundungen, es sei denn, sie hat es speziell für mich gekauft. Wovon ich nicht ausgehe.

»Warte, ich hab was Besseres.«

Mein Herz klopft schneller, als ich rüber in mein Zimmer gehe und den Schrank öffne. Es ist in der hintersten Ecke verborgen, weil es mich eigentlich schmerzt, es anzusehen. Aber für den heutigen Zweck erscheint es mir passend, auch wenn meine Hände zittern, während ich es überstreife.

»Und?«

Cat klappt der Mund auf. »Wow! Was ist das denn …? Woher hast du das? Ich dachte, du besitzt gar keine Kleider?«

Doch, ich besitze sogar einige Kleider. In London. Adrian und ich haben sie zusammen gekauft, und ehrlich gesagt vermisse ich das Gefühl fließender Stoffe auf meinem Körper. Zurück nach Newcastle bedeutete für mich auch, zurück in Jeans und Sweatshirts. Bequemlichkeit. Doch das weiße Kleid habe ich mitgenommen. Weil es mich an Adrian erinnert.

Heute trage ich also das Kleid mit dem tiefen Rückenausschnitt, das ich im Club anhatte. Ich sehe aus wie eine Diva. Zwar eher wie eine Diva aus der Rocky Horror Show in Anbetracht meines Make-ups, aber immerhin.

Ich antworte nicht auf ihre Frage und starre noch immer gebannt in den Spiegel. Ich kann mich selbst kaum erkennen, aber irgendwie gefällt es mir. Es ist wie ein Schutzschild, hinter dem ich mich verstecken kann. Langsam begreife ich, warum Cat Spaß an solchen Maskeraden hat. Ich könnte mir sogar vorstellen, Dinge zu tun, die ich normalerweise niemals tun würde. Weil ich ja eben verkleidet bin, fast eine andere Person. Aufregend, aber auch beängstigend, was so eine Kostümierung auslöst.

»Ich bin bereit«, sage ich, schnappe mir die kleine schwarze Handtasche in Korsettform, die Cat mir geliehen hat, und schlüpfe in ein Paar Pumps. Sie sind mir eine Nummer zu groß, allerdings hat Cat Taschentücher vorne reingestopft, sodass ich beinahe darin laufen kann.

Ihr klappriger VW gibt seltsame Geräusche von sich, ich bin mir nicht sicher, ob das am Auto oder an ihrem Fahrstil liegt. Sie trägt hohe Plateauschuhe, daher verwundert es mich nicht, dass jeder Halt an einer Ampel sich anfühlt wie eine Notbremsung. Ich werde vermutlich eine Narbe auf der Schulter davontragen!

»Da sind wir«, erklärt sie nach einer quälend langen Fahrt an den Stadtrand.

Verwirrt sehe ich mich um. Wir sind irgendwo in einem alten Industriegebiet, das natürlich so spät am Abend wie ausgestorben wirkt. Ich habe wirklich nicht zu viele Gruselfilme gesehen, aber falls ich mal einen drehe, wird er hier stattfinden.

»Wenn du glaubst, dass ich hier aussteige und …« Wortlos beugt sie sich über mich und öffnet die Beifahrertür. »Wo soll ich denn hier bitte hingehen?«, frage ich verzweifelt, ohne auszusteigen. Nur wenige Straßenlaternen werfen spärliches Licht, von draußen dringt kühle Luft in den Wagen.

»Da vorne, die Nummer 11. Wo die Lampe brennt. Du brauchst nicht zu klingeln, kannst einfach reingehen und an der Theke auf ihn warten. Er wird ganz bestimmt kommen.«

Tatsächlich hängt vor der windschiefen Tür des roten Backsteingebäudes, auf das Cat gezeigt hat, eine flackernde Laterne. Wie bei Edgar Wallace.

»Ist das ein Club, oder was?«, frage ich flüsternd und ziehe den Mantel eng über meiner Brust zusammen, weil ich mich plötzlich in dem dünnen Kleid viel zu nackt fühle.

»Nein, eine Bar. Wirklich anständig, nur zum Kennenlernen und so. Also keine Angst.«

Anständig. Klar. Genauso gut hätte sie mir erzählen können, dass sich hinter dieser Tür ein katholisches Schwesternheim befindet! Warum habe ich mich bloß auf diesen Mist eingelassen? Ich muss mir dringend mal einen großen Gefallen überlegen, den Cat mir schuldet. Für alles, was ich in den letzten zwei Jahren für sie getan habe.

Während ich vorsichtig über die alten Pflastersteine auf das Haus zugehe, lasse ich einige skurrile Aktionen von Cat vor meinem inneren Auge Revue passieren. Da war die Sache mit Gary, dem blonden Typen, der aussah wie der Sänger einer Boygroup. Das war, bevor sie auf den ganzen SM-Kram reingefallen ist. Sie war unsterblich in ihn verliebt, vertraute ihm aber nicht, weil er angeblich viel zu schön für sie war. »Von einem schönen Teller isst man nie allein«, sagte sie und nötigte mich dazu, mich an ihn ranzumachen, um seine Treue zu prüfen. Den Test bestand er leider nicht, und ich hatte riesige Angst, dass unsere noch frische Freundschaft darunter leiden könnte. Aber zum Glück war Cat klar, wen die Schuld traf. Immerhin habe ich nur zugelassen, dass er mich küsste, und es war ein sehr schüchterner, fast braver Kuss. Zu mehr kam es natürlich nicht.

Ich weiß, dass sie Probleme damit hat, anderen zu vertrauen. Und wenn ich an ihre Eltern denke, ist mir auch klar, warum. Ihr Vater hat ihre Mutter ständig betrogen. Er versoff sein ganzes Geld, bis auf das, was er regelmäßig in Puffs und auf dem Straßenstrich ließ, und ihre Mutter hatte zeitweise zehn Putzstellen, um die Familie irgendwie durchzubringen. Heute ist er zwar trocken, aber ich weiß, dass sie auf gar keinen Fall so enden will.

Jetzt ist es also Jonathan, der ihr Herz gebrochen hat, während ich in London war. Seine anschließenden Beteuerungen, es sei gar nichts gewesen mit der anderen, nutzten nichts. Sie vertraut ihm nicht mehr. Nun soll ich prüfen, ob er sich längst über sie hinweg getröstet hat und schon wieder auf der Suche nach neuen Liebesfreuden ist. Mit *MadeMoiSelle* aus dem Chat, zum Beispiel.

Mein Herz wummert, als ich die Tür aufstoße. Sie gleitet quietschend ins Innere, wo mich trübes Licht und ein muffiger Geruch erwarten. Großer Gott, es riecht hier wie in einer Grabkammer! Kein Vergleich zu dem eleganten, beschämenden Club in London, in dem ich mit Adrian war. Wieder löst der Gedanke an ihn einen schmerzhaften Stich in meinem Herzen aus, und ich schnappe unwillkürlich nach Luft. Ein düster aussehender Typ mit viel zu dickem Lidstrich und langen schwarzen Haaren nickt mir wortlos zu, als ich an ihm vorbei auf eine schmale Treppe zugehe, die nach unten führt.

Eine Kellerbar. Warum habe ich geahnt, dass Cat sich in zwielichtigen Etablissements herumtreibt? Es sind nur wenige Menschen anwesend, und da außer mir alle Schwarz tragen und das Licht kaum den Namen wert ist, fühle ich mich, als wäre ich von lauter Schatten umgeben. Mir ist kalt, also lasse ich den Mantel an und schleiche zu einer altmodischen Holztheke mit Barhockern am anderen Ende des Raums.

»Whisky«, sage ich mit fester Stimme zu der jungen Frau auf der anderen Seite der Bar, die ungerührt eine Reihe von schottischen und amerikanischen Namen runterleiert. Wenigstens ist das muffige Etablissement gut bestückt.

»Tullamore Dew. Ohne Eis«, unterbreche ich ihre Aufzählung und lehne mich mit dem Rücken gegen das Holz. Mein Herz klopft noch immer zu schnell, ich fühle mich unwohl. Weil ich hier einfach nicht hingehöre.

An einem kleinen Tisch sitzt ein Pärchen, das sich verliebt anlächelt. Sie sähen fast normal aus, wenn die Frau nicht mit auf dem Rücken gefesselten Händen dasitzen würde, was etwas seltsam anmutet. Er trägt eine schwarze enge Lederhose und ein dunkles Hemd, seine Haare sind raspelkurz und stehen ein wenig ab. Wieder muss ich an Adrian denken und drehe mich erleichtert um, als die Barkeeperin meinen Whisky auf den Tresen stellt. Ich nippe an dem Glas und starre auf die Wand hinter der Theke, an der Fotos hängen. Schwarz-Weiß-Fotografien mit SM-Motiven. Gefesselte, geknebelte Frauen. Gerten, Peitschen, Schlagstöcke … lieber Himmel. An dieses Zeug werde ich mich niemals gewöhnen können.

»Gwen?«

Die Stimme hinter mir lässt mich erschreckt zusammenfahren. Ach du …! Woher zum Teufel weiß er, dass ich das bin? *Nichts anmerken lassen, Gwen. Tu einfach so, als fühltest du dich gar nicht angesprochen.* Ich starre weiter auf die Wand und gebe mich ungerührt, obwohl ich inzwischen mein Blut in den Ohren rauschen höre.

»Gwen. Ich *weiß*, dass du es bist.« Jonathan klingt amüsiert, nicht sauer. Oh Gott.

»Woher?«, frage ich und drehe mich langsam zu ihm um. Es hat ja doch keinen Sinn, hier weiter Scharade spielen zu wollen.

Er legt den Kopf schief und lächelt. Doch, Cat hat recht. Er sieht wirklich gut aus. Und er scheint klüger zu sein, als sie glaubt.

»Das war nicht so schwierig. Cat hat sich im Chat schon nach zwei Sätzen verraten, aber ich habe mitgespielt.« Jonathan lässt sich auf den Barhocker neben mir fallen und grinst mich von der Seite an. »Nette Verkleidung!«

»Danke«, murmle ich peinlich berührt und versuche, seinem Blick auszuweichen. »War Cats Idee.«

»Klar. Und warum hat sie dich vorgeschickt?«

»Weil … aus Gründen.«

Ich bin eine Löwenmutter, wenn es um meine wenigen Freunde geht. Bereit, sie zu verteidigen, komme, was wolle. Niemals werde ich Cat verraten, nicht mal, wenn er mich foltert.

»Was ist zwischen euch vorgefallen?«, frage ich schließlich, weil er schweigt und ich nicht weiß, was ich sonst in dieser dämlichen Situation sagen soll.

Jonathan hebt die Schultern und wirkt auf einmal gar nicht wie ein Dom, sondern wie ein unsicherer junger Mann. Bekümmert und verwirrt. »Sie hat behauptet, ich hätte sie in ihrem Beisein mit einer anderen betrogen. Dabei habe ich mich nur mit einer alten Bekannten unterhalten, mehr nicht. Aber Cat hat eine Riesenszene veranstaltet und ist beleidigt abgerauscht, seitdem ist Funkstille. Davon abgesehen, dass sie ständig bei mir anruft und auflegt, sobald ich abhebe, und mein Handy trackt.« Er lächelt schief.

»Das weißt du auch?« Ich kann mir ein Lachen nicht länger verkneifen.

»Sicher. Sie ist nicht gerade … diskret.«

»Eigentlich müsstest du sauer auf sie sein«, stelle ich fest, das Whiskyglas mit beiden Händen haltend. Dabei sehe ich ihm fest in die Augen, weil ich mich nicht weiter umsehen möchte in dieser Bar. Das alles erinnert mich zu sehr an Adrian und an das, was er eigentlich mag.

»Bin ich nicht. Ich kann sie ja verstehen, aber ehrlich gesagt habe ich absolut keine Erfahrung mit so eifersüchtigen Frauen und weiß mir nicht zu helfen.«

»Du bist doch der Dom. Dachte ich jedenfalls. Kannst du sie nicht irgendwie … bestrafen oder so was?«

Oh Himmel, ich rede mich hier um Kopf und Kragen. Dabei

ist mir klar, dass die beiden ein ganz anderes Problem miteinander haben! Aber darf ich ihm das erzählen, ohne Cat dadurch zu verraten? Ich weiß, dass sie gern die Geheimnisvolle gibt, aber in diesem Fall …

»Gwen, es geht hier nicht um Bestrafen oder um ein paar Peitschenhiebe. Eine SM-Beziehung erfordert Vertrauen, von beiden Seiten. Viel mehr Vertrauen als eine Vanilla-Beziehung. Und wenn Cat mir das nicht entgegenbringen kann …«

Vanilla? Das klingt so süß, dass ich grinsen muss.

»Okay. Ich verrate dir etwas, aber du darfst ihr nicht sagen, dass du das von mir hast, ja?« Ich drehe das Glas hin und her, bevor ich den Rest mit einem Zug leere. »Cat ist sehr eifersüchtig. Sie braucht viel Bestätigung, das Gefühl, die einzige Frau auf der Welt zu sein für ihren Mann. Und du hast in der Vergangenheit … nun ja, soweit ich weiß, bist du nicht gerade bekannt dafür, monogam zu leben.« Vorsichtig ausgedrückt.

Jonathan nickt nur und sieht mich fest an, offenbar wartet er, dass ich weiterspreche. Also gut. Ich hole tief Luft und bete innerlich, dass Cat mir das hier verzeihen wird, falls sie es jemals erfährt.

»Sie hat … ihr Elternhaus war nicht gerade geprägt von Liebe und Zuneigung, und sie hat panische Angst davor, wie ihre Mutter zu enden. Jonathan, ich gebe zu, dass ich dich von Anfang an nicht leiden konnte, aber Cat liegt offenbar sehr viel an dir und deshalb will ich, dass das mit euch funktioniert. Aber dazu brauchst du eine ganze Menge Geduld, und ich bin mir nicht sicher, ob du die aufbringen willst. Oder kannst.«

»Danke für deine Ehrlichkeit.«

Er hebt die Hand und signalisiert der Kellnerin, uns zwei Drinks zu bringen. Ich bin ein bisschen erstaunt, dass er nicht sauer ist, doch es lässt ihn in meinen Augen auch wachsen.

»Ich will, und ich kann. Denn Cat bedeutet mir etwas. Ich bin mir sicher, dass sie es wert ist, und ich will dafür kämpfen. Aber sie lässt mich nicht! Warum verfolgt sie mich, um mich gleichzeitig zu ignorieren? Ich werde einfach nicht schlau aus ihr.«

Ich zupfe an meiner Unterlippe und lasse den Blick durch den düsteren Raum schweifen. Vertrauen … ja, das scheint mir in der Tat nötig bei dieser Geschichte. Aber das ist ein großes Wort und leichter gedacht als getan.

»Sie will die Sicherheit, dass du sie liebst. Dass du es zuerst sagst. Du solltest ihr das Gefühl geben, wirklich wichtig für dich zu sein. Wenn du stattdessen nach London fährst und dich in ominösen Clubs rumtreibst, ist das ganz sicher nicht hilfreich.«

Er runzelt die Stirn und nimmt die zwei Whiskygläser von der Kellnerin entgegen, eins davon stellt er vor mir auf der Theke ab.

»Ich dachte, es wäre vorbei und wollte mich ablenken. Schließlich habe ich genauso gelitten wie sie. Cat hat immerhin Schluss gemacht und ist vor mir geflüchtet, also dachte ich …«

Ich beiße mir so fest auf die Unterlippe, dass es wehtut.

»Ich habe eine Frage, Jonathan. Hast du in London … hast du wirklich Adrian Moore dort …?« Ich traue mich kaum, ihn anzusehen, weil ich Angst vor seiner Antwort habe. Oh Himmel, bitte lass ihn nicht da gewesen sein. Bitte mach, dass Jonathan sich das nur ausgedacht hat.

»Ja, habe ich. Er war im *Pain Club* von Lord Nelson. Allerdings ohne Begleitung, falls das wichtig für dich ist.«

Meine Perücke verrutscht, als ich den Kopf vehement schüttle. »Nein, ist es nicht. Ich wollte nur wissen …«

»Was auch immer du mit ihm hast, sei vorsichtig, Gwen. Er hängt mit sehr komischen Leuten zusammen, vor denen man sich in Acht nehmen sollte.«

»Was meinst du damit?«

Mein Herz schlägt wieder schneller, weil mir die anonymen Nachrichten einfallen. Haben sie doch mit Adrian zu tun? Steckt er dahinter, weil er mir Angst machen will? Aber warum?

»Es wird natürlich viel über ihn gesprochen, nicht nur in London. Er ist so was wie ein Guru in der Szene, alle Doms wollen so sein wie er und alle devoten Frauen verzehren sich nach ihm. Weil er so unnahbar und hart ist. Aber man munkelt über Dinge in seiner Vergangenheit, die wirklich Grund zur Sorge geben, sollten sie zutreffen. Ich will das nicht vertiefen, aber ich muss dich trotzdem vor ihm warnen. Nur für den Fall, dass da noch was mit dir und ihm …«

»Da ist nichts und da war nie etwas, aber danke für die Warnung«, sage ich hastig und nippe an dem Whisky, der mir die Kehle verätzt. »Ich war nur neugierig.«

»Klar.« Jonathan grinst wissend und trinkt ebenfalls.

Die düstere Musik hier unten macht mir schlechte Laune, ebenso wie das Wissen, dass Adrian wieder in Clubs geht. Natürlich geht er, warum sollte er nicht? Trotzdem verknotet sich mein Magen bei dem Gedanken, was er dort mit anderen … es fühlt sich an wie Eifersucht, und das ist verdammt albern.

»Zurück zu Cat …« Jonathan streicht sich eine Haarsträhne aus dem Gesicht und sieht mich Hilfe suchend an. »Hast du eine Idee, wie ich wieder an sie rankomme?«

Darüber muss ich nicht lange nachdenken. Grinsend leere ich das Glas und stelle es neben mir ab, dann stehe ich vom Barhocker auf und nicke.

»Ja, hab ich. Und ich bin mir ziemlich sicher, dass sie gleich mit dir sprechen wird. Ob sie will oder nicht.«

»Ich bin gespannt. Und danke. Ich weiß, dass du dich überwinden musst, weil du eigentlich was dagegen hast. Gegen diese Sache hier, meine ich.«

Ich folge seiner ausladenden Handbewegung. Mein Blick bleibt auf einem Paar haften, das mit den Augen aneinander zu kleben scheint. Sie beugen sich beide über einen kleinen Tisch und ihre Gesichter sind so nah, dass kein Buch dazwischen passen würde. Es liegt so viel Liebe, so viel Vertrauen in ihren Blicken, dass mir eine Gänsehaut über den Rücken läuft.

»Ich verstehe es«, antworte ich leise und verknote meine Finger ineinander. »Doch, ich glaube, ich verstehe immer besser, was einige daran finden. Und da Cat es wirklich will und ihr gut zueinanderpasst …«

»Dann verrate mir, wie ich Cat dazu bringe, mit mir zu sprechen.«

Jonathan folgt mir zur Tür, während ich ihm meinen Plan erzähle.

Hand in Hand verlassen wir die düstere Bar. Ich ziehe ihn hinter mir her zu der Straßenlaterne, von der ich weiß, dass Cat sie vom Auto aus sehen kann. Sie parkt nur wenige Schritte entfernt, und ich traue mich nicht, nachzusehen, ob sie uns beobachtet. Vermutlich duckt sie sich im Wagen, damit Jonathan sie nicht erwischt. Ich kehre dem VW den Rücken zu und ziehe Jonathan näher an mich heran. So nah, dass ich seine Lippen fast an meinen spüre. Er beugt sich tiefer zu mir, und ich kneife die Augen zu. Nicht, weil ich ihn wirklich küssen will. Auch er will nicht, das kann ich fühlen. Aber in meinem Bauch kitzelt ein unbändiges Lachen, das nach oben drängt. Ich versuche es zu unterdrücken und gebe weiter vor, ihn zu küssen.

»Wie lange noch?«, flüstert Jonathan.

»Sch«, antworte ich leise. »Mach einfach weiter.«

Es dauert nur wenige Sekunden, bis ich Cats Absätze auf der Straße höre. Dann zerschneidet ein schrilles Keifen die Stille, und im selben Moment zieht sie mich mit einem Ruck von ihm weg.

»Bist du *irre* geworden, Gwen?«

Jonathan und ich brechen gleichzeitig in schallendes Gelächter aus, das zwischen den alten Lagerhäusern widerhallt. Mit Lachtränen in den Augen sehe ich Cat an, die mich verwirrt und sauer zugleich anfunkelt. Ich halte mir den Bauch, während Jonathan beide Arme ausbreitet und auf Cat zugeht.

»Süße, ich habe dich unglaublich vermisst! Warum musstest du mir das antun?«

»Spinnt ihr?«

Cat trommelt wütend mit den Fäusten auf Jonathan ein, der das geduldig mit sich geschehen lässt, während meine Augen von der zerlaufenen Wimperntusche brennen.

»Himmel, Cat, du hättest dich sehen sollen!«, sage ich glucksend, als Jonathan endlich ihre Hände zu fassen bekommt und festhält. Sie beruhigt sich nur langsam.

»Mein kleiner eifersüchtiger Teufel«, murmelt er und neigt sich zu ihr.

Hastig drehe ich mich um und gehe einige Schritte auf das Auto zu, um den beiden ihre Privatsphäre zu gönnen. Gut, das lief nicht so, wie Cat es sich gedacht hat. Aber ich bin mir sicher, dass es genauso richtig war.

»Soll ich euch mitnehmen, oder wollt ihr gleich wieder reingehen?«, rufe ich zehn Minuten später über die Straße, weil die zwei immer noch knutschen wie verliebte Teenager und mich offenbar vergessen haben. Mir ist kalt und ich will nach Hause. Mit oder ohne die beiden.

»Wir kommen«, ruft Jonathan, und Cat kichert albern.

Gemeinsam fahren wir zu uns und ich stelle fest, dass ich Cat schon lange nicht mehr so glücklich gesehen habe. Fast bin ich ein bisschen stolz auf mich, weil mir der Trick eingefallen ist, um sie aus der Reserve zu locken. Wäre ich einfach wieder zu ihr ins Auto gestiegen, hätte sie mich nach Strich und Faden ausgequetscht, aber Jonathan niemals die Chance gegeben, mit ihr zu reden. Vielleicht wird für die beiden alles gut … ich wünsche es ihr so sehr.

Vom Rücksitz aus beobachte ich, wie Jonathan den linken Arm ausstreckt und Cats Nacken streichelt. Er fährt, was meinem Magen ziemlich gut tut nach der Schleudertrauma-Tour mit Cat. Nicht so gut tut mir meine Sehnsucht nach dem, was Cat gerade erlebt. Sie verknotet meine Eingeweide und wird plötzlich so groß, dass mir Tränen in die Augen schießen. Ich starre aus dem Fenster auf die menschenleeren Straßen, durch die wir fahren, und erinnere mich an London. An Adrian.

Je weiter etwas weg ist, umso sehnsüchtiger wünschen wir es uns. Deshalb sehne ich mich nach Adrian, obwohl mir klar ist, dass wir nicht kompatibel sind. Ich sollte mich besser auf Greg konzentrieren. Meine Schwärmerei für ihn ging nie so tief wie das, was ich für Adrian empfunden habe. Also ist das Risiko einer Verletzung auch nicht so groß. Oder? Schließlich weiß ich, dass ich mir sehr viel mehr Schaden zufüge, wenn ich aus dem zwanzigsten Stock eines Wolkenkratzers springe, als wenn ich mich bloß vom Klettergerüst stürze …

6

Ich bin aufgeregt, versuche aber, cool zu bleiben in der muffigen Garderobe. Zum ersten Mal sitze ich während einer Vorstellung hinten und warte auf meinen Auftritt. Auf mein Stichwort. Wir haben nicht oft geprobt, weil es nicht nötig war. Meinte Gaby. Ich habe mich gefreut, dass sie mit meiner Leistung so zufrieden war, aber jetzt jagt mich das Adrenalin ständig vom Stuhl. Ich kann kaum stillsitzen. Zur Feier des Tages trage ich das weiße Kleid, von dem Gaby schwer beeindruckt war. Sie hat zum Glück nicht gefragt, woher ich es habe.

Greg war die Woche über komisch. Ich weiß nicht, wie ich ihm meine schroffe Abfuhr erklären kann, damit er nicht mehr sauer auf mich ist. Ein Aufschub sei die tödlichste Form der Ablehnung, hat Winston Churchill mal gesagt. Ich habe den Spruch nie verstanden – erst nachdem Cat mir erklärt hat, was wirklich das Problem war, ahne ich, was er bedeuten soll. Aber jetzt ist es vielleicht zu spät.

Ich lausche Gregs Stimme, die von vorn ertönt. Leises Gelächter im Publikum. Die Stimmung vor der Aufführung war angespannt, aber heiter, wie jedes Mal vor einer Premiere. Premierenstimmung im Theater ist etwas ganz besonderes, weil keiner weiß, wie das Publikum reagieren wird. Werden die Leute an den richtigen Stellen lachen? Klatschen sie? Oder verlassen sie in der Pause das Theater? Wird alles so laufen wie bei der Generalprobe? (Was ich nicht hoffe, denn die war ehrlich gesagt ein totaler Reinfall, aber das ist fast immer so.)

Zum ersten Mal seit zwei Jahren bin ich nicht nur das Mädchen für alles, sondern ein echter Teil des Ensembles. Ich werde auf der Bühne stehen, knapp einhundert Menschen werden mich ansehen und mir ins Gesicht starren. Mir wird ganz flau bei dem Gedanken. Lampenfieber. Zu hoher Puls. Schwerer Atem. Schweiß unter den Achseln.

Und Cat und Jonathan im Publikum, von denen ich weiß, dass sie bei unserer Kussszene pfeifen wollen! Cat hat sogar eine Trillerpfeife mitgenommen, und mir ist das jetzt schon peinlich! Leider ließ sie sich nicht überzeugen, den Blödsinn zu lassen, also muss ich wohl damit leben, dass mein allererster Theaterauftritt mit einer Pfeife kommentiert wird.

»Alles klar?« Gaby kommt von hinten angeschlichen und legt mir eine Hand auf die Schulter. Ihr Lächeln wärmt meine Seele und beruhigt mich tatsächlich.

»Ja, alles gut. Nur etwas nervös.«

»Das ist normal. Und gut so! Das Adrenalin sorgt für Aufmerksamkeit, deshalb läuft die Premiere grundsätzlich besser als die Proben. Hals- und Beinbruch!«

Ich nicke, ohne mich zu bedanken, wie es sich gehört. Und dann höre ich den Satz, der mich auf die Bühne ruft. Oh Gott! Mein Herz wummert so heftig, dass mir schwindelig wird, aber ich öffne den Vorhang und gehe so langsam wie möglich nach vorn.

Nicht über das Kleid stolpern, Gwen!

Greg schaut mich so merkwürdig an, dass ich nervös an mir herabsehe. Nicht, dass das Kleid verrutscht ist und man womöglich meine Brüste sieht oder sonst was! Aber in dem Fall hätte Cat garantiert schon gepfiffen. Text. Mein Text! Oh Himmel, was soll ich noch mal sagen?

Endlich fällt mir wieder ein, was im Skript stand, und ich schaffe es tatsächlich, die wenigen Sätze ohne zu stottern oder mich zu verhaspeln auszusprechen. Hurra!

Dann lehne ich mich gegen die Säule und knicke ein Bein ein. Mit einem angedeuteten Lächeln sehe ich Greg an, spitze die Lippen und schließe wie gewünscht die Augen. Und warte.

Das Publikum raunt, Cat oder irgendwer anderes trillert, aber ich spüre Gregs Lippen nicht. Nicht einmal seinen Atem oder seine Körperwärme. Was macht er denn? Wo ist er?

Vorsichtig blinzle ich mit einem Auge, ohne ihn zu entdecken. Dafür höre ich eine Stimme, die mir in den Magen fährt und mich zu einem Eisklotz erstarren lässt. Ach du … nein! Das kann gerade nicht passieren! Das ist unmöglich! Ich bin eingeschlafen und träume. Habe einen Nervenzusammenbruch oder Fieber. Irgendwas, aber das kann nicht …

»Entschuldige, dass ich hier unterbrechen muss, aber diese Frau gehört zu mir.«

Was. Zum. Henker? Das Publikum bricht in Gelächter aus, Cat trillert wieder, und ich stehe wie ein Idiot am Holzpfeiler mitten auf der Bühne und reiße ungläubig die Augen auf.

Er ist es. Adrian steht zwischen Greg und mir, und obwohl ich ihn nur von hinten sehe, gibt es keinen Zweifel. Nicht bei dieser Stimme, die mir durch Mark und Bein fährt und meinen Magen aufrührt. Mein Herz hüpft auf und ab, mein Mund wird ganz trocken.

»Adrian! Was soll das?«, zische ich in das anschwellende Gelächter des Publikums. Gleichzeitig muss ich mich bemühen, nicht selbst in Lachen auszubrechen, weil Greg aussieht wie ein verwirrter Junge an der Schultafel, der binomische Formeln erklären soll.

»Das hier ist eine Theateraufführung und Sie stören die Vorstellung«, höre ich ihn sagen, bemüht, die Show nicht zu unterbrechen.

»Das sehe ich durchaus anders. Niemand außer mir hat das Recht, diese Frau zu küssen.«

Cat johlt, ich erkenne ihre Stimme inmitten des Gelächters. Gaby stürmt hinter dem Vorhang vor und bleibt mitten auf der Bühne stehen, die Hände in die Hüften gestützt.

»Verlassen Sie sofort mein Haus!«, ruft sie, ganz im Sinne ihrer Rolle als Gregs Mutter.

Sie ist so ein Profi, unfassbar! Im Gegensatz zu mir. Während sich Greg und Gaby bemühen, Adrians Eindringen irgendwie ins Stück zu integrieren, stehe ich wie vom Blitz getroffen da und kann nur fassungslos zusehen, was sich da gerade vor meinen Augen abspielt. Ich glaube es einfach nicht!

»Es tut mir leid, ich wusste nicht, dass sie vergeben ist. Sie hat mich verführt und ich …«

Greg ist in seinem Element und improvisiert, aber Adrian sieht nicht so aus, als wollte er mitspielen.

»Moment mal … sind Sie nicht … sind Sie dieser Autor?«

Ich fasse es nicht! Gaby starrt Adrian an, als wäre er der lang gesuchte Theatergeist, und verliert für einige Sekunden ihre Professionalität. Ich kann ihr nicht helfen, weil ich rettungslos überfordert bin mit der Situation. Das Gelächter im Publikum schwillt weiter an, offenbar halten die Leute Adrians Auftritt für eine gelungene Überraschung.

»Wir gehen«, bestimmt Adrian, dann dreht er sich zu mir um, greift mein Handgelenk und zieht mich mit sich von der Bühne. Nach vorne! Mitten ins Publikum!

Mein Gesicht fühlt sich an, als ob ich in einer Sauna übernachtet hätte. Die Menschen klatschen und trampeln mit den Füßen – anscheinend hat nicht nur Gaby Adrian erkannt – und freuen sich über den Überraschungsauftritt eines Gaststars. Ich traue mich gar nicht, aufzusehen, und stolpere halb blind hinter Adrian her, der mich beherzt durch den winzigen Zuschauerraum nach draußen in den Flur zieht.

Erst dort, wo es ruhiger ist und wir Greg nur noch gedämpft hören, bleibt er stehen und wirbelt mich herum, sodass ich ihn ansehen muss. Ich schlucke hart.

»Was sollte das, Kleines?«

»Woher weißt du …?«

»Ich habe das Foto von Greg und dir auf Facebook gesehen und bin beinahe verrückt geworden, weil du dich nicht gemeldet hast. Obwohl ich dich mehrfach darum gebeten habe.«

Langsam weicht der Schock und macht einer unbändigen Wut Platz, die sich im Magen aufbaut und nach oben kriecht.

»Spinnst du? Was soll das? Ich habe dir nichts zu …«

Sein Mund erstickt meinen Wutausbruch, ich kann nicht einmal mehr nach Luft schnappen. Seine Arme halten mich, sein muskulöser Körper stößt mich gegen die Flurwand. Ich spüre die dort hängenden Postkarten in meinem Rücken.

»Du hättest nicht gehen sollen«, flüstert er an meinen Lippen. Mein Herz schlägt einen Trommelwirbel. »Und ich konnte nicht länger warten.«

Mit beiden Händen an seiner Brust versuche ich, ihn von mir zu drängen, aber er ist so viel größer und stärker als ich. Mir wird warm, als ich seine Zunge spüre. Überall. Und dann küsst er mich, fordernd und unmissverständlich. Ich kann nicht anders, als seinem Fordern nachzugeben. Schließe die Augen und stöhne leise auf, vor Sehnsucht, vor unterdrückter Gier. Das Blut pocht mir in den Schläfen, meine Knie geben nach, aber er hält mich, so fest, dass ich kaum Luft bekomme.

Wie zwei Verhungernde küssen wir uns, und ich weiß, dass ich keine Chance habe, heute satt zu werden. Dieser Kuss fühlt sich so anders an als der mit Greg. Eine Welle bricht über mich herein und schwemmt alle Gedanken, alle Bedenken und Ängste einfach weg, so wie sie mich von den Füßen reißen will. Ich bin nicht mehr bei mir, schwebe im Raum, bin nur noch Körper. Fühle nur noch. Wärme. Sehnsucht. Ein Gefühl, innerlich zerrissen zu werden.

Erst nach Minuten lockert er seinen Griff und lässt mich zu Atem kommen. »Ich habe dich wahnsinnig vermisst, Kleines.«

»Du bist ein verrückter Idiot«, knurre ich und versuche, meine Haare zu sortieren, die über meinen nackten Rücken streichen. Die Gänsehaut dort hat allerdings andere Gründe.

»Verrückt nach dir.«

Er atmet tief durch die Nase ein, an meinem Hals, und ich erschauere. Das Ziehen zwischen meinen Beinen wird immer heftiger, beinahe schmerzhaft. Ich konnte der Versuchung widerstehen, solange sie weit weg war. Solange ich ihn nicht sehen, riechen, spüren konnte. Aber jetzt … fühle ich mich hilflos. Vielleicht schaffe ich es, mich in eine Art Trance zu versetzen und meinen unanständigen Körper einfach zu verlassen? Wie ein Schamane oder so. Dann könnte ich ihm meinen Leib überlassen und ohne

Reue genießen, was er damit anstellt, während sich mein Verstand keine Vorwürfe machen muss.

»Tut mir leid, wenn ich eure Vorstellung gesprengt habe. Eigentlich wollte ich nur zusehen und dich danach abfangen, um mit dir zu reden. Aber als ich euch so gesehen habe, konnte ich mich nicht bremsen. Ich konnte den Anblick nicht ertragen.«

Oh verdammt. Er sieht unfassbar gut aus in einem blauen Anzug mit Weste, der perfekt zu seinen Augen passt und das Blau noch intensiver strahlen lässt. Ich strecke die Hand aus und fahre mit den Fingerspitzen über sein Gesicht, als wäre ich blind und müsste seine Konturen ertasten. Meine Unterlippe zittert, und meine Augen sind ganz heiß geworden.

»Adrian, ich …«

»Wovor hast du Angst?«

»Vor dir«, flüstere ich.

Er schließt die Lider, als meine Finger die winzige Narbe am rechten Auge berühren. Noch immer weiß ich nicht, woher er sie hat. Wie ich überhaupt vieles nicht weiß. Die Narbe am Auge, vor allem aber die Narben auf seiner Seele sind mir fremd. Und der Wunsch, sie endlich zu entdecken, wird plötzlich körperlich spürbar.

»Komm zurück nach London«, murmelt er und senkt den Kopf, um meinen nackten Hals zu küssen. Die Stelle zwischen Ohrläppchen und Schlüsselbein. Genau diese Stelle, die meinen ganzen Körper zittern lässt und mich so wehrlos macht. »Verzeih mir, Gwen. Ich werde alles wieder gutmachen, ich verspreche es.«

Trotzdem wehrt sich alles in mir. Mein Verstand ist auf einmal wieder da und schreit in meinem Kopf. Das Gefühl von Angst brennt tief in mir und lässt mich aufstöhnen.

7

Antonio, der eigentlich Rashid heißt, versucht seine Neugier zu unterdrücken, was ihm jedoch kaum gelingt. Ich bin mir sicher, dass er Adrian nicht erkennt, aber allein die Tatsache, dass ich in einem rückenfreien Kleid und hochhackigen Schuhen an der Hand eines sehr gut aussehenden, in einen eleganten dreiteiligen Anzug gekleideten Mannes seine Pizzeria betrete, sollte ihm genug zu denken geben.

»Calzone?«, fragt er, während er zwei Bierdosen vor uns hinstellt, und ich nicke. Er mustert Adrian neugierig, der einfach dasselbe für sich bestellt und mich damit zum Grinsen bringt.

Wir passen in unserem Aufzug so gut in Antonios Plastikambiente wie ein Oscarpreisträger nach der Verleihung in einen McDonald's, aber es ist mir egal. Adrian wollte reden und etwas mit mir essen, und da Antonio noch geöffnet hat und in der Nähe meiner Wohnung liegt, erschien es mir passend. Jetzt frage ich mich, wann Adrian zuletzt eine Pizza in so einer Umgebung gegessen hat?

Offenbar liest er wieder in meinem Gesicht wie in einem Buch und spricht meine Grübeleien laut aus. »Mach dir keine Gedanken. Ich finde es großartig hier«, sagt er und greift über den Tisch, um meine Hand zu nehmen. Ich zucke nur kurz zusammen, lasse meine Finger aber dort, wo sie sind und beuge mich ein wenig vor, weil er leise spricht. »Danke, dass du wenigstens mit mir reden möchtest. Immerhin hat deine Abwesenheit dafür gesorgt, dass ich an einem wirklich guten Buch gearbeitet habe.«

»So?«, frage ich und ziehe eine Augenbraue hoch. »Du meinst damit hoffentlich nicht *Fesselnde Liebe Teil 2*?«

Er lacht rau. Wieder einmal bewundere ich das Grübchen in seiner Wange und die feinen Fältchen, die sich beim Lachen um seine Augen bilden. Er trägt einen sorgfältig gestutzten Kinnbart. Ich kann nicht anders als mir vorzustellen, wie der sich auf meinen Schenkeln anfühlen würde, wenn er ... oh Himmel, jetzt lässt mich auch noch mein Verstand im Stich und reagiert auf seinen Anblick genauso wie mein Körper! Das darf doch nicht wahr sein!

»Ich glaube, der Kummer deinetwegen hat mich zu Höchstleistungen getrieben. Du bist eine perfekte Muse, weißt du das?«

»Meinst du wirklich, dass Kunst nur durch Schmerz entsteht?«, frage ich.

Wir unterbrechen unser Gespräch nicht, als Antonio die Pizza bringt und geräuschvoll das in Papierservietten eingewickelte Besteck danebenlegt.

»Nicht nur. Aber Schmerz hilft, wenn man etwas Wahrhaftiges beschreiben möchte. Nur selbst erlebter Schmerz ist darstellbar, alles andere ist bestenfalls Kitsch. Oder Schund, wie du sagen würdest.«

Er zwinkert mir grinsend zu, dann reißt er beide Bierdosen auf und schiebt meine zu mir rüber. Obwohl ich keinen Appetit habe, muss ich etwas essen. Mein Magen ist verdammt leer, weil ich vor lauter Aufregung nur gefrühstückt habe. Auch Adrian beginnt, seine Pizza zu zerschneiden. In seinem Anzug, den er ohne Krawatte trägt, würde er besser in ein Szenerestaurant passen, aber so was gibt's hier in Newcastle gar nicht. Seltsamerweise fühle ich mich heute anders ihm gegenüber als in London. Nicht mehr eingeschüchtert. Vielleicht liegt es daran, dass wir uns in meinen Sphären befinden und er mich nicht durch ungewohnten Luxus und Dekadenz beeindrucken kann. Mir gefällt es jedenfalls, wir wirken fast normal. Abgesehen von unseren unpassenden Outfits.

Adrian lässt das Besteck sinken und sieht mir in die Augen. Kornblumenblau. Oh Gott. Mein Magen verschnürt sich wie von selbst, ich kriege kaum noch das Pizzastück runter, das ich gerade zerkaue.

»Kleines, ich würde meinen rechten Arm dafür geben, wenn du mit mir nach London kämest.«

Sehr witzig.

»Ohne den bist du nicht mehr wirklich arbeitsfähig«, sage ich und schlucke tapfer.

»Doch, das schon. Allerdings dürfte er mir bei anderen Aktivitäten sehr fehlen.« Er grinst, weil er mir die Auswirkung seiner Worte wahrscheinlich sofort ansieht.

Mein Gesicht glüht und mein Unterleib zieht schon wieder sehnsüchtig. Ja, ich weiß genau, wovon er spricht. Und ich wünsche mir … ach du je, ich habe keine Ahnung, was ich mir wünsche! Außerdem will ich eigentlich immer noch sauer auf ihn sein, nach allem, was in London geschehen ist. Wir sehen uns lange an, sein Blick ist intensiv, als ob er vorhätte, den wahren Grund meiner Ablehnung zu erkunden. Was vermutlich stimmt.

»Bitte hör auf damit, Adrian. Ich kann nicht. Außerdem hat sich gerade eine neue berufliche Möglichkeit für mich ergeben, die ich auf keinen Fall ablehnen kann.«

»Ich habe nicht vor, aufzugeben, Gwen. Ich bin gewohnt zu kämpfen, wenn ich etwas will. Und in den letzten Jahren wollte ich nichts so sehr wie dich.«

Mein Herz scheint auf einmal eine Tonne zu wiegen. Ich schlucke und versuche, seinem Blick auszuweichen, als er erneut nach meinen Fingern greift. Großer Gott, wenn er nur nicht so unverschämt gut aussähe! Wenn nicht dieser perfekte Bogen seiner Augenbrauen wäre. Diese winzige Narbe am Auge. Das markante Kinn mit dem ordentlichen Bärtchen, und dazu Augen, die sich gerade in mich hinein bohren und mir den Atem nehmen.

»Warum kannst du uns nicht zulassen?« Er legt den Kopf auf die Seite, sein Gesichtsausdruck ist ernst. Ich sollte mich jetzt nicht mit Sarkasmus oder Ironie retten, nicht bei diesem Gespräch, das ahne ich.

»Du hast heute die Premiere eines kleinen Theaters in Newcastle gestört, um zu verhindern, dass ein anderer Mann mich küsst. Auf der Bühne, vor allen Leuten. Das ist nicht normal, Adrian, das ist krank! Du hast mich in London heimlich beobachtet, durch einen Spiegel. Auch das ist nicht gesund. Du willst mich gar nicht, du willst einfach jemanden, den du besitzen kannst. Und kontrollieren. Um dein schlechtes Gewissen zu heilen. Und ich bin höchst allergisch gegen alles, was mit Kontrolle zu tun hat.«

Er verzieht getroffen das Gesicht. »Ich brauche dich, Gwen. Ich lasse dir alle Freiheiten, die nötig sind, aber ich brauche dich bei mir. Ich will deinen Rat, aber vor allem, dass du bei mir bist. Ich bin nicht mehr ganz, wenn du nicht da bist.« Jetzt umklammert er meine Finger, beugt sich weiter über den Tisch zu mir. »Es tut mir sehr leid, was in London passiert ist. Deine Worte haben mich verletzt und ich habe lange darüber nachgedacht. Du hast mich falsch verstanden, weil du vieles nicht verstehst und dich davor verschließt, aber ich bin bereit, neu anzufangen und es diesmal besser zu machen.«

Ich nehme eine Haarsträhne und wickle sie mir um den Finger. Irgendwie muss ich meine freie Hand beruhigen. Schon sein Anblick macht mich kribbelig, und der Gedanke, was er heute getan hat, nur um mich zu beeindrucken … oder mich zu kontrollieren? Was jemand aus Liebe tut, bewegt sich oft auf einem schmalen Grat zwischen Romantik und Wahnsinn. Was zunächst wie eine romantische Geste wirkt, kann plötzlich umschlagen in Stalking, in Starrsinn.

Trotzdem … im Moment bin ich beeindruckt, geschmeichelt und vielleicht sogar verliebt, falls sich das so anfühlt. Ich bin jedenfalls so verwirrt wie nie und habe keine andere Erklärung dafür. Mein Herz zieht sich zusammen, sobald ich ihn anschaue. Mein Magen flattert, wenn ich in seine Augen sehe. Meine Finger zittern, sobald er mich berührt. Und jedes Wort von ihm löst eine Gänsehaut auf meinem Körper aus. Was zum Teufel ist das? Seine Präsenz hat schlimmere Auswirkungen auf mich als eine Droge! Warum kann ich nicht einfach vernünftig sein, ihn in die Wüste schicken und mein langweiliges Leben wiederhaben?

»Und falls du nicht Ja sagst, muss ich wohl endlich das Ass aus meinem Ärmel ziehen.«

»Ass im *Ärmel*?« Ich ziehe die Brauen hoch und sehe ihn fragend an. »Ich war mir sicher, dass du dich auf das Ass in deiner Hose verlassen wirst.« Durch meinen Unterleib fährt ein unmissverständliches Zucken. Ich verdränge die unzüchtigen Gedanken an das, was sich in seiner Hose befindet, und schlucke trocken.

»Ich werde nicht so leicht aufgeben, Kleines«, raunt er.

Der tiefe Blick aus den blauen Augen verstärkt das Zucken. Hastig presse ich meine Oberschenkel zusammen.

»Fliegst du heute zurück nach London?«, frage ich, um ihn abzulenken. Ich kann einfach nicht. Nicht, wenn er mir gegenübersitzt und mich … so ansieht.

»Nein. Ich habe ein Zimmer im *Malmaison* gemietet.«

Das Boutique-Hotel an der Tyne-Brücke. Nett. Ich kenne es nur von außen, aber es ist wohl eins der schönsten Hotels in Newcastle. Jedenfalls muss der Blick über den Fluss bestimmt traumhaft sein.

»Leistest du mir noch Gesellschaft? Nur auf einen Drink?«

Er muss nicht mehr sagen als das. Ich weiß genau, was er meint. »Nein. Ich … besser, ich gehe nach Hause.«

Seine Enttäuschung steht ihm ins Gesicht geschrieben, aber ich bin stolz darauf, hart geblieben zu sein. So leicht lasse ich mich nicht rumkriegen, nicht mal von Adrian Moore, der wahrscheinlich jede Frau auf der Welt haben könnte, aber trotzdem verrückterweise hinter mir her ist.

»Dann erlaube mir wenigstens, dich zu begleiten. Ich möchte dich ungern nachts allein durch die Stadt laufen lassen.«

Ich muss lachen. »Ich wohne nur zwei Straßen weiter, aber gern.«

Er will zahlen, aber ich halte seine Hand fest und schüttle den Kopf. »Ich lade dich ein. Keine Widerrede.« Rashid grinst und schreibt unser Essen auf meine Rechnung, die ich wie immer am Monatsende begleichen werde.

Ich zupfe an meiner Unterlippe während des kurzen Spazierganges, auf dem wir kaum miteinander sprechen. Es ist nicht wirklich kalt, trotzdem hat er sein Sakko ausgezogen und es über meine Schultern gelegt. Es riecht nach ihm, ist schwer, viel zu warm und seltsam tröstend. Mein ganzer Körper summt wie elektrisiert, dann stehen wir vor dem dunkelroten Backsteinhaus. Unsere Fenster sind dunkel, also ist Cat nicht zu Hause.

»Tja, also …«, sage ich und drehe mich lächelnd zu ihm um. Und schlucke.

Seine Augen glitzern im Schein der Außenbeleuchtung, die automatisch angesprungen ist. Mit einer raubtierhaft raschen Bewegung ist er bei mir, stützt seine Hände dicht neben meinem Kopf gegen die raue Hauswand, und dann verschließen seine Lippen meinen Mund. Ich keuche und will ihn abwehren, weil alles in mir dagegen ist, aber ich kann nicht. Zu weich, zu warm. Zu schön. Stattdessen schließe ich die Augen und lasse ihn zu.

Die Straße ist leer, Newcastle schläft. Als seine Hand unter das Sakko gleitet, seine Fingerspitzen kundig meine Brustwarzen finden und sanft an ihnen reiben, durchzuckt Erregung meinen Schoß. Ich kriege keine Luft, weil sein Kuss gieriger, intensiver wird. Und plötzlich ist seine Hand unter meinem Kleid, schiebt es nach oben. Reibt über meinen Schritt, über die zarte Spitze des Strings, den ich darunter trage. Mein Atem geht flacher, meine Hände machen sich selbstständig und ertasten die Härte in seiner Hose, fahren über die muskulöse Brust unter seinem Hemd. Wieder und wieder.

Sein Daumen kreist auf mir und entlockt mir ein leises Aufstöhnen. Neckisch, verspielt fährt er über meine empfindliche Perle und reizt sie. Ich bin feucht. Gott, so feucht. Dränge mich fester an ihn, ohne meine Lippen von seinen zu lösen, ohne die Zunge aus seinem Mund zu nehmen. Klammere mich an ihn wie eine Ertrinkende, reibe über seinen Schritt und fühle, wie er unter meinem Griff wächst und härter wird. Wie zwei Teenager stehen wir im inzwischen wieder dunklen Hauseingang und fummeln. Wir erkunden unsere Körper, als wäre es das erste Mal.

Plötzlich höre ich die Stimme meiner Mutter in meinem Kopf. Bin wieder fünfzehn Jahre alt, heimlich verliebt und genauso knutschend in der Bushaltestelle vor unserem Haus. Genauso verschwitzt, verschämt. Ich spüre ihren harten Griff an meiner Schulter, die Ohrfeige, die mich aus der unschuldigen Erregung reißt, höre ihre Worte, ihre Beschimpfungen. Die Erinnerung wirkt wie eine kalte Dusche, die meinen Verstand aus dem Urlaub zurückholt und mir schmerzhaft klarmacht, warum das hier falsch ist. So falsch.

Mit einem Ruck ziehe ich meinen Kopf zurück, trenne unsere Münder voneinander und schiebe ihn von mir. Er lässt mich, sieht mich nur an, den Kopf auf die Seite gelegt, die vollen Lippen zu feinen Strichen zusammengepresst.

»Gwen, bitte …«

»Ich kann nicht, Adrian«, sage ich, schwer atmend. Mein Herz stolpert in der Brust und ich muss mich mit der Hand im Türrahmen abstützen, weil meine Beine zittern. Mein Körper will ihn, verlangt nach ihm, und noch etwas anderes tief in mir sagt mir, dass ich nachgeben soll, aber noch ist mein Verstand mächtiger und warnt mich.

»Es tut mir leid«, murmle ich, es klingt wie ein Schluchzen. Dann stoße ich die Haustür auf und stürme ins dunkle Treppenhaus. Geräuschvoll schlage ich die Tür hinter mir zu. Zwei Stufen auf einmal nehmend haste ich nach oben, fummle mit zitternden Fingern den Schlüssel ins Schloss und finde auch keine Ruhe, als ich schließlich allein im düsteren Flur stehe, ohne Licht zu machen. Mit pochenden Schläfen lehne ich den Kopf gegen die verschlossene Tür, dann fange ich an, mit meinen Fäusten dagegen zu trommeln.

»Scheiße! Verdammte, verfickte, verfluchte, unendliche Scheiße!«, brülle ich laut, und es erleichtert mich. Befreit mich. So sehr, dass ich den Tränen endlich freien Lauf lasse und an der Tür entlang nach unten rutsche, wo ich sitzen bleibe und hemmungslos in sein Sakko schluchze.

8

Cat ist nicht nach Hause gekommen letzte Nacht. Irgendwann muss ich wohl eingeschlafen sein, jetzt wecken mich bohrende, dumpfe Kopfschmerzen. Hervorgerufen durch zu wenig Schlaf und zu viele Tränen. Außerdem ist mir kalt, weil ich in dem dünnen Kleid und ohne Decke geschlafen habe, aber Adrians Sakko liegt zusammengeknüllt unter meinem Kopf. Ich fühle mich wie ein Zombie.

Schlecht gelaunt klettere ich unter die Dusche, trockne mich anschließend ab und gehe in mein Zimmer, um mich anzuziehen. Gedanken kreisen in meinem Kopf, Wortfetzen, Bilder wie Lichtblitze. Ich möchte mich ausschalten, finde aber den Schalter nicht. Stattdessen ärgere ich mich kurz über den gähnend leeren Kühlschrank, ein Normalzustand, seitdem Kilian nicht mehr hier wohnt. Sogar die Milch ist alle, wie doof ist das denn? Ich hasse schwarzen Kaffee, aber einen Morgen wie diesen überlebe ich nicht ohne. Also schnappe ich mir entschlossen Portemonnaie und Schlüssel und gehe einkaufen. Unterwegs schreibe ich Cat eine SMS und frage, wann sie nach Hause kommt und ob ich Donuts mitbringen soll. Sie antwortet, völlig ohne schlechtes Gewissen. Bagel. Und Himbeermarmelade. Lieber Himmel, ich hoffe sehr, dass mit ihr und Jonathan alles okay ist und sie keinen Grund hat für so eine Zuckerattacke!

Trotz des Nieselregens sind die Menschen freundlich. Irgendwie scheinen sogar alle gute Laune zu haben. Nur ich nicht. Ich leide, und das darf meinetwegen jeder sehen. Das Problem ist nur, dass ich selbst der Grund für mein Leid bin und auf niemanden sauer sein kann!

Wie oft habe ich von dem Gefühl gelesen, innerlich zerrissen zu sein? Erst jetzt weiß ich, wie es sich anfühlt. Ein großer Teil von mir sehnt sich nach Adrian, nach seiner Berührung, seiner Stimme. Ich will ihn anfassen, küssen, mit ihm schlafen, bei ihm sein. Ich rieche ihn auch jetzt – dieses unnachahmliche Parfum von Adrian Moore. Die verlockende Mischung aus dezentem Aftershave, Whisky, frischem Schweiß, wenn wir miteinander geschlafen haben. Ich will ihm zuhören, wenn er spricht, jedes Wort in mich aufsaugen, und ich will ihn ansehen, während er schreibt oder liest oder schläft. Die Falte auf seiner Stirn beobachten, wie sie immer tiefer wird, je intensiver er nachdenkt. Mich fragen, was gerade in seinem Kopf vorgeht, welche Sätze er formuliert oder worüber er grübelt. Noch nie im Leben habe ich mich so sehr nach etwas gesehnt, und noch nie hatte ich gleichzeitig so große Angst vor etwas. Die Gefühle drohen mich zu zerreißen, ich komme mir vor wie an ein riesiges Bungeeseil gebunden, an dem aus beiden Richtungen jemand zieht. Oben und unten. Hoch und tief. Himmelhochjauchzend …

Hat Adrian recht und es ist Schicksal, dass wir uns auf der Buchmesse getroffen haben? Ich glaube nicht an Schicksal, auch nicht an Horoskope und sonstigen übersinnlichen Kram. Dazu bin ich viel zu nüchtern. Außerdem müsste ich sonst glauben, dass ein Stier wie ich niemals mit einem Skorpion wie Adrian glücklich werden würde. Nicht, dass ich das nachgelesen hätte oder so …

Eifersüchtig, dominant, einschüchternd. Ja, das alles trifft wohl auf Adrian zu, aber es ist Blödsinn zu glauben, dass jeder Skorpionmann so wäre. Nein, genauso gut könnte ich an Schicksal glauben. Oder an so was wie Liebe auf den ersten Blick. Oder an Alf.

Als ich die Wohnungstür aufschließe, höre ich Stimmen aus der Küche. Cat ist wieder da, und sie ist offensichtlich nicht allein. Immerhin ist eine von uns glücklich, ich gönne es ihr von Herzen.

Grinsend gehe ich hinein, stelle die Papiertüte auf den Tisch und ziehe meine Jacke aus, während ich laut »Guten Morgen!« rufe.

Die beiden fahren auseinander, als hätte ich sie beim Kiffen erwischt, dabei haben sie nur geknutscht. Nehme ich mal an. Cat starrt mich mit weit aufgerissenen Augen an. »Gwen?«

»Ja?«, frage ich zurück und mache Anstalten, die wenigen Einkäufe in den Kühlschrank zu räumen.

»Gwen … warst du gerade einkaufen?«

»Nein, ich hab die Sachen der alten Dame nebenan geklaut. Natürlich war ich gerade einkaufen.« Himmel, hat Jonathan ihr gestern den Verstand aus dem Leib gevögelt oder was? Genervt drehe ich mich um und frage mich, was mit ihnen los ist. Jonathan beißt sich so heftig auf die Unterlippe, dass es sogar mir vom Hinsehen wehtut. Cat ist rot angelaufen, ich weiß genau wie sie aussieht, wenn sie versucht, ernst zu bleiben.

»Was?«

»Äh … vielleicht hättest du dir vorher etwas … anziehen sollen?«

Jonathan gibt so merkwürdig glucksende Geräusche von sich, dass ich erst ihn irritiert ansehen muss, bevor ich an mir runtergucke und den roten Filz entdecke. *Filz*? Oh verdammt, ich bin mit meinen Hausschuhen einkaufen gegangen und hab es nicht mal bemerkt! Ich schlage mir lachend die Hand vor die Stirn und schüttle den Kopf.

»Gott, ich hab glatt vergessen, mir Schuhe anzuziehen. Wie doof ist das denn?«

»Nicht nur Schuhe«, sagt Cat mit bedrohlichem Unterton, und dann gibt es kein Halten mehr. Die beiden brechen in schallendes Gelächter aus, das meine Ohren zum Klingen bringt. Was zum Teufel …?

Meine Beine sind schwarz. Okay. Aber das ist … das ist eine Strumpfhose! Mein Gesicht wird knallheiß. Ich bin in Strumpfhose und Pantoffeln einkaufen gegangen! Kein Wunder, dass die Leute alle *so gute Laune* hatten!

Cat heult vor Lachen. »Entschuldige, Süße, aber das ist … wirklich … dass ausgerechnet dir so was passiert!«

»Krieg dich wieder ein!«, knurre ich und lasse mich hastig auf einen Stuhl fallen, weil mir einfällt, dass die vermaledeite Strumpfhose nicht mal blickdicht ist. Jonathan hat also gesehen, dass meine Unterhose nicht aus der Kollektion von Victoria's Secret stammt, sondern aus der Kinderabteilung von Marks & Spencer. Und nicht nur er! Ich vergrabe das Gesicht in den Händen und stöhne entsetzt.

»Hey, mach dir nix draus! Einigen Leuten hast du bestimmt den Tag gerettet mit der Aktion. Was meinst du, was die zu Hause zu erzählen haben?« Cat wischt ihre Lachtränen von der Wange und kommt zu mir, um mich zu drücken. »Ich mach Frühstück, okay?«

Mir ist der Appetit gründlich vergangen. Herr im Himmel, so was ist mir tatsächlich noch nie passiert! Das hätte eher zu Cat gepasst. Aber ich war offenbar so in Gedanken versunken, dass ich das überhaupt nicht bemerkt habe. Schön, dass wenigstens die beiden Spaß an dieser peinlichen Geschichte haben.

Cat kichert immer wieder, während sie ein paar Dinge aus dem Kühlschrank holt und auf den Tisch stellt. Ich höre, wie sie die Kaffeemaschine anwirft und Jonathan in unseren Schränken nach Geschirr und Besteck kramt.

Ich trinke Kaffee, esse aber nichts, weil ich trotz Hungers überhaupt keinen Appetit habe. Dazu kommt, dass Cat und Jonathan mich nervös machen. Sie füttern sich gegenseitig wie kleine Kinder und flüstern sich zwischendurch komische Sachen ins Ohr. Das junge Glück ist für mich nur schwer zu ertragen, auch wenn ich mir deshalb gemein vorkomme. Eigentlich sollte ich mich für Cat freuen und meine eigenen Sorgen ignorieren, sie ist schließlich meine beste Freundin. Ich fühle mich aber gerade wie Cruella de Vil und hasse mich selbst für diesen Neid.

Jonathan verabschiedet sich nach dem Frühstück zum Sport, ich räume den Tisch ab. Als ich gerade die schmutzigen Teller ins Spülbecken lege und Wasser einlaufen lasse, kommt Cat von hinten zu mir und legt mir die Arme um die Hüften.

»Also … erzähl.«

»Was denn?«

»Nun stell dich nicht dumm, Gwen! Ich habe gestern Abend gesehen, wie Adrian Moore auf die Bühne gestürmt ist und dich nach draußen gezerrt hast. Das Nächste, was ich von dir gesehen habe, war deine Unterhose. Irgendwas ist also passiert, und ich will jetzt *alles* wissen! Erzähl mir nicht wieder, ihr habt in London nur gearbeitet und ein bisschen geknutscht, denn das kaufe ich dir im Leben nicht ab!«

Ich kann mir ein Grinsen nicht verkneifen. Okay, ich hatte mich gewundert, warum Cat mich nicht auf den gestrigen Abend angesprochen hat, aber offenbar wollte sie Jonathan gegenüber Stillschweigen bewahren. Wofür ich ihr sehr dankbar bin. Noch immer in Strumpfhose spüle ich weiter ab und fasse einen Entschluss.

»Gut, ich erzähle es dir. Alles. Aber du musst versprechen, nicht sauer auf mich zu sein und mir nicht den Kopf zu waschen.«

Cat mustert mich von oben bis unten, dann nickt sie. »Das mit dem Kopf weiß ich noch nicht, aber ich bin ganz Ohr!«

Eine Stunde später hat meine beste Freundin den ersten Tropfen Alkohol an diesem Tag getrunken und sieht ein bisschen fertig aus. »Ich kann nicht glauben, dass du einfach abgehauen bist, Gwen. Entschuldige, ich wollte dir keine Standpauke halten und das werde ich auch nicht. Aber … warum?«

»Du weißt, warum«, antworte ich und ziehe die Beine an meinen Körper, dann schlinge ich die Arme darum und stütze mein Kinn auf die Knie. Mir war nicht wohl bei diesem Gespräch, doch jetzt bin ich erleichtert, mich ihr anvertraut zu haben. »Ich kann das nicht, was er will. Das bin ich einfach nicht.«

»Fahr nach London, schlaf mit ihm, bis du nicht mehr laufen kannst, und lass es einfach passieren. Ehrlich, das ist ein guter Rat von mir, und ich meine ihn ernst!«

»Ich fahre ja nach London – aber nicht zu ihm! Ich werde stattdessen einen wirklich genialen Autor treffen und vielleicht endlich den Weg für meine berufliche Zukunft ebnen. Mit John Karry.«

»Gwen! Du bekommst einen Mann wie Adrian Moore auf dem Silbertablett serviert, er will dich, er ist hinter dir her und sogar so eifersüchtig, dass er nach Newcastle fährt, um bei der Premiere eines winzigen Theaters die Bühne zu stürmen … Was willst du denn noch?«

Mein Schädel brummt vom vielen Denken, und ich finde gar keine vernünftige Antwort.

»Ich weiß, dass du unter der Sache mit Julius gelitten hast. Ich weiß auch, dass du Adrians Vorlieben nichts abgewinnen kannst und das alles unheimlich findest. Dass du dir Sorgen machst, ob das gut gehen kann. Na und? Er hat ja nicht gesagt, dass er dich anketten und verprügeln will, oder? Du wolltest doch immer einen Schriftsteller. Einen intelligenten, humorvollen Mann, zu dem du aufsehen kannst. Himmel, Gwen, er überragt dich um mehr als eine Kopflänge. Ist das nicht groß genug?«

»Darum geht es gar nicht!« Ich schüttle stöhnend den Kopf. »Ich habe Angst, Cat. Einfach nur riesige Angst. Weil ich der ganzen Sache nicht gewachsen bin. Er ist so … dominant. So einnehmend. Er will nicht nur mit mir schlafen, er will mich besitzen. Wie soll ich mit so einem Menschen leben, geschweige denn glücklich werden? Er hat schlimme Dinge erlebt, ja. Das habe ich auch, wenn auch andere. Wir sind beide verletzt und tragen Narben auf der Seele, aber ich sehe nicht, dass wir uns irgendwie helfen können.«

»Ich schon.« Cat sieht mich fest an und wirkt plötzlich ungewöhnlich ernst. »Ich weiß, was du gleich sagen wirst. Du bist noch keine fertige Psychologin, solange du dein Studium nicht beendet hast, bla bla bla. Hier ist trotzdem meine Meinung: Adrian sucht nach einer Frau, die er beschützen kann, für die er Verantwortung übernehmen kann, die aber trotzdem selbstständig ist. Und das bist du ohne Zweifel. Du suchst nach einem Mann, dem du vertraust und der dir das Gefühl gibt, wirklich geliebt zu werden. Ich bin mir sicher, dass Adrian dir das bieten kann. Ich weiß, du findest ihn zu schön, zu oberflächlich, zu reich und kannst nicht glauben, dass er sich ernsthaft für jemanden wie dich interessiert. Du befürchtest, nur ein Spielzeug zu sein, das er schnell leid ist, und wieder verletzt zu werden. Ich gebe zu, die Gefahr besteht. Aber …« Sie beugt sich weiter über den Tisch, den Blick fest mit meinem verhakt. »Es besteht immerhin auch die Chance, *dass* es gut geht. Wenn du mich fragst, liegt die bei ziemlich genau fünfzig Prozent. Du musst es nur wollen.«

»Du verstehst mich nicht, Cat! Adrian und ich, wir sind wie Feuer und Wasser. Du kennst meine Geschichte, du weißt, was ich erlebt habe. Mit meiner Mutter, mit Julius … wie sollte ich mich jemals auf einen Mann mit so einem Kontrollwahn einlassen können? Der mich heimlich beobachtet, mich belügt, von mir aber bedingungslose Ehrlichkeit fordert? Der mich verfolgt und sogar ausflippt, wenn mich ein anderer auf einer Bühne küsst. In einer Theatervorstellung! Ich kann damit nicht leben.«

Meine Wangen sind feucht geworden, weil ich offenbar weine. Ich hab es nicht mal bemerkt. Cat greift über den Tisch nach meinen Händen und zieht sie in ihre Richtung. Hält mich ganz fest.

»Ich habe auch Angst, Gwen. Aber diese Angst darf mich doch nicht lähmen und dazu bringen, gar nichts zu tun! Wenn wir nicht durch das, was wir riskieren und was dann auch mal schiefgeht, stark werden, werden wir nie stark. Ein Verlust macht uns stark, aber auch eine Enttäuschung. Du hast vor zwei Jahren geglaubt, nie über Julius hinwegzukommen. Über das, was er dir angetan hat. Und jetzt sieh dich an – du bist auf dem besten Weg dazu! Also ruf Adrian an, oder schreib ihm einen Brief oder was auch immer, und sag ihm, dass du bereit bist. Bereit, dein Leben zu riskieren. Mit ihm.«

Nun fließen meine Tränen ungebremst. »Cat, ich … will nicht.«

Ich weiß, dass man Menschen nicht verändern kann. Es ist ein ewiger Irrglaube, dass man sich verliebt und der andere so ist, wie man ihn am Anfang gesehen hat. Irgendwann stellt sich heraus, dass man sich selbst in der verliebten Blindheit ein eigenes Bild gemacht hat, und man versucht verzweifelt, den wahren Menschen nach diesem Bild zu formen. Doch das wird nicht gelingen, niemals. Und ich werde niemals mit ihm leben können. Mit dem, was er wirklich ist.

»Im Moment will ich einfach nur meine Ruhe haben.«

»Ja, dann schreib weiter an deiner Arbeit, vergrab dich in deinen Büchern und leide vor dich hin. Aber ich sage dir: Du läuft vor etwas weg, das dich längst eingeholt hat. Warum sollte es besser sein, sich selbst zu verletzen, als von jemand anderem verletzt zu werden?«

»Ich gehe arbeiten«, sage ich und stehe auf, der Diskussion müde. »Du wirst es vermutlich sowieso nie verstehen.«

»Das befürchte ich auch. Allerdings befürchte ich ebenfalls, dass du es selbst nicht verstehst. Und das, meine Liebe, ist verdammt traurig. Für dich und für euch.«

9

Es ist mir ein bisschen peinlich, Greg nach der verpatzten Vorstellung in die Augen zu sehen, aber ich konnte seiner Bitte nicht widersprechen. Obwohl er beteuert hat, dass es kein Date ist, weil wir nur nach der Vorstellung zusammen Essen gehen wie Arbeitskollegen, fühlt es sich doch so an. Nun sitze ich ihm in Newcastles coolstem Fast Food-Restaurant gegenüber und stochere mit nervösem Magen in meinen handgeschnitzten Pommes herum, ohne wirklich etwas davon zu essen.

»Ich habe gehört, dass du eine … Beziehung mit Adrian Moore hast?« Er zieht eine Augenbraue hoch und sieht mich fest an.

»Beziehung kann man das nicht nennen. Ich habe für ihn gearbeitet. In London.«

Greg pfeift durch die Zähne. »Wow. Das ist mal eine Referenz. Er ist doch dieser Bestsellerautor, oder? Wie bist du an den Job gekommen?«

»Lange Geschichte«, antworte ich. »Ich habe ihn auf der Buchmesse getroffen und wir kamen ins Gespräch, daher …«

»Es sah vorgestern nach der Premiere eher nicht nach einer Arbeitsbeziehung aus.« Greg zwinkert mir zu und ich muss lachen.

»Gut, vielleicht war da ein bisschen mehr als Arbeit, aber … jetzt ist es vorbei. Deshalb bin ich ja hier. Mit dir.«

Er beißt herzhaft in seinen Riesenburger und kaut, während er mich nachdenklich mustert. »Woher kommt der plötzliche Sinneswandel, Gwen?«

»Was meinst du?«

Jesus, das ist wirklich unangenehm. Ich bin nicht besonders erfahren, wenn es um Dates geht, aber wenn das immer so anstrengend ist, weiß ich auch, warum ich bisher nicht viel darum gegeben habe.

»Deine Zustimmung zum Theaterstück. Der Kuss. Die Tatsache, dass wir auf einem Nicht-Date sind und Essen gehen … ich meine, wir wissen beide, worauf es hinauslaufen wird.«

Er grinst mit schiefem Mund, und mir wird ein bisschen schlecht. Ernsthaft?

»Läuft das immer so bei dir? Ein Date, ein billiges Essen, und dann ab ins Bett?«

Zu meinem Erstaunen nickt er einfach nur als Antwort und beißt erneut vom Burger ab. Meine Wangen werden heiß. Himmel, woher nehmen Männer eigentlich ihr unerschütterliches Selbstbewusstsein?

»Ich weiß nicht, Greg … klar, wir kennen uns schon lange, aber ich dachte, es wäre … anders. Etwas Besonderes, irgendwie.«

»Tut mir leid, ich bin nicht besonders kreativ, wenn es um Dates geht.« Greg zuckt mit den Schultern. »Ist meistens nicht unbedingt nötig.«

Ich stöhne leise auf. »Ich weiß, dass du es leicht hast bei den Frauen. Kein Wunder, wenn man so aussieht wie du. Umso mehr wundere ich mich, dass du ausgerechnet mit mir Essen gehen wolltest. Wozu die Mühe?«

»Weil ich neugierig bin und wissen will, was mit der kleinen, spröden Gwen passiert ist. Ich erkenne dich kaum wieder, seit du aus London zurück bist. Du wirkst viel selbstbewusster und offener als früher und ich gebe zu, dass du mich neugierig gemacht hast.«

»Neugierig?« Stirnrunzelnd sortiere ich weiter die Pommes auf meinem Teller. »Du bist also einfach nur neugierig auf mich? Weiter nichts?«

»Nun ja, Liebe und sexuelle Anziehungskraft bestehen doch zu drei Vierteln aus Neugier. Und ich frage mich, was hinter der schroffen Fassade steckt.«

Seine Ehrlichkeit verblüfft mich.

»Ich kann das nicht, Greg«, sage ich entschlossen. »Ich bin kein Typ für belanglosen Sex. Entweder, da ist mehr, oder … eben nicht.«

»Gut. Ich bin bereit, auf das mehr zu warten, wenn du willst. Ich habe auch nicht erwartet, dass du gleich beim ersten Mal mit mir ins Bett springst. Obwohl ich nicht zu viel verspreche, wenn ich dir sage, dass es sich lohnen könnte.«

Er zwinkert wieder, aber während ich sein Selbstbewusstsein früher charmant und bewundernswert fand, finde ich ihn plötzlich gar nicht mehr … anziehend. Unruhig rutsche ich auf dem Stuhl herum und frage mich, was ich hier eigentlich gerade mache. Und warum ich nicht einfach locker sein und Spaß haben kann. Dabei ist das kein großes Rätsel.

Mein Magen verknotet sich, als ich an Adrian denke. Der Sex mit ihm wird mir immer unvergessen bleiben, und noch so vieles mehr. Unsere Gespräche, sein Humor, die Art, wie er mich angesehen hat, bevor wir … Vielleicht hat er mich verdorben. Ja, das wird es sein. Er hat mich verdorben, weil sich alles andere plötzlich nur noch schal anfühlt. Nicht richtig. Vor einem halben Jahr wäre ich ausgeflippt, wenn Greg mich zum Essen eingeladen hätte, und jetzt?

Ich seufze auf und wende mich wieder Greg zu. »Vielleicht brauche ich auch nur ein bisschen mehr Zeit.«

»Klar, das verstehe ich. Wie wär's, wenn wir nächste Woche ein zweites Date versuchen? Nicht Essen gehen, irgendwas anderes. Wir könnten … hm, keine Ahnung. Was magst du so? Was machst du gerne?«

»Lesen«, antworte ich wie aus der Pistole geschossen. Himmel, ich mache es ihm wirklich nicht leicht, das merke ich nicht nur an seinem irritierten Gesichtsausdruck. Und es tut mir leid.

»Äh … okay. Dann … vielleicht gehen wir zusammen in die Bibliothek und du zeigst mir deine Lieblingsbücher?« Er lacht leise.

»Sehr witzig, Greg. Ich weiß nicht, was man bei Dates so macht. Zum Eislaufen ist es zu warm, zum Schwimmen zu kalt. Theater wäre vielleicht nicht ganz angebracht … Kino?«

»Kino, klar. Warum nicht? Dunkel, gemütlich, kuschelig … Such einen Film für uns aus, okay?«

Nicht okay. Gar nicht okay. Ich will, dass *er* einen Film aussucht und alles organisiert. Mich einlädt, für Popcorn und Cola sorgt und mir einen Film zeigt, den *er* mag. So soll das doch laufen, oder etwa nicht? Jetzt will er mir die Verantwortung in die Schuhe schieben, und ich bin schuld, wenn das nächste Date ein Desaster wird.

»Okay«, antworte ich trotzdem, um nicht total bescheuert auszusehen. »Aber am Montag fahre ich nach London wegen eines möglichen Jobs, also vielleicht am Mittwoch?«

Ich kenne den Theaterplan natürlich und weiß, wann er einen freien Abend hat. Montag und Mittwoch. Am Donnerstag werde ich ihn dann bei der Arbeit treffen, und wenn unser Date ein Reinfall wird, weiß ich nicht, wie ich ihm gegenübertreten soll. Oh Gott.

Sei vernünftig, Gwen! Mit Greg könnte es funktionieren. Er sieht gut aus, er ist nett, ihr kennt euch schon lange, und ihr seid so was wie Freunde. Das klingt nach einer soliden Basis für eine Beziehung. Abgesehen davon, dass Greg offenbar keine große Erfahrung mit Beziehungen hat, zumindest nicht, seitdem du ihn kennst.

Verdammt, warum muss das Leben so kompliziert sein? Jedenfalls, sobald Männer ins Spiel kommen. Vor ein paar Wochen noch ging es mir ziemlich gut mit meiner unerfüllten Schwärmerei für Greg. Kein Adrian, keine komischen Gefühle. Kein Welt verändernder Sex. Keine schlechten Küsse. Ich muss mich zwingen, Adrian zu vergessen, damit Greg und ich eine Chance haben.

Greg fährt mich nach Hause, in seinem alten Vauxhall, der aussieht, als würde er nur vom Rost zusammengehalten. Vor unserer Tür hält er an und sieht mir so lange in die Augen, dass ich meinen Blick abwenden muss.

»Also, dann …«, sage ich und strecke den Arm aus, um die Tür aufzumachen.

Er beugt sich etwas vor und lächelt. »Komm schon … nicht mal ein Abschiedskuss?«

Mein Herz wird schwer, als ich den Kopf schüttele. Ich kann nicht. Nicht, nachdem Adrian hier war und mich … verdammt, ich sollte ins Kloster gehen oder so was. Seit ich wieder Männer in meinem Leben zugelassen habe, hat sich alles in Chaos verwandelt. Zumal mein Handy in der Handtasche vibriert und ich dringend nachsehen will, ob Adrian sich meldet. Warum auch immer ich mir das wünsche.

»Wir sehen uns. Am Mittwoch.«

Damit steige ich aus und hinterlasse einen kopfschüttelnden Greg, der umgehend den Motor startet und nicht einmal wartet, bis ich die Haustür aufgeschlossen habe. Irgendwie bin ich mir sicher, dass Adrian mich zumindest bis zur Tür begleitet hätte, und plötzlich erscheint mir das gar nicht mehr seltsam, sondern … schön.

In der leeren Wohnung streife ich die Schuhe von den Füßen ab und ziehe das Handy aus der Tasche. Die Nachricht ist anonym, was mein Herz schneller klopfen lässt. Oh bitte, nicht noch mehr davon! Was um alles in der Welt soll das?

Wer sich in Gefahr begibt, kommt darin um.

Mehr nicht. Natürlich kein Absender, kein Gruß. Meine Finger zittern, als ich das Handy genervt in die Tasche zurückwerfe. Sehr witzig. Seit wann verschickt das Chinarestaurant Glückskekse per SMS? Ich würde so gern eine bissige Antwort schreiben, was aber leider nicht geht, weil die Nachricht wie immer von einer anonymen Internetadresse verschickt wurde. Wer zum Teufel will mir hier Angst machen? Und warum?

Ich zögere kurz, bevor ich meinen Laptop einschalte und meine Facebookseite aufrufe. Kilian hat sich gemeldet und fragt nach, wie es uns geht. Ich erkundige mich nach seiner Mutter und bitte ihn, mich mal anzurufen, dann erzähle ich noch rasch von meinem aufregenden Jobangebot in London. Wie von selbst klicke ich Adrians Fanseite an und lese die neuesten Kommentare. Vielleicht bin ich doch masochistischer, als ich zugeben will? Warum kann ich ihn nicht einfach vergessen und mit meinem Leben weitermachen? Mit Greg, zum Beispiel. Es ist einfach nicht fair!

Trotzdem kann ich der Versuchung nicht widerstehen und

schreibe ihm. Vielleicht hat er eine Erklärung für die seltsamen anonymen Nachrichten und kann mir helfen. Ich bin mir ziemlich sicher, dass sie etwas mit ihm zu tun haben, woher auch immer der Absender meine Handynummer hat. Dann nutze ich die Gelegenheit und frage auch gleich noch nach, ob er zufällig eine Idee hat, wie ausgerechnet ich an das Angebot komme, John Karrys Biografie zu verfassen. Ich erwarte keine Antwort, aber jedenfalls habe ich gefragt und das beruhigt mich ein wenig.

Die Antwort folgt wenige Minuten später in Form eines Postings auf meiner Pinnwand. Was zum …? Es ist ein Bild. Nur das Bild einer Spielkarte, ohne Kommentar. Ein Herz-Ass.

10

Ich bin wahnsinnig aufgeregt. Cat musste mir die Augenbrauen zupfen, die Nägel feilen und mit nudefarbenem Lack verschönern, und ich war tatsächlich shoppen. Jetzt stecke ich in einem nagelneuen Kostüm, das mich in eine seriös wirkende Frau verwandelt hat. Ich fühle mich erwachsen darin, und ich mag es. Es hat einen eng anliegenden Rock und eine kurze Jacke mit kleinem Schößchen. Die Haare habe ich zu einem Knoten hochgesteckt und meine schwarze Brille aufgesetzt. Auf der Besuchertoilette des riesigen Verlagshauses am Londoner Strand trage ich noch einen Hauch Rouge und Lippenstift auf, dann betrachte ich mich zufrieden im Spiegel.

Gwendolyn Hamlin, wie schön, Sie kennenzulernen!

Gwendolyn Hamlin. Es ist mir eine Ehre, Sie kennenlernen zu dürfen!

Mr Karry, es ist mir eine Freude, Sie heute hier zu treffen! Gwendolyn Hamlin!

Ich murmle die Worte vor mich hin und übe im Spiegel, möglichst entwaffnend zu lächeln. Mir geht es gut, obwohl in meinem Magen Chaos herrscht. Ich habe auf der Zugfahrt nach London zwei Beutel Weingummi gefuttert, und eine Packung Toffees. Jetzt ist mir ein bisschen übel, aber das kenne ich von mir, wenn ich aufgeregt bin.

Ich hebe meine Handtasche auf und werfe sie mir über die Schulter, dann sehe ich ein letztes Mal tief einatmend in den Spiegel und verlasse den Waschraum, um mich auf den Weg in die sechste Etage zu machen. Wo John Karry auf mich wartet.

»Ms Hamlin?«

Eine Frau mit kleiner Nickelbrille und grauen Strähnen in den brünetten Haaren nimmt mich in Empfang. Weil John Karry ein wichtiger Autor ist, findet das Treffen im Büro eines der Verlagschefs statt.

»Ja, die bin ich.«

Ich reiche der Dame höflich die Hand und registriere erleichtert, dass sie mich zufrieden betrachtet. Nein, wie eine dreiundzwanzigjährige Studentin sehe ich wirklich nicht aus, eher wie eine Junglehrerin. Was okay ist.

»Kommen Sie. Mr Newman und Mr Karry warten bereits.«

Mein Herz schlägt immer heftiger, als ich ihr durch den breiten Flur folge und auf eine mit Leder gepolsterte Tür zugehe. Dahinter sitzen sie – der Verlagschef und der größte Autor aller Zeiten! Von den nächsten Minuten wird meine gesamte Zukunft abhängen. Ich verspüre einen Druck, der mir den Atem rauben will, als ob sich jemand Schweres auf meine Brust gesetzt hat, aber ich muss jetzt stark sein, mich beherrschen.

Die brünette Dame reißt die Tür auf und weist mir mit der Hand den Weg. Ich folge ihrem Wink, zwinge mich zu einem unverbindlichen Lächeln und trete ein. Mein Lächeln gefriert mir im Gesicht, als ich sehe, wer an einem riesigen Wurzelholzschreibtisch auf mich wartet. Dann schnappe ich nach Luft und verliere komplett die Fassung. Und meine Handtasche.

»Ms Hamlin?«

Ich nehme den Besitzer der Stimme kaum wahr, weil mein Blick fassungslos an *ihm* hängt. *Er* hat sich auf seinem Stuhl halb zu mir umgedreht und zwinkert mir grinsend zu. Als sei es ganz normal, dass er hier sitzt. Was soll das?

»Gwendolyn Hamlin?«

Wieder diese Stimme. Das Blut rauscht so laut durch meinen Kopf, dass ich sie nur gedämpft höre.

»Sehr erfreut.« Adrian steht auf, mit einem Pokerface, das mich schwer beeindruckt. Der ältere Herr mit dem schütteren Haar, den ich jetzt verwirrt ansehe, während ich wie von selbst die Hand ausstrecke, wirkt mindestens so irritiert wie ich. Vermutlich über mein seltsames Verhalten, das ich hier an den Tag lege.

»Was tust du hier?«, zische ich Adrian zu, doch er antwortet mir nicht. Stattdessen setzt er sich wieder und beobachtet, wie ich mir von Mr Newman die Hand schütteln lasse.

»Setzen Sie sich. Mr Moore, das ist Gwendolyn Hamlin, die Studentin, die Ihnen bei Ihrer Biografie helfen soll.«

Ich bleibe hinter dem Stuhl stehen, der offenbar für mich vorgesehen war, und hebe den Arm.

»Entschuldigen Sie, aber da muss ein Missverständnis vorliegen. Ich bin hier wegen der Biografie von *John Karry*.«

Adrians Schultern zucken verdächtig. Er wird ja wohl nicht wagen, sich über mich lustig zu machen? Schließlich ist es seine Schuld, dass ich wie eine Idiotin in diesem Büro stehe! Er hat mich aus dem Konzept gebracht!

»Ja, genau. Setzen Sie sich doch.«

Mr Newman kehrt an seinen Platz hinter dem riesigen Schreibtisch zurück und kräuselt die Lippen. Ich lasse mich verdattert auf den Stuhl fallen und werfe Adrian einen Seitenblick zu, den er mit einem undurchsichtigen Lächeln erwidert. Himmel, hier ist was im Busch. Mir wird ganz komisch.

»Mr Moore hat die Romane unter Pseudonym veröffentlicht. Es tut mir leid, die Identität John Karrys ist bislang geheim geblieben, aber nach dem sagenhaften Erfolg seines letzten Romans haben wir gemeinsam beschlossen, es zu lüften. In Zusammenhang mit der Biografie.«

Ich höre, dass er spricht, aber ich verstehe nichts mehr. Kein Wort. Wortfetzen rotieren in meinem Kopf, ich muss mich am Stuhl festhalten, um das hier zu begreifen. Das ist ein Traum, ganz sicher. Das kann nicht wahr sein! Niemals kann er mich so belogen haben! Er hat mich nach London eingeladen und mir versprochen, dass ich John Karry dort treffen werde. Weil er wusste, dass ich den Autor liebe. Wie konnte er mir die ganze Zeit verschweigen, dass *er* John Karry ist? Ist das ein verspäteter Aprilscherz? Meine Augen brennen, aber ich versuche, mich zu sammeln und Mr Newman weiter zuzuhören, denn der redet auf mich ein, als könnte er nur durch möglichst viele und schnelle Worte zu mir vordringen.

Adrian sieht mich immer noch an, aber ich weiche ihm aus, obwohl ich seinen stechenden Blick förmlich spüren kann. Ich bin so sauer auf ihn, dass ich ihn am liebsten hier vor den Augen des Verlagschefs verprügeln möchte. Ihn mit meinem Epilierer rasieren oder einen Knoten in seinen verdammten Schwa …

»Ms Hamlin?«

Was? Hat er mich was gefragt? »Entschuldigung, ich war gerade …«

Der Herr mit den schütteren Haaren wirft Adrian einen missbilligenden Blick zu und schüttelt leicht den Kopf. *Himmel, Gwen, jetzt reiß dich zusammen.*

»Mr Moore möchte sehr eng mit Ihnen zusammenarbeiten für seine Biografie. Ich hoffe, das ist zeitlich kein Problem? Sie würden eine Weile in London leben müssen und …«

»Ja, natürlich«, sage ich und lache bitter.

Mr Newman zieht irritiert beide Brauen hoch. »Ist alles in Ordnung?«

»Sicher. Klar. Alles gut. Ich bin nur … durcheinander.«

Ich verschränke die Arme vor der Brust. Mein rechter Fuß wippt ganz automatisch auf und ab, und wenn ich zur Seite sehe und Adrian anschaue, kann ich es wieder spüren. Das entsetzliche Kribbeln, das durch meinen Körper zieht. Sehnsucht. Verlangen. Wut. Alles mischt sich in mir zu einem Gefühlscocktail, der zu viel ist. Zu viel von allem. Ich fühle mich wie eine geschüttelte Champagnerflasche, die dringend entkorkt werden will, um überschäumen zu können. Aber nicht hier. Nicht vor den Augen eines wichtigen Mannes, der über meine berufliche Zukunft entscheiden könnte.

»Das merke ich. Es tut mir leid, wenn Ihnen nicht klar war, dass es sich bei John Karry um Adrian Moore handelt.« Mr Newman sieht wirklich besorgt aus.

»Nein, das war es ganz und gar nicht«, antworte ich und werfe nun einen Blick zur Seite, der hoffentlich Adrians Eingeweide zum Einfrieren bringt. Er zuckt tatsächlich kurz zusammen, fängt sich aber im Gegensatz zu mir gleich wieder und grinst so ungerührt wie immer.

»Nun, vielleicht möchten Sie die heutige Gelegenheit nutzen, um sich gegenseitig kennenzulernen? Sie haben ja ein sehr fundiertes Wissen über John Karrys Werk, wie Mr Moore mir mitteilte. Er hat sie für die Stelle vorgeschlagen, obwohl ich mir nicht sicher war, ob es gut ist, eine junge Studentin mit so einer wichtigen Aufgabe zu betreuen.«

»Natürlich.«

Ich weiß gar nicht, was ich noch sagen soll. Kennenlernen … am liebsten würde ich Mr Newman mitteilen, dass ich Adrian Moore schon ziemlich gut kenne. Und er mich. Er kennt sogar Teile meines Körpers, von deren Existenz ich selbst nichts geahnt habe. Und ich weiß, wie er aussieht, wenn er …

»Ich habe einen Tisch im Savoy reserviert. Dort können wir reden.« Adrian sagt das todernst und höflich. Als ob er keine Ahnung hätte, dass ich wütend auf ihn bin!

»Gut«, sage ich und springe so abrupt von meinem Stuhl auf, dass Mr Newman erschreckt zusammenfährt. Wahrscheinlich hält er mich schon längst für eine Irre, aber das ist mir im Moment ziemlich egal. Ich kann es kaum erwarten, Adrian endlich meine Meinung zu sagen!

»Wir ziehen uns dann mal zurück«, erklärt er dem verwirrten Mr Newman, der mir ein bisschen leidtut. Ich bin mir nicht sicher, ob er jemals eine Erklärung für diesen Auftritt bekommen wird, vielleicht erwartet er die gar nicht. Adrian dürfte auch ihn mit seinem Buch reich gemacht haben und hat daher vermutlich Narrenfreiheit.

»Das nenne ich eine überraschende Wendung«, sage ich auf dem Weg zum Fahrstuhl, ohne ihn anzusehen. Er geht mit großen Schritten neben mir her und beobachtet mich, ich spüre es.

»Du hast doch in meinem Roman bemängelt, dass es eine solche nicht gab. Bist du jetzt immer noch nicht zufrieden?«

Ich bleibe mitten im Gang stehen und schaue ihm stirnrunzelnd in die Augen. »Dies ist nicht dein Roman, sondern mein Leben, Adrian! Und du spielst damit, wie du mit deinen Protagonisten spielst.«

»Sei nicht böse, Kleines.« Die Worte, in Kombination mit dieser dunklen, einschmeichelnden Stimme, fahren mir umgehend durch den Körper. Mein Magen verkrampft sich schon wieder.

»Hör auf damit«, knurre ich. »Ich will sauer auf dich sein.«

»Dann sei sauer. Ich hindere dich nicht daran.«

Ich beiße mir auf die Lippe, um nicht zu grinsen. Er neigt den Kopf und lächelt, der Blick aus den blauen Augen ist so herzerweichend wie der eines Welpen. Verdammter Mist, ich hätte allen Grund, ihn für diese Sache zu hassen, aber ich kann nicht! Verzweifelt umklammere ich den Riemen meiner Handtasche und marschiere einfach weiter auf den Aufzug zu. Adrian folgt mir mit etwas Abstand. Der Lift wartet bereits, wir steigen ein. Er drückt an meinem Gesicht vorbei einen Knopf und ich nehme den Duft seines Aftershave wahr. Der Geruch sorgt für einen Erinnerungsflash, der mich kurz taumeln lässt.

»Ich sagte doch, dass ich noch ein Ass im Ärmel habe.« Während wir uns nach unten bewegen, schiebt er beide Hände in die Hosentaschen seines Anzugs und sieht mir fest in die Augen. »Und ich war mir sehr sicher, dass du diesem Ass nicht widerstehen wirst.«

»Du hast mich die ganze Zeit belogen.«

Wir verlassen das großzügige Entree des modernen Bürogebäudes, die Sonne quält sich wärmend durch die üblichen Wolken. Adrian legt die Hand auf meinen Rücken und lenkt mich geschickt durch die vielen Menschen, die uns entgegenkommen. Es sind nur wenige Schritte bis zum berühmten Savoy.

»Ich habe nicht gelogen. Du hast mich ja nie gefragt, ob ich zufällig John Karry bin.«

»Sehr witzig, Mr Moore! Etwas zu verschweigen, ist übrigens auch eine Lüge, falls dir das niemand beigebracht hat.«

Er bleibt abrupt stehen und hält mich fest, dreht mich an der Hüfte zu sich herum, sodass ich ihn ansehen muss. Ich bin froh, zumindest Schuhe mit kleinen Absätzen angezogen zu haben, obwohl ich immer noch den Kopf in den Nacken legen muss, um ihm in die Augen sehen zu können. Er greift mit beiden Armen um mich und zieht mich dicht zu sich heran. Mein Herz klopft jetzt schneller.

»Dann sollten wir daran arbeiten, alle Lügen auszuräumen. Bitte. Gib mir die Chance.«

»Adrian, ich …«

Ach du lieber Gott. Ich muss schlucken und kann nicht weitersprechen, weil er mich so ansieht. Dieser große, starke Mann sieht mich an, als hinge sein Leben von meiner Antwort ab. Ich komme mir vor wie in einem Film mit Meg Ryan.

»Übrigens siehst du heute absolut umwerfend aus«, raunt er dann.

Wir stehen wie zwei Verliebte mitten auf dem belebten Bürgersteig und sehen uns in die Augen. Es ist wie im Film. Wenn jetzt gleich noch der Big Ben ertönt, bin ich mir sicher, in einem Paralleluniversum gelandet zu sein.

»Wenn es nach mir ginge, würde ich das Essen glatt sausen lassen und stattdessen eine Suite mit dir verwüsten. Ich liebe diesen seriösen Sekretärinnen-Look an dir.«

Stirnrunzelnd schaue ich über seine Schulter. Vor der prachtvollen Fassade des geschichtsträchtigen Hotels stehen zwei Pagen in altmodischen Uniformen. Eine Suite verwüsten … mir läuft ein Schauer über den Rücken bei der bildhaften Vorstellung, was er damit meint. Zwischen meinen Beinen pocht es, aber ich ermahne mich, sauer auf ihn zu sein. Was ich schließlich bin.

»Ihre Tricks funktionieren heute nicht, Mr Moore. Außerdem brauche ich nach dem Schock definitiv Alkohol. Und was zu essen.«

Entschlossen nehme ich seine Hand und ziehe ihn hinter mir her zum Eingang. Nachdem wir einen wunderschönen Raum mit einer bunten Glaskuppel und antik wirkenden Sesseln durchschritten haben, führt Adrian mich in das Restaurant, wo der Kellner uns umgehend einen Tisch in einer Nische zuweist. Das Hotel ist voller Besucher, aber in der Ecke sitzen wir geschützt vor neugierigen Blicken und Ohren.

»Offenbar kennt man dich hier«, stelle ich fest und klappe die Speisekarte auf, damit er gar nicht erst in die Versuchung kommt, für mich zu bestellen. Diesmal wähle ich selbst. Witzigerweise stehen auf meiner Karte überhaupt keine Preise, wie altmodisch! »Ich hoffe, du hast dich die ganze Zeit über meine Dummheit amüsiert?«

»Gwen, bitte ... Ich hatte nie vor, mich über dich lustig zu machen. Ich wusste nur nicht, wie ich damit umgehen sollte, dass du mich für eine gespaltene Persönlichkeit halten würdest. Einerseits der Lieblingsautor John Karry, andererseits der Schundheftverfasser Adrian Moore. Das war selbst für mich schwer zusammenzubringen.«

Ich kräusele die Lippen und falte die Karte wieder zusammen. Ich habe keine Ahnung, was ich bestellen soll, weil mir die Aufregung und die Tatsache, dass ich ihm gegenüber sitze, den Magen zuschnüren. Er sieht unglaublich gut aus in dem dunklen Anzug, der maßgeschneidert an seinem Körper anliegt und die muskulösen Rundungen betont.

»Du kannst dir nicht vorstellen, wie schwer zu begreifen es für *mich* ist. Ich bin immer noch geschockt. Hast du noch mehr Pseudonyme? Nora Roberts oder so was?«

Er lacht sein raues Lachen, das mir über den Rücken rinnt und mich erschauern lässt. »Nein, versprochen.«

»Warum hast du nicht den Schund unter einem Pseudonym herausgebracht und die guten Bücher unter deinem richtigen Namen? Oder heißt du womöglich gar nicht Adrian Moore?«

»Mein Name ist tatsächlich Moore, ich schwöre. Und ich gestehe, vor der Veröffentlichung meines ersten Romans zu unsicher gewesen zu sein, um ihn unter meinem richtigen Namen zu veröffentlichen.«

Verblüfft reiße ich die Augen auf. »Du – unsicher? Entschuldige, aber diese beiden Dinge kriege ich in meinem Kopf nicht zusammen.«

»Ich war zweiundzwanzig, als ich *Außer Atem* schrieb. Ich war ambitioniert und wollte Schriftsteller werden, sonst nichts. Ich studierte, las und schrieb. Tag und Nacht. Und dazwischen versuchte ich, die Boheme zu leben, wie man sagt. Mich mit schönen Dingen und Frauen zu umgeben, das Leben zu genießen und Grenzen auszuloten. Aber ich war mir nicht sicher, was meine Fähigkeiten als Autor anging. Ich legte das Manuskript mehreren Verlegern vor, und als Newman zuschlug, setzte ich ein Pseudonym durch. Ich hatte das Gefühl, mich dahinter verstecken zu können, sollte der Roman nicht gut angenommen werden. Dann hätte es mich nicht persönlich getroffen, sondern eine fiktive Person.«

Es fällt mir unglaublich schwer, mir Adrian als unsicheren jungen Mann vorzustellen. Er wirkt so souverän in allem, was er tut, dass ich geglaubt habe, er wäre so auf die Welt gekommen. Was natürlich Unsinn ist. Wir alle sind das Produkt unserer Lebenserfahrung, und ein solches Selbstvertrauen braucht sicherlich eine entsprechende Portion Erfolg. Den er zweifellos hat.

»Warum hast du dich dann ausgerechnet bei der *Fesselnden Liebe* entschieden, den Roman unter deinem richtigen Namen zu veröffentlichen?«

»Nun, Ms Curiosity … Du hast jedes Recht, zu fragen. Newman war so angetan von dem Buch und behauptete, es ließe sich besser vermarkten, wenn die weibliche Leserschaft wüsste, wer es geschrieben hat und sich bei dem Protagonisten eine reale Person vorstellen kann.«

Ich lache. »Also reines Kalkül? Haltet ihr uns Frauen wirklich für so berechenbar?«

»Ich verweise nicht gern auf die Verkaufszahlen, aber …« Er lehnt sich zufrieden im Stuhl zurück und zwinkert mir zu.

»Ja, schon gut. Die Verkaufszahlen sagen aber nichts über die Qualität des Buches aus, und die ist … Nun ja, du weißt es selbst, nehme ich an.«

Ich nippe an dem Wasser, das der Kellner in vornehme Kristallgläser eingeschenkt hat. Erst jetzt wird mir klar, was es bedeutet, dass Adrian John Karry ist. Er hat mich jahrelang begleitet, ohne dass ich es wusste oder auch nur ahnte. Er hat mir einige wertvolle Weisheiten geschenkt, die ich verinnerlicht habe. Adrian Moore ist John Karry – und damit nicht nur einer der schönsten Männer, die mir je begegnet sind, sondern auch … einer der klügsten. Plötzlich fühle ich mich noch kleiner in seiner Gegenwart. Eingeschüchtert. Die Erkenntnis schnürt mir die Kehle zu.

»Kleines, es gibt keinen Grund für dich, mich jetzt mit anderen Augen zu sehen. Ich bin immer noch der Schmierfink, der chauvinistische und kontrollsüchtige Arsch, der Angst vor Frauen hat und einen Mutterkomplex.«

Ich verschlucke mich am Wasser und huste entsetzt. »Hör auf damit, in meinen Gedanken herumzuwühlen! Wie kann es sein, dass du weißt, was ich gerade gedacht habe?«

»Das liegt an dir. Dein Gesicht ist wie ein Buch für mich, und ich liebe das. Ich sehe dir an, was du denkst und was in dir vorgeht. Außerdem bist du derart auf deinem Stuhl zusammengesunken, dass ich mir Sorgen machen musste.«

Zum Glück unterbricht der Kellner das heikle Gespräch, um unsere Bestellung aufzunehmen. Adrian öffnet den Mund, dann klappt er ihn wieder zu und sieht mich an. Nickend. »Du zuerst.«

Ach du je. Ich durchforste mein verwirrtes Gehirn nach irgendwas, das ich vorhin auf der Karte gelesen habe, um mir keine Blöße zu geben. »Öhm … Chateaubriand?«

»Gut. Das nehme ich auch.« Adrian gibt dem Kellner die Karten zurück und bestellt eine Flasche Château Margaux aus irgendeinem Jahrgang, der mir nichts sagt. Schon wieder Alkohol, mitten am Tag. Aber diesmal nicht aus der Dose.

»Zurück zu uns. Gwen, ich möchte nicht, dass sich etwas an unserem Verhältnis ändert, nur weil du jetzt weißt, wer ich wirklich bin. Ich freue mich auf lange Nächte mit dir.«

Meine Wangen werden warm.

»Nächte, in denen ich mit dir über meine Bücher reden möchte. Über John Karrys Bücher.« Er zwinkert erneut, die kleine Narbe am Auge kräuselt sich. Waren seine Wimpern schon immer so lang und dicht? Wie winzige Fächer sehen sie aus.

»Natürlich. Reden«, murmle ich und schwenke mein Wasserglas.

»Du weißt, wie sehr ich dich begehre, Kleines. Ich weiß es spätestens, seit du mich verlassen hast. Ich habe gelitten und ich verspüre körperliche Schmerzen. Auch jetzt, wo du mir gegenübersitzt in diesem Kostüm und mit dieser Brille und ich dich nicht berühren kann, weil wir nicht allein sind.«

Er atmet lang gezogen aus, während er spricht. Ich sehe ihn stumm an und fühle, dass er die Wahrheit sagt. Vorsichtshalber nehme ich die Brille ab, weil ich keine Lust habe, im Savoy Aufsehen zu erregen und ein lebenslanges Hausverbot zu kassieren. Schließlich hat Adrian mir schon in den Wochen in seinem Penthouse zu verstehen gegeben, dass er mich mit dieser schwarzen Brille verdammt scharf findet, und ich traue ihm inzwischen so einiges zu.

Er beugt sich über den Tisch zu mir und flüstert. »Ich würde jetzt gern den Knoten aus deinen Haaren lösen, um mein Gesicht in dieser Pracht zu vergraben. Danach möchte ich dich ausziehen, meine Hände über deinen Körper gleiten lassen, deine Haut spüren, dich schmecken, einatmen … In dir sein. Dich in mir spüren, ganz tief. Deinen perfekten kleinen Hintern an meinem Bauch fühlen und dich …«

»Bitte, Adrian …«, unterbreche ich ihn leise.

Meine Wangen brennen inzwischen und ich frage mich, wann der steife Kellner merkt, was hier los ist. Ich für meinen Teil sehne dringend das Essen herbei, damit er aufhört. Die Leute um uns herum plaudern in verschiedenen Sprachen. Wortfetzen auf Englisch, Französisch, Arabisch und Japanisch dringen an meine Ohren, eine Symphonie des Lebens, die mich im Moment nicht mal irritiert, geschweige denn interessiert. Adrian greift über den Tisch nach meiner Hand und hält sie fest. Seine Finger sind warm, sein Griff sicher. Seine Augen … tief. Und so leuchtend blau wie selten, was am Licht liegen mag oder an seiner besonderen Stimmung.

»Bleib bei mir und arbeite mit mir. Lass mich dich lieben, Kleines. Ich verspreche, dir nicht wehzutun, aber du musst mir vertrauen.«

Ich schlucke hart und versuche, seinem Blick standzuhalten. Wie war das mit der Sechs-Sekunden-Regel? Ich bin weit davon entfernt, ihn umbringen zu wollen, obwohl ich vorhin noch sauer auf ihn war und das eigentlich immer noch sein möchte. Aber ich bin nicht weit davon entfernt, ihn zu lieben. Das spüre ich plötzlich mit einer Wucht, die mir den Atem rauben will.

»Vertrauen ist ein großes Wort für jemanden, der sogar seine wahre Identität verschwiegen hat, Adrian. Du verlangst da etwas von mir …«

Er seufzt, ohne seinen Griff zu lockern. »Ich weiß. Vertrauen passiert nicht einfach. Ich bin bereit, dafür zu kämpfen. Für dich. Aber du musst es zulassen.«

Mein Körper kribbelt bei seinen Worten. »Warum, Adrian? Warum ich?«

»Weil ich dich vom ersten Moment an wollte. Weil du etwas in mir angerührt hast, das ich noch nie bei einer Frau gespürt habe. Weil ich so vieles in dir sehe, das du selbst nicht erkennst. Weil ich mich in dir verlieren kann, weil ich das Gefühl habe, in deiner Gegenwart ich selbst sein zu können und keine Rolle spielen zu müssen. Weil du mir gezeigt hast, dass ich auch sanft sein darf.«

Mir schießen Tränen in die Augen bei seinen Worten. Ich umklammere seine Finger fester und lasse auch nicht los, als der Kellner wortlos das bestellte Essen serviert.

»Du schüchterst mich ein, und das macht mir Angst. Ich bewundere dich, ich kann zu dir aufsehen, nicht nur körperlich, aber ich fühle mich nicht ebenbürtig. Außerdem hasse ich den Gedanken, dass du mich kontrollieren willst, weil es mich an meine Mutter erinnert und an all das, was sie mir angetan hat.«

»Ich will dich nicht kontrollieren, Kleines. Ich will dich beschützen. So wie ich früher genau darin versagt habe, so wichtig ist es mir jetzt. Ich möchte dir einen Kokon bauen und dich darin aufbewahren wie einen kostbaren Schatz, damit dir niemals im Leben ein Leid angetan wird. Du bist zerbrechlich und verletzlich hinter deiner rauen Schale, und ich habe das dringende Bedürfnis, auf dich aufzupassen.«

Eine winzige Träne rollt langsam über meine Wange. Nicht einmal der Duft des Filets, der mir in die Nase steigt, reißt mich aus der Blase, in der ich gefangen bin. Für den Moment sind wir nur zu zweit auf der Welt. Und es fühlt sich … wahnsinnig an. Weil ich nicht daran glauben kann.

»Ich konnte ihr nie verzeihen, Adrian. Bis heute nicht. Ich weiß, dass sie keine Schuld trifft, weil sie selbst krank ist und ihre Psychosen an mir ausgelassen hat. Aber die Angst davor, jemals wieder von einem anderen Menschen bestimmt zu werden, frisst mich auf.«

»Zur Liebe gehört neben Vertrauen auch, sich auf einen anderen Menschen einzulassen. Sich auf ihn zu verlassen, auf ihn zu bauen. Das Risiko, dabei enttäuscht und verletzt zu werden, besteht ohne Zweifel. Aber es gibt keine Liebe ohne Risiko.«

Das Essen wird kalt, aber keiner von uns macht Anstalten, zuzugreifen. Stattdessen sehen wir uns stumm in die Augen, das körperliche Verlangen ist spürbar. Wie sirrende Luft in der Sommerhitze hängt es zwischen uns, in diesem Raum. Mein Herz zieht sich zu einem kleinen Knoten zusammen, das Atmen fällt mir schwer.

»Hast du mir gegenüber gerade von Liebe gesprochen?«, frage ich leise. Meine Stirn kräuselt sich.

»Ja, das habe ich. Und da ich ein Mann der Worte bin, war das kein Zufall.« Seine ruhige, dunkle Stimme klingt sicher, während er das sagt. Ich kann kaum glauben, was ich da höre, in meinem Kopf geht einiges durcheinander. »Hast du keinen Hunger?«

Ich schüttle den Kopf. Nicht einmal das köstlich duftende Steak kann mich dazu bewegen, jetzt etwas zu essen. »Nicht auf dieses Fleisch, jedenfalls. Ich habe keine Ahnung, warum ich es bestellt habe.« Mein Mund verzieht sich zu einem Grinsen, und er lacht.

»Dann … eine Suite?«

Er deutet mit dem Kinn zur stuckverzierten Decke, und mir wird warm. Mein Körper kribbelt, aber ich lasse mich von ihm vom Stuhl ziehen und warte geduldig, während er an der Rezeption steht und mit einem jungen Pagen spricht. Großer Gott, ich sollte abhauen. Raus auf die Straße rennen in die Sonne, damit er mich nicht wieder manipulieren kann. Aber mein Körper reagiert nicht auf die Befehle meines Gehirns. Erst, als er seine warme Hand um meine legt und mich zum Fahrstuhl führt, bewegen sich meine Beine. Wie von selbst.

11

Wir schaffen es nicht bis in die Suite. Wir haben es versucht, aber schon im Aufzug war es vorbei mit der Beherrschung. Seine Hände sind unter meiner Bluse, zupfen an meinen Nippeln. Heftig presst er seine Erektion gegen mich, während wir uns wie zwei Ertrinkende aneinander klammern und uns küssen.

»Kleines, du machst mich wahnsinnig«, raunt er und küsst meinen Hals. Gleichzeitig öffnet er meine Haarspange und löst den Knoten. Ich halte mich an ihm fest, merke kaum, wie der Lift sich mit uns nach oben bewegt. Mein Höschen fühlt sich nass an, allein sein Kuss erregt mich mehr als alle unbeholfenen Versuche von Julius zusammen.

»Ich verliere die Kontrolle, wenn ich bei dir bin.« Er flüstert, seine Stimme ist rau. »Und ich liebe es, mich gehen lassen zu können. Bei dir.«

Atemlos suchen meine Lippen seinen Mund. Wir küssen uns noch, als der Fahrstuhl längst hält und die Türen sich geöffnet haben, erst Sekunden später zieht er mich mit sich auf den Flur. Ich habe keine Augen für die schicke Umgebung, weil mein Blick an ihm klebt und sich nicht lösen will. Mein Herz klopft hart gegen meine Brust, ich kann kaum atmen. Seine Finger zittern leicht, als er die Chipkarte in den Schlitz schiebt, dann drückt er die Tür auf und wir fallen im Flur zur Suite beinahe übereinander.

»Kein … Bett … heute«, murmelt er, während er mich mit sich zu Boden zieht und mit dem Fuß die Tür zustößt.

Ich zerre an seinem Hemd und an seinem Sakko, seine Hände sind überall auf mir. Aus dem Augenwinkel registriere ich, wie mindestens zwei Knöpfe von meiner Bluse abreißen und durch die Luft fliegen. Irgendwie schaffen wir es aus den Klamotten, nicht ganz, aber genug, um unsere erhitzten Körper aufeinander zu spüren. Der Flur ist schmal, ich liege auf dem Rücken auf einem kratzigen Teppich, mein Rock ist bis zu den Hüften hochgeschoben und Adrian spreizt meine Beine, um sein Gesicht dazwischen zu vergraben.

»Ich liebe deine kleine enge Pussy, Kleines. Deinen Duft. Deinen Geschmack.«

Nur noch seine dunklen, vollen Haare sind zu sehen, in die ich meine Finger schlage wie Krallen. Dann schließe ich die Augen und keuche, als seine Zunge mich trifft und er die sanfte Berührung durch das Summen einer Melodie verstärkt. Winzige Stromstöße scheinen durch mich hindurch zu zucken bei jedem Schlag seiner Zunge, die er gekonnt einsetzt, um meinen Verstand endgültig auszuschalten. Mein Hintern wird warm von der Reibung des Teppichs, sein Bart kratzt an meinen Schenkeln, doch das ist egal. Spielt keine Rolle.

Ich brauche nicht lange. Viel zu intensiv ist das Spiel seiner Zunge, zu stark die quälende Sehnsucht nach ihm. Als würde ich nach einer langen Diät zum ersten Mal in ein Stück Sahnetorte beißen. Schlechtes Gewissen, ja, aber trotzdem … unvergleichlich gut. Erinnerungen an die letzten Male fallen wie Raubtiere über mich her und entzünden eine explosive Lust in meinem Kopf, die mich jede Beherrschung verlieren lässt. Laut schreiend zuckt mein Becken ihm entgegen, und ich komme heftig. In sein Gesicht. Kurz darauf schiebt er sich über mich, drängt mit dem Knie zwischen meine Beine, und ich reibe mich tatsächlich daran, an ihm. Noch immer ungestillte Sehnsucht zieht durch meinen Unterleib.

»Oh bitte, komm«, höre ich mich stöhnen, die Füße gegen die Wand gestemmt.

Er saugt und knabbert an meinen steifen Nippeln, schiebt die Körbchen des BHs weiter herunter, bis meine Brüste sich ihm entgegendrängen. Wie im Fieber hebe und senke ich das Becken, um ihn zu spüren, dann setzt er sich so auf, dass ich seine Erektion spüre. Er ist unfassbar hart. Ich greife nach unten und fasse ihn an. Heiß. Groß. Bevor ich ihn in mich hineindirigieren kann, greift er sich meine Hände und legt sie mir über den Kopf, mit gekreuzten Handgelenken. Sein Griff ist fest und unnachgiebig und verstärkt meine wilde Gier. Bis er endlich zustößt. Nicht langsam und vorsichtig tastend, sondern mit einem kräftigen Stoß versenkt er sich in mir, bis er mich ganz ausfüllt und ich spüre, wie mein Schoß lustvoll um ihn herum zu zucken beginnt.

»Oh fuck, ich will dich den ganzen Tag lang so nehmen«, raunt er, beißt in meinen Hals, bevor er kurz innehält, um mich zu küssen.

Ich wimmere leise, als er mich nimmt. Heftig wie nie zuvor. Ich höre unsere Körper gegeneinanderschlagen, sehe ihn, sein schönes Gesicht, seinen muskulösen Oberkörper zwischen meinen Schenkeln. Fühle die Schweißtropfen auf seinem Rücken, sehe die Anstrengung, die Beherrschung in seinem Gesicht.

Er ist so tief in mir, ich bin so nass, dass ich spüre, wie meine eigenen Säfte an mir hinabrinnen. Plötzlich hält er inne und sieht mir fest in die Augen, sein Mund verzieht sich zu einem diabolischen Grinsen.

»Was?«, keuche ich. »Mach weiter. Bitte!«

Ich hebe ihm das Becken entgegen, um ihn zu drängen, doch er zieht sich aus mir zurück, dreht mich abrupt an der Hüfte auf den Bauch und legt sich auf meinen Rücken. Ein Zittern geht durch meinen Körper, als sich seine Erektion langsam von hinten zwischen meine Pobacken schiebt.

»Erinnerst du dich, was ich dir einst versprochen habe, Kleines?«, raunt er und greift mir in den Nacken.

Wie festgenagelt liege ich bäuchlings auf dem rauen Teppich, aber erst, als er mit der Hand zwischen meine Beine greift und meine enorme Nässe zwischen meinen Pobacken verteilt, ahne ich, worauf er hinauswill.

»Oh Himmel, nein!«, stoße ich hervor, dann stelle ich erleichtert fest, dass er von hinten in mich eindringt, zum Glück nicht dort.

»Nicht heute. Heute muss ich deine kleine, nasse Pussy haben. Aber eines Tages, ich verspreche dir, werde ich diesen süßen Hintern erobern.« Sein Stöhnen unterbricht ihn. Ich lasse mich fallen, erwidere seine kräftigen Stöße mit dem Becken und ignoriere, dass der Teppich meinen Bauch zerkratzt. Er hält mich mit kräftigen Händen, ich bin ihm ausgeliefert in dieser Position. »Großer Gott, Kleines. Du machst mich so hart. Spürst du, wie hart ich in dir bin? Dieser Hintern … Dein Körper … Dein Lachen … Deine wütenden Augen vorhin …« Die Worte verlassen seinen Mund nur stoßweise.

»Hör nicht auf, Adrian«, keuche ich unter ihm, als sich mein Unterleib verkrampft, und seine Stöße werden schneller, heftiger.

»Ah, verflucht, ich komme …«, stöhnt er hinter mir, und dann zucken unsere Körper gleichzeitig im Takt unserer rasenden Herzen. Ich höre mich schreien, spüre seinen festen Griff in meinen Nacken, sein Pulsieren tief in mir, die Hitze, die er in mich verströmt. Kleine Blitze explodieren vor meinen Augen, mein ganzer Körper vibriert, und mein Becken zuckt und zuckt und hört einfach nicht auf.

»Wenn du glaubst, dass ich dich jemals wieder gehen lasse, hast du dich getäuscht.«

Er massiert mit den Fingerspitzen meine Kopfhaut, während ich keuchend auf dem Flurboden liege. Wir sind nebeneinander gefallen, ohne auch nur zu versuchen, das Bett zu erreichen. Es ist nicht nötig. Sein Rücken ist schweißnass, und ich fühle mich klebrig. Überall. Gut.

»Ich muss nach Hause, Adrian. Zumindest ein paar Sachen holen«, wende ich ein.

»Musst du nicht. Wir besorgen einfach alles, was du brauchst.«

»Alles?«, frage ich und drehe mich grinsend auf den Bauch, um ihn anzusehen.

Er lächelt. Sein Gesicht ähnelt dem eines Jungen, er sieht so herrlich entspannt und jung aus nach dem Sex.

»Alles, was man kaufen kann. Geld spielt, sagen wir, eine geringe Rolle.«

Ich verdrehe die Augen um ihm zu zeigen, was ich von dieser Angeberei halte, trotzdem verursachen seine Worte ein seltsam wohliges Gefühl in mir.

»War das mit der Biografie ein Trick, um mich hierher zu locken?«

»Natürlich«, gibt er offen zu. »Aber wenn du wirklich daran arbeiten möchtest, sollst du das tun. Du hast meinen Segen.«

»Ich bin nicht geübt darin. Ich wollte zwar immer schreiben, am liebsten natürlich einen Roman, aber irgendwie habe ich mich nie getraut, anzufangen. Weil Schriftsteller wie John Karry mich demütig gemacht haben.«

Ich kneife in seinen harten Bauch.

»Das darfst du nicht zulassen. Ich bin mir sicher, dass du eine hervorragende Autorin bist, auch wenn dir noch Lebenserfahrung fehlt. Warte nur ab – mit wachsender Erfahrung wird auch der Wunsch, dich endlich der Welt mitzuteilen, größer.«

»Du hast dein erstes Buch mit 22 geschrieben«, erinnere ich ihn. »Und was deine damaligen Erfahrungen angeht …«

Sein Blick verdüstert sich, plötzlich wirkt er wieder so verschlossen. Als würde er einen Vorhang zuziehen, der mich fernhalten soll. Ich schlucke und sehe ihn an.

»Adrian, du bist der geheimnisvollste Mann, den ich kenne. Warum sprichst du nie über dich? Oder über deine Gefühle?«

»Wie ich schon sagte, Kleines … Es ist nicht gut, alles von einem anderen Menschen zu wissen. Es ruiniert nur die Vorstellung, die man sich von ihm gemacht hat.«

Ich sauge an meiner Lippe und betrachte sein schönes Gesicht. Meine Augen bleiben an seinem Mund hängen. Spontan hebt er den Oberkörper, so leicht, als ob dazu gar keine Bauchmuskeln nötig wären, und küsst mich.

»Dein Körper ist wirklich eine Unverschämtheit«, murmle ich, als seine Lippen mich wieder freilassen und er zurück auf den Rücken sinkt. »Wie oft trainierst du eigentlich dafür?«

»In der Regel täglich. Ich brauche den Ausgleich zur Schreibtischtätigkeit, sonst habe ich das Gefühl, zu verkrüppeln.«

»Cat hat behauptet, Schriftsteller hätten alle einen flachen Hintern und einen dicken Bauch«, sage ich und lache.

»Lad sie ein, ich beweise ihr gern das Gegenteil.«

Ich werde rot. »Besser nicht. Wer weiß, was sie mit dir anstellen würde.«

»Hast du keine Erfahrung mit Frauen?«

Wie bitte? Wie er ständig immer wieder auf die Themen kommt, die ihn interessieren, ist mir ein Rätsel. Viele Menschen haben Probleme damit, überhaupt ein Gespräch in Gang zu halten, aber er schafft es dauernd, von einem aufs andere zu kommen. Vor allem auf das *andere.*

»Nein, natürlich nicht.«

»Die meisten Frauen sammeln zumindest als Teenager solche Erfahrungen. Was gut ist, denn dadurch lernt man den eigenen Körper besser kennen.«

»Ich weiß nicht … Für Frauen habe ich mich nie interessiert. Ich wüsste auch gar nicht, was ich mit einer Frau anstellen sollte.«

Ich muss schon wieder lachen, weil mich allein die Vorstellung amüsiert. Adrian beugt sich über mich und küsst meine Brüste.

»Ich könnte deiner Fantasie ein wenig auf die Sprünge helfen.«

»Vielleicht könnten wir dazu ins bequeme Bett umziehen?«, schlage ich vor, doch schon seine Worte haben dazu geführt, dass sich mein Unterleib sehnsüchtig zusammenzieht. Himmel, ich fühle mich wie eine Sexsüchtige in seiner Nähe! Bei Julius habe ich sogar in der Anfangszeit eher nur mitgemacht, aber Adrian gegenüber muss ich mich zusammenreißen, um ihn nicht wie ein Tier anzuspringen. Es ärgert mich, dass mein Körper so berechenbar reagiert und mich ganz und gar auf Hormone und Sex reduzieren will, aber ich kann einfach nicht anders. Jeder Blick, jedes Wort löst das unmissverständliche Pochen aus, trocknet meinen Mund aus und lässt mich zittern vor Gier. Eine gefährliche Anziehungskraft, der ich mich ausgeliefert fühle wie ein Magnet den Polen.

»Ich habe eine bessere Idee«, antwortet er und richtet sich auf, um mich anschließend vom Boden aufzupicken. Ich kreische erschreckt, als ich plötzlich Luft unter meinen Füßen habe, aber seine

Arme sind stark genug für mich. »Du bist wirklich ein Püppchen. Ich sollte dich in mein Training einbauen. Das dürfte interessanter werden als die ewigen Hanteln.«

Lachend schmiege ich mein Gesicht an seine Brust und lasse mich von ihm in die Suite tragen. Der Großteil unserer Klamotten bleibt vor der Tür zurück. Doch er lässt mich nicht aufs Bett fallen, wie ich erwartet habe, sondern platziert mich … auf dem Fensterbrett!

»Großer Gott, Adrian, du hast doch nicht … ah!«

Noch bevor ich meine Einwände vorbringen kann, hat er sich zwischen meine Beine gekniet und meine Schenkel gespreizt. Mein nackter Rücken lehnt am kühlen Glas des Fensters. Keine Ahnung, wer uns von wo aus überall sehen kann, aber als seine Zunge mich zwischen den Beinen trifft, ist es mir auch schon egal. So unfassbar egal …

Ich halte mich an seinen Haaren fest. Er nimmt die Finger zu Hilfe, dringt mit einem in mich ein, krümmt ihn, um diesen geheimnisvollen Punkt tief in mir zu erreichen, und ich fühle, wie mein Körper sich erneut versteift. Presse die Schenkel um seinen Kopf und suche Halt an ihm, während seine Zunge immer schneller und kräftiger wilde Muster auf mir zaubert. Wie besessen, er hört nicht auf, schiebt und drückt und leckt und kreist und spielt und tanzt … Ich stöhne entsetzlich laut, aber ich schäme mich nicht dafür. Die Gier ist zu groß, mein Schoß sehnt sich nach Erlösung, verkrampft sich, zuckt und pulsiert um seinen Finger, bis ich meine Hände in seine Haare kralle und mein Keuchen heftiger wird.

»Oh fuck, Kleines, du bist so wunderschön, wenn du kommst«, raunt er.

Ich unterdrücke einen frustrierten Schrei, weil er mich nicht kommen lässt. Ich bin so nah dran, ich müsste nur die Beine zusammenpressen und … doch er steht auf, stellt sich zwischen meine gespreizten Schenkel und küsst mich. Warm. Feucht. Sein Kuss trägt den Geschmack meiner eigenen Lust. Er stützt die Hände rechts und links von mir am Fenster ab und presst sich tiefer zwischen meine Beine, bis ich seine Härte deutlich spüre.

»Du bist unersättlich«, murmle ich, dabei bin ich selbst so ungeduldig, dass ich ihm mein Becken entgegenschiebe. »Komm. Bitte. Nimm mich.«

Ich will ihn noch einmal dort haben, es fühlt sich an, als ob sich mein ganzer Körper danach verzehrt. Diese unbeschreibliche Sehnsucht … während er mich weiter küsst und seine Zunge meinen Mund erkundet, schiebt er sich langsam in mich hinein. Leise stöhnend küssen wir uns weiter, er stößt nur sanft zu, kommt aber sehr tief. Mein Hintern klebt auf dem kalten Stein der Fensterbank, und mir ist klar, dass irgendwer gegenüber von uns eine köstliche Show geboten bekommt. Daran will ich aber gar nicht denken.

Ich keuche in seinen Mund, als er die Hände unter meinen Po legt und mich sanft anhebt, meine Pobacken spreizt und massiert. Ich glaube zu fliegen, während er mich nimmt, halte mich an ihm fest, und es fühlt sich wahnsinnig an, mit dem Rücken gegen das Fenster gelehnt so genommen zu werden. Er kreist mit den Hüften, reibt seine Lenden an meinem empfindlichen Punkt, der so heftig pocht, dass man es hören können müsste. Erregt schiebe ich mich enger gegen ihn, genieße die Härte, die mich ganz und gar ausfüllt, seine starken Arme, die mich tragen. Das Pochen wird heftiger, pulsiert, alles zuckt und versteift sich. Meine Zehen krümmen sich in den Schuhen, mein Atem flattert nur noch.

»Ich liebe es, wie nass du für mich bist. Nass und eng und klein …«

»Oh Gott, Adrian, komm. Komm!«

Seine Stöße werden schneller und kräftiger, mein Becken schlägt ihm entgegen. Keuchend beiße ich in seine Schulter, als ich sein Zucken in mir spüre, dann wird es heiß in mir. Sein schönes Gesicht wirkt schmerzverzerrt, als wir uns in die Augen sehen, während unsere Körper in einem gemeinsamen Takt kommen. Im Takt unserer Herzen. Er hat die Kontrolle verloren, lässt los und zieht mich mit sich in einen Strudel, der keinen Boden hat.

Gefühlte Stunden später erwache ich aus einem dösenden Halbschlaf – im Bett, in Adrians Arm. Und bin überrascht von der Musik, die läuft.

»Seit wann magst du Heather Nova?«, frage ich mit hochgezogener Braue und kuschle mich enger an seine nackte, feste Brust, während besagte Sängerin *Nothing heals me like you do* mit engelsgleicher Stimme singt. Mir wird warm im Bauch. »Oder hast du die Songs meinetwegen …?«

»Du solltest deine bevorzugten Musiker nicht bei Facebook liken, wenn du nicht willst, dass andere deine Vorlieben kennen«, neckt er mich und dreht meinen Kopf zu sich, sodass ich ihm in die Augen sehen muss. Sofort zieht sich mein Herz in der Brust zusammen und wird zu einem winzigen Klumpen. Mein Atem wird tiefer und langsamer, als ich in diese unfassbar blauen Augen schaue.

»Verfolgst du mich etwa auf Facebook?«

»Möglich. So wie du mir im Internet nachstellst.«

Er grinst, ich muss schlucken. Ach du … woher zum Teufel *weiß* er das? Das ist unfassbar! Arbeitet er mit amerikanischen Geheimdiensten zusammen, oder was?

»Du bist unglaublich«, lenke ich schnell von mir ab und küsse ihn sanft.

Seine Lippen sind warm und trocken, und ich schmecke noch einen Hauch von mir selbst in unserem Kuss. Meine eigene Lust. Gier. Das Pochen, das sich sofort wieder einstellt. Draußen dämmert es bereits.

Er sieht entspannt aus und betrachtet mich mit unverhohlener Neugier. Als wollte er sich jeden Quadratzentimeter meiner Haut einprägen, wie ein Gemälde. Mit den Fingerspitzen fährt er über die winzigen Pigmentflecke, mit der die Sonne meine helle Haut markiert hat.

Wir küssen uns wieder, während Heather Nova *So keep me in your bed all day* singt. Ich liebe diese Musik, und ich liebe Adrian dafür, dass er sie für mich besorgt hat. So warm. So kuschelig. So … normal. Unvorstellbar. Bis er mit einem Satz meine gute Laune beendet.

»Zeig mir die Nachrichten auf deinem Handy.«

12

»Was?«

»Die Nachrichten. Du hast mir geschrieben, dass du anonyme Nachrichten bekommst und mich gefragt, ob ich etwas damit zu tun habe.«

Mein Puls beschleunigt sich plötzlich und ich richte mich auf. Draußen ist es bereits dunkel geworden, und ich habe jedes Zeitgefühl verloren. Ich weiß nicht mal, seit wann ich eigentlich so … nackt bin. »Hast du?«

»Kleines, ich weiß es nicht. Jedenfalls nicht, bevor ich sie gesehen habe.«

Ich krieche aus dem gemütlichen Bett und hole meine Handtasche, die wie achtlos hingeworfen im Flur liegt, dann schlüpfe ich damit zurück unter die Decke und genieße seine Körperwärme.

»Es gab auch einen Anruf auf der Mailbox, aber ich habe ihn gelöscht. Cat meinte, da hätte sich jemand verwählt, aber da die Nachrichten nicht aufhören glaube ich das nicht mehr.«

Ich sehe, wie seine Kiefer mahlen. Die Stirnfalte vertieft sich, während er die Kurznachrichten auf meinem Handy liest. Er braucht verdächtig lange.

»Du liest jetzt nicht all meine Nachrichten, nein?«, frage ich und greife nach meinem Telefon, doch er zieht den Arm weg und liest einfach weiter. Gut, ich habe nichts zu verbergen, trotzdem warte ich mit angehaltenem Atem darauf, dass er etwas sagt. Irgendwas.

»Das ist wirklich … nicht gut.«

Ich schlucke und sehe ihn an. »Was meinst du damit? Weißt du, wer dahintersteckt?«

»Nein, keine Ahnung. Aber es gefällt mir nicht. Kann es etwas mit Greg zu tun haben? Oder mit Kilian? Weiß er, dass du hier bist?«

Verwirrt nehme ich ihm das Handy ab, als er es mir hinhält, und schüttele den Kopf. »Nein, ich … Keine Ahnung. Aber warum sollte einer von den beiden so was tun? Und was sollen die Nachrichten bedeuten? Wer bezeichnet mich als Schlampe? Ausgerechnet mich?« Wenn es nicht so beängstigend wäre, würde ich darüber lachen.

»Ich passe auf dich auf«, sagt Adrian und zieht mich zurück aufs Bett, bis ich halb auf ihm liege. Unsere warmen Körper scheinen aneinanderzukleben. »Mach dir keine Sorgen.«

»Du musst nicht auf mich aufpassen, du bist ja nicht mein Bodyguard«, sage ich und küsse ihn. Atme seinen Duft ein, unseren Duft, denn die ganze Suite riecht nach Sex. Moschus und Schweiß.

»Ich will aber«, knurrt er, bevor er sich nach unten schiebt, bis ich mit gespreizten Beinen auf seinem Gesicht hocke. Lieber Himmel, ich fühle mich jetzt schon wund. Und trotzdem stöhne ich auf, als ich Finger und Zunge an mir spüre …

»Du musst deine Sachen nicht holen. Ich sagte doch, ich kaufe dir alles, was du willst.«

Ich lache, während wir eng umschlungen am Bahnsteig stehen und auf den Zug nach Newcastle warten. Adrians Angebot, mich per Flugzeug nach Hause zu bringen, habe ich abgelehnt. Und auch diese Offerte werde ich nicht annehmen.

»Es geht nicht nur um meine Sachen. Ich muss einige Dinge regeln, bevor ich hierbleiben kann.«

Eine schnarrende Stimme verkündet via Lautsprecher, dass sich der Regionalzug um zwanzig Minuten verspätet. Um uns herum ertönen genervte Seufzer, aber Adrian reckt mit triumphierendem

Grinsen seine rechte Faust in die Luft. Ich lache über seine alberne süße Geste. Dann wird er wieder ernst und sieht mir fest in die Augen, ohne mich auch nur einen Zentimeter von sich weichen zu lassen. Wie festgeklebt stehe ich in seiner Umarmung, und es fühlt sich gut an.

»Geht es um Greg?«

Ich schlucke nervös, bevor ich antworte. »Auch das. Es wäre unfair ihm gegenüber, nachdem wir …«

Oh Gott, Greg. Das Theater. Meine Rolle im Stück, die nun rasch neu besetzt werden muss. Cat, von der ich nicht weiß, ob sie sich für mich freuen wird oder ob sie mich zwangseinweisen lässt, wenn sie die ganze Geschichte hört und erfährt, wer ihr Lieblingsautor von *Fesselnde Liebe* wirklich ist. Himmel, sie wird sich die Haare raufen!

»Du bist einfach zu gut zu dieser Welt, Kleines.«

»Bin ich nicht. Ich will nur ehrlich sein. Mit allen.«

Die versteckte Kritik scheint er nicht zu bemerken. Er küsst mich aufs Haar und drückt mein Gesicht an seine Brust. Mein Atem ist ruhig, während ich mit geschlossenen Augen an ihn gepresst dastehe und seine Wärme genieße. Der Frühsommer ist endlich auch in London angekommen, und das schöne Wetter sorgt dafür, dass meine Laune noch großartiger wird. Ich fühle mich den ganzen Tag, als hätte ich Drogen genommen oder zu tief ins Glas geschaut. Dabei genügt es, wenn er mich ansieht, seine Hand auf meinen Rücken legt oder lächelt, und schon komme ich mir vor wie ein unzurechnungsfähiger Junkie. Schlimm!

»Ist das eigentlich normal, dass ich neuerdings in deiner Gegenwart kaum noch klar denken kann?«, frage ich.

Adrian grinst. »Völlig. Und sehr gut so. Keine Droge der Welt ist mit diesen Hormonen vergleichbar. Dopamin statt Kokain.«

Ich neige den Kopf zur Seite und sehe ihn an, um zu erkunden, ob es ihm genauso geht wie mir oder ob ich allein bin mit dieser Demenz. Doch bis auf die Tatsache, dass er heute sehr häufig lacht und lächelt, kann ich kaum eine Veränderung an ihm feststellen.

»Und was passiert, wenn die Hormone verschwinden? Die bleiben ja wohl nicht für immer?«

»Genieße sie einfach. In zwei Jahren zeigt sich, ob sie was wert waren oder dir nur das Gehirn vernebelt haben.«

»Bist du dir da sicher?«, frage ich skeptisch. »Ich glaube, ich habe mich noch nie im Leben so dumm gefühlt wie im Moment.«

»Auch nicht mit Julius?«

Ich winke ab. »Ehrlich gesagt frage ich mich seit gestern, was das mit Julius war. Jedenfalls im Vergleich zu … dem hier.«

Adrian sieht so zufrieden aus wie ein Mann, der erfolgreich ein kompliziertes Bücherregal für seine Liebste aufgebaut hat. Sein Anblick löst warme Gefühle in meinem Bauch aus und bringt mich dazu, mich schon wieder enger an ihn zu schmiegen. Himmel, ich bin auf dem besten Weg, mich in eine menschliche Klette zu verwandeln!

»Jede Liebe ist einzigartig. Und die meisten von uns erleben mehrere davon im Laufe der Zeit.«

Ich sehe stirnrunzelnd zu ihm auf. »Auch du?«

Die Frage löst Herzklopfen aus, weil ich auf seine Antwort so gespannt bin wie meine Mutter auf die Ziehung der Lottozahlen. Doch er zuckt nur mit den Achseln, ohne mir die ersehnte Antwort zu geben.

»Wie gesagt … es gibt viele Arten von Liebe. Im Moment genieße ich, was ich bei deinem Anblick spüre.«

Er zieht mich an der Hüfte dichter an sich heran, beide Hände auf meine Pobacken gelegt, und dann spüre *ich* etwas. An meinem Bauch. Es ist hart und groß und … Oh Gott. Ich laufe rot an und sehe mich verstohlen um, aber die Menschen auf dem Bahnsteig sind mit sich selbst beschäftigt und beachten uns nicht. Wir sind nur ein gewöhnliches Liebespaar, so muss es wohl für die Leute um uns herum aussehen. Und für den Moment möchte ich mich genauso fühlen – wie ein ganz gewöhnliches Liebespaar. Ich verdränge die in mir aufsteigenden Sorgenwolken und halte das Gesicht in die Sonne, mit geschlossenen Augen.

»Kannst du eigentlich auch mal an was anderes denken, du Ferkel?«, flüstere ich.

Er räuspert sich leise und wagt es tatsächlich, sich ein wenig an mir zu reiben. Sofort durchströmt Hitze meinen Unterleib, am liebsten würde ich mich hier und jetzt auf ihn stürzen. Ach du …!

»Nicht, wenn du so dicht bei mir stehst und ich die Rundungen deines göttlichen kleinen Hinterns berühren darf«, raunt er zurück. Dann unterbricht uns die schnarrende Durchsage, mit der die Ankunft des Zuges angekündigt wird. Ich öffne die Augen und streiche mit den Fingerspitzen über sein unrasiertes Kinn, von dem ich nun ziemlich genau weiß, wie es sich an meinen Schenkeln anfühlt. Rau. Sexy. Mein Schoß zieht sich schon wieder zusammen bei der Erinnerung.

»Bis ganz bald«, sage ich hastig und versuche, mich loszumachen.

»Ich wünschte, du würdest nicht fahren.«

»Nur zwei Tage, Adrian. Dann bin ich wieder bei dir.« Ich schmunzle über seine Ungeduld, die so untypisch für ihn ist.

Als der Zug mit quietschenden Bremsen am King's Cross hält, löse ich mich von ihm und bücke mich nach meiner kleinen Tasche. Da ich nicht darauf vorbereitet war, in London zu übernachten und eigentlich nach dem Termin gestern direkt zurückfahren wollte, hatte ich nicht mal Unterwäsche zum Wechseln dabei. Das Gefühl, nun unter dem seriösen Kostüm nackt zu sein, ist aufregend und irgendwie prickelnd. Adrian legt seine große Hand auf meinen unteren Rücken, dann begleitet er mich zu einer Tür. Ich lasse erst die anderen Fahrgäste einsteigen, ehe ich mich mit einem leisen Seufzen von ihm trenne und die schmalen Stufen hinaufklettere. In der offenen Tür bleibe ich stehen und drehe mich zum Bahnsteig um.

»Geh gleich rüber in den anderen Wagen«, sagt Adrian und deutet nach rechts. Verwirrt folge ich seiner Handbewegung mit den Augen.

»Warum?«

»Da drüben hockt ein blonder Typ, der dich schon die ganze Zeit angestarrt hat. Ich will nicht, dass du drei Stunden neben ihm sitzt.«

Lachend werfe ich ihm eine Kusshand zu, nachdem die schwere Stahltür automatisch zugefallen ist. Er hebt nur kurz die Hand, aber als der Zug sich langsam in Bewegung setzt sehe ich, dass er am Bahnsteig stehen bleibt und uns nachsieht.

Mein Herz zieht sich zusammen. Es ist furchtbar albern, so wie jede meiner Reaktionen auf ihn albern ist. Aber es fühlt sich verdammt … gut an. Drogen. Ich bin voller Drogen. Ich möchte singen, beschränke mich aber darauf, den Menschen zuzulächeln, an denen ich vorbeigehe, um mir einen Sitzplatz zu suchen. Neben einer älteren Dame nehme ich Platz, und so verbringe ich drei Stunden Fahrt damit, einer mir völlig fremden Frau aus Edinburgh, die meine Großmutter sein könnte, von Adrian zu erzählen.

Als ich die Wohnung betrete ertönen Geräusche, die mich kurz darüber nachdenken lassen, ob ich den Tierschutzverein alarmieren muss. Entweder, jemand tritt gerade einer Katze auf den Schwanz (wobei wir gar keine besitzen), oder irgendein größeres Tier verendet soeben in unserem Apartment. Ich bleibe irritiert im Flur stehen, dann erkenne ich Cats Stimme und muss grinsen.

Seltsamerweise stört es mich plötzlich gar nicht, dass ich unfreiwillig Zeugin ihrer Vergnügungen geworden bin. Noch vor kurzem hätte ich genervt die Augen verdreht und fluchtartig das Apartment verlassen. Jetzt gehe ich in mein Zimmer, schalte den Computer ein und lausche schmunzelnd den Tönen von nebenan, die ein wohliges Prickeln in mir hervorrufen. Bis das laute Klatschen erklingt und mich zusammenzucken lässt.

Jesus, sie tun es in unserer Wohnung! Nicht in einem finsteren Keller oder in der Folterkammer eines Clubs, sondern … bei uns zu Hause! In Cats chaotischem Zimmer, auf ihrem unaufgeräumten Bett oder Gott weiß wo. Ich höre ihre leisen Schreie, dann sein Raunen, ohne dass ich ein Wort verstehen kann. An der Unterlippe zupfend setze ich mich an den Schreibtisch und rufe Facebook auf, um nachzusehen, was es Neues gibt. Dann stülpe ich mir die Kopfhörer über und schalte Heather Nova ein. Laut. *London Rain*. Die Musik erzeugt sofort das wohlige Kribbeln in meinem Bauch, das Flattern tief in mir, das untrennbar mit Adrian verbunden ist.

Er hat einen Status vom Handy gepostet, vor knapp vier Stunden. Die Ortsangabe King's Cross zeigt mir, wann er das geschrieben hat. Und seine wenigen Worte bringen mich dazu, debil zu grinsen.

> Der Anblick eines abfahrenden Zuges lässt den Schmerz einer endgültigen Trennung erahnen.

Mehrere Kommentare seiner Fans stehen darunter, die nachfragen, was er damit meint oder ob das ein Zitat aus seinem neuen Buch sei. Ich grinse immer noch, als ich die Nachricht zum zehnten Mal lese. Weil ich nicht nachfragen muss. Ich weiß genau, was er damit sagen wollte, und mein Herz fühlt sich plötzlich an, als wollte es mir aus der Brust hüpfen. Dann überwinde ich mich und poste eine Antwort unter seine Meldung.

> Liebe heißt bereit zu sein, auch mal Abschied zu nehmen.

Ich warte ein paar Minuten, ob er darauf antwortet, aber es kommen nur weitere Meldungen seiner Fans. Einige Songs später sind die Pausen zwischen den Liedern still, die seltsamen Geräusche von nebenan verstummt. Ich springe vom Schreibtisch auf und gehe in den Flur. Ich muss Cat unbedingt von Adrian erzählen! Diesmal muss ich es loswerden; ich habe das Gefühl, an meinen eigenen Gefühlen zu ersticken, wenn ich sie nicht irgendwo ablasse. Also klopfe ich entschlossen an Cats Zimmertür, sicher, sie nicht mehr bei unanständigen Aktivitäten zu stören.

»Gwen? Bist du das?« Cats Stimme klingt erschrocken, als fürchtete sie einen Einbrecher oder so was.

»Natürlich bin ich das. Seid ihr fertig? Kann ich reinkommen?«

»Warte, ich komm raus!« Es raschelt drinnen. Ich trete diskret zwei Schritte zurück und warte gehorsam. Eine ziemlich wirre Cat mit Haaren, die an eine rote Medusa erinnern, schiebt vorsichtig die Tür auf. Als sie mich sieht, grinst sie. Fast verlegen.

»Kein Problem, ich hab nicht viel gehört«, sage ich.

»Du hast in London übernachtet?«

»Adrian ist John Karry!«, platze ich heraus, weil die Nachricht mir auf der Seele brennt. »John Karry?« Cat sieht aus, als hätte ich gerade versucht, ihr zwischen Tür und Angel poststrukturalistische Intertextualitätstheorien zu erklären.

»Ist Jonathan noch da?«

»Ja, er …« Cat schlüpft durch die Tür und zieht sie hinter sich zu. Leise. Sie trägt nur ein weites T-Shirt, das ich als seins identifiziere. Ob sie darunter ein Höschen anhat, kann ich nicht erkennen, aber da ich selbst keins trage, ist das wohl ziemlich egal. »Er schläft gerade ein.« Sie grinst mich an und zuckt die Achseln. »Männer eben.«

»Hast du Lust auf Kaffee?«, frage ich. Mein Magen knurrt ein wenig, weil ich bis auf ein spärliches Frühstück mit Adrian bisher nichts gegessen habe. Die komischen Drogen scheinen hervorragende Appetitzügler zu sein, aber mein Körper wehrt sich erfolgreich. »Mir wäre nach einem Schokomuffin und einem riesigen Frappuccino.«

»Okay. Ich zieh mir nur schnell was an.« Cat flüstert.

Niedlich. Wenn *ich* schlafe, nimmt sie nicht so viel Rücksicht. Ich ziehe mich auch kurz um und schlüpfe in bequeme Jeans und ein T-Shirt. Beim Blick in den Spiegel fällt mir auf, dass meine Wangen rot sind und meine Augen irgendwie leuchten. Gleichzeitig frage ich mich, was Adrian zu meinem Aufzug sagen würde. Er mag Frauen nicht gern in Hosen, hat er mir gestanden, was ich natürlich entsetzlich chauvinistisch fand. Seit wann denke ich eigentlich darüber nach, was irgendwer über mein Outfit sagen könnte? Jesus, langsam drehe ich wirklich durch. Kann man das irgendwie abstellen?

Der kleine Coffeeshop ist spärlich besucht um die Uhrzeit. Cat hat einen Zettel für Jonathan hinterlassen mit dem Hinweis, dass wir im *Le chat noir* um die Ecke sind und er nachkommen kann, falls er rechtzeitig wach wird. Wir suchen einen Platz an einem winzigen Tisch in der Sonne, von dem aus wir die Straße im Blick haben. Falls ihr Angebeteter auftaucht.

»So, jetzt erzähl. Was meinst du damit, dass Adrian Moore John Karry ist? Ist er schizophren oder was?«

Ich berichte von meinem Termin und dem darauffolgenden Date im Hotel. Die relevanten Kleinigkeiten lasse ich natürlich aus, obwohl Cat drängelt, mehr darüber zu erfahren.

»Nun hör auf. Ich werde mit dir nicht über mein Sexleben reden!«, beharre ich, ohne den Strohhalm aus dem Mund zu nehmen.

»Schade. Echt. Aber dass er dich die ganze Zeit so angelogen hat, ist ein starkes Stück. Nicht?«

»Doch. Ist es. Ich werde ihn eines Tages dafür büßen lassen«, antworte ich und beiße in den riesigen Muffin, dessen Schokoladenduft mich verrückt macht.

»Falls du Tipps brauchst, frag mich. Ich bin perfekt darin, Männern Kummer und Leid zu bereiten.«

Ich lache mit vollem Mund. »Das sieht dir ähnlich! Aber nur her mit den Tipps, von dir kann ich bestimmt was lernen.«

»Wann fährst du zurück nach London?«

»Übermorgen. Ich muss erst ein paar Sachen hier regeln. Meine Abschlussarbeit, Greg und das Theater …« Der Gedanke an Greg versetzt mir einen Stich. Ich fühle mich schäbig ihm gegenüber, weil ich ihn, wenn ich ehrlich bin, nur benutzt habe. Und das fühlt sich alles andere als gut an. Ich werde mich bei ihm entschuldigen, ihm alles erklären und einfach darauf hoffen, dass er mir verzeiht und sowieso nie etwas für mich empfunden hat.

»Also, wenn Adrian sich sehnsüchtig bei dir meldet – anruft, E-Mails schickt oder so –, lass ihn zappeln. Antworte nicht sofort. Drück seine Anrufe erst mal weg, bevor du ihn Stunden später zurückrufst. Er soll nicht denken, dass du nur auf ihn wartest. Stattdessen soll er sich grämen und sich fragen, was du wohl gerade ohne ihn tust. Eifersüchtig sein. Dann wird er sich irgendwann dazu herablassen, dir zu sagen, was du hören willst.«

Verblüfft lasse ich den halben Muffin auf den Teller sinken und starre meine beste Freundin an. »Woher willst du wissen, was ich hören will?«

Sie lehnt sich im Stuhl zurück, setzt ihre Sonnenbrille auf und grinst selbstgefällig. »Süße, auch wenn ich es bis vor kurzem nicht glauben konnte – du bist eine Frau wie jede andere. Ich weiß, wie es dir gerade geht. Du bist verknallt, aber du fühlst dich deswegen schwach. In der Liebe gibt es immer einen Verlierer, und das ist derjenige, der mehr liebt. Natürlich will keiner der Verlierer sein, also hoffen alle, dass der andere schlimmer dran ist als man selbst.«

Ich ziehe irritiert die Brauen hoch. »Meinst du das ernst?«

»Ja, das ist so. Es gibt keine gleichberechtigte Liebe. Einer von beiden ist im Nachteil, aber das wird erst gefährlich, wenn der andere es weiß und es ausnutzt. Also solltest du ihn glauben lassen, dass er dich viel mehr liebt als du ihn. Dann wird er sich anstrengen, dich zu überzeugen und dich zu halten. Wird dir Liebesschwüre flüstern und dir teure Geschenke machen. Vertrau mir, ich kenne mich damit aus. Schließlich studiere ich Psychologie und habe auch noch reichlich Erfahrung damit. Im Gegensatz zu dir!«

Nachdenklich schlürfe ich meinen Kaffee und starre auf den Gehweg. Auf die vielen Füße, die dort entlanghetzen.

»Aber bei Julius und mir war es nicht so.«

»Ihr habt euch ja auch nicht geliebt. Du hast dich einfach damit abgefunden, eine vernünftige Beziehung zu haben, und er hat sich mit seiner Ex vergnügt. Du warst in diesem Fall der Verlierer, weil du gedemütigt wurdest. Du hast nicht aus Liebe gelitten, sondern an verletztem Stolz. Dein Selbstwertgefühl wurde ruiniert durch das, was du erlebt hast, aber das ist etwas anderes als echter Liebeskummer.«

»Der Kummer fühlte sich aber verdammt echt an«, widerspreche ich und mustere sie verstohlen von der Seite. Wer von beiden ist in ihrem Liebesspiel der Verlierer? Ich kann mir nicht vorstellen, dass sie es ist, allerdings wirkt Jonathan sehr viel abgebrühter und souveräner als sie. Hat sie keine Angst davor, wenn sie das alles schon so genau weiß? Warum bin ich so furchtbar ängstlich? Wieso fühle ich mich so unsicher und verletzlich?

»Du hast deine Verletzungen nur mit Liebeskummer verwechselt, weil du keine Ahnung davon hast. Aber jetzt sehe ich dir an, wie verknallt du bist! Außerdem hältst du seit fünf Minuten dein Handy umklammert, als ob es dein Herzschrittmacher wäre und du sterben müsstest, wenn du ihn verlierst.«

Tatsächlich brummt das kleine Ding in meiner Hand gerade, und die Vibration löst eine Hitzewelle in mir aus. Sofort klicke ich die eingegangene WhatsApp-Nachricht an. Sie ist von Adrian und mit … einem Herzchen versehen! Oh mein Gott! Kichernd lese ich sie Cat vor.

Wann kommst du übermorgen an? Vermisse dich. A.

»Hm. Von einem erfolgreichen Autor hätte ich mehr erwartet. Offenbar leidet sein Hirn genauso wie deins.« Cat lacht. »Wenn ich daran denke, wie du in Strumpfhose einkaufen gegangen bist …«

»Gott, kannst du das nicht einfach vergessen?«, frage ich und beantworte Adrians Nachricht, als ob Cat mir nicht gerade vor ein paar Minuten gesagt hätte, dass ich ihn zappeln lassen soll. Sie schnalzt nur missbilligend mit der Zunge, hindert mich aber nicht daran. Ich schicke zur Sicherheit auch noch ein paar Herzchen mit.

»Ich werde keinen pinken Chiffon-Alptraum bei eurer Hochzeit tragen«, warnt Cat und ich verdrehe die Augen, ohne mein Handy aus der Hand zu legen. »Aber es ist schön zu sehen, dass auch du dich in ein Kleinkind verwandelst, wenn der Richtige daherkommt.«

Mit einem Seufzer schiebe ich die Reste des Muffins von mir. »Ob er der *Richtige* ist, steht allerdings in den Sternen.«

»Vertrau auf dein Herz, Gwen. Gut, dass du eins hast, ich hatte in den letzten Jahren manchmal Zweifel. Du solltest jedenfalls auf deine Gefühle hören in dieser Sache, weil man Liebe mit dem Verstand sowieso nicht erfassen kann.«

»Da ist Adrian anderer Meinung! Er erzählt dauernd von Hormonen und chemischen Reaktionen und so was«, antworte ich grinsend, bevor ich mich erneut meinem Handy widme, das Adrians Antwort ankündigt. Ich bin unhöflich meiner Freundin gegenüber, aber vor meiner Nase könnte Brad Pitt nackt eine Capoeira tanzen und ich hätte keine Augen für ihn. Nichts erscheint gerade wichtiger als Adrians Nachricht, die mich wieder zum Lächeln bringt.

»Klingt vernünftig. Und passt wunderbar zu dir! Vielleicht könnt ihr gemeinsam die letzten Rätsel der Liebe entschlüsseln und ein Buch darüber schreiben? Wenn du deinen Verstand davon überzeugen kannst, dass es okay ist, ein Risiko einzugehen.«

»Jaja«, murmle ich, eifrig eine Antwort tippend. Adrians nächste Mitteilung lässt meinen Schoß kribbeln, denn er schreibt:

> Allein der Gedanke an deinen Duft und an deine Haut macht mich hart, Kleines. Wie soll ich die nächsten Stunden ohne dich aushalten?

Ich komme mir ein bisschen verrucht vor, solche Nachrichten mit ihm auszutauschen, während meine beste Freundin danebensitzt. Zum Glück ist sie gerade damit beschäftigt, ihrem Liebling zuzuwinken, der sich uns offenbar nähert.

> Ich werde meine Erregung für dich aufheben, um übermorgen unter dir zu explodieren. Oder auf dir?

Nervös warte ich auf seine Antwort. Ich glaube, das war das erste Mal in meinem Leben, dass ich jemandem etwas geschrieben habe, das annähernd mit Sex zu tun hat. Den Blick muss ich nur kurz heben; es hat keinen Sinn, Jonathan begrüßen zu wollen, denn er kehrt mir den Hintern zu und ist offenbar mit Cats Lippen verschmolzen. Kopfschüttelnd klicke ich Adrians umgehende Antwort an. Hey, das macht Spaß!

> So etwas darfst du nicht schreiben, Kleines. *stöhn* Wie soll ich dieses Bild heute aus meinem Kopf kriegen?

Welches Bild meinst du? schreibe ich zurück, obwohl ich es mir ziemlich genau vorstellen kann. Aber ich will es von ihm hören, beziehungsweise lesen.

Von dir. Auf meinem Schoß. Mit meinem Schwanz in dir. Deine Brüste vor meinen Augen, deinen Kopf in den Nacken gelegt, während du mich reitest.

Oh Gott, jetzt werde ich noch nervöser. Bin ich froh, dass Cat und Jonathan beschäftigt sind und sich nicht um mich kümmern. Diese Unterhaltung würde ich nur ungern vorzeitig beenden!

Du machst es dir doch hoffentlich nicht gerade selbst?

Als Antwort kommt ein Bild, ohne Kommentar. Es ist ein Foto von Adrian, kopflos, selbst mit dem Handy aufgenommen. Er sitzt auf einem Stuhl, hat eine Hand in der geöffneten schwarzen Anzughose verborgen, das weiße Hemd ziemlich weit aufgeknöpft und nachlässig aus der Hose gerupft. Es ist eindeutig, und mir wird heiß.

Musst du eigentlich gar nicht arbeiten? antworte ich verzweifelt und frage mich, ob es blöd ist, wenn ich mir jetzt mit einem Blatt Papier Luft zu fächele.

Schick mir auch ein Foto von dir. Ich will sehen, wie deine Hand zwischen deinen Beinen verschwindet und du es dir selbst machst, während wir schreiben.

Niemals! Ich sitze mit Cat und Jonathan in einem Café. Draußen in der Sonne! Keine Chance, du Ferkel!

Am liebsten würde ich seinem Wunsch nachkommen, denn inzwischen fühlen sich meine Jeans verdächtig feucht an im Schritt und ich könnte mir glatt vorstellen …

Mach es heimlich, unter dem Tisch. Ihr habt doch einen Tisch?

Ein weiteres Foto lässt mich leise aufstöhnen. Ich kann nur erahnen, was da aus seiner Hose hervorguckt, weil es nicht ganz zu sehen ist, aber der Anblick macht mich verdammt heiß.

»Gwen? Alles okay?«

»Hm? Ja, sicher. Wieso?«

Cat und Jonathan starren mich an, als säße auf meiner Schulter eine riesige Vogelspinne. Irritiert blinzle ich gegen die Sonne.

»Du bist knallrot und du … äh … sabberst.«

Cat bricht in gackerndes Gelächter aus, und Jonathan grinst breit. Ach du je, das meint sie hoffentlich nicht ernst? Himmel, sie hat recht! Offenbar habe ich nicht einmal mehr meinen Speichelfluss unter Kontrolle!

»Sag nicht, du hast dich doch wieder mit diesem Idioten eingelassen?«, fragt Jonathan unvermittelt. Cat hört auf zu lachen und stößt ihm den Ellbogen in die Rippen.

Ich reiße Mund und Augen auf und lasse sogar mein kostbares Handy fallen. »Wie bitte?«

»Adrian Moore. Dieser Autor. Der dich im Theater so blamiert hat.« Jonathan nippt ungerührt an seinem Tee und sieht mich über den Rand seiner Tasse hinweg an. Wenn er nicht aufpasst, hängt gleich seine lange Haarsträhne im Getränk, aber das ist sein Problem.

»Wieso sagst du so was? Du kennst ihn doch gar nicht!«, nehme ich Adrian in Schutz und spüre, wie mein Puls sich vor Aufregung beschleunigt. Was fällt denn diesem Möchtegern-Sadisten ein? Wie er schon dasitzt, breitbeinig und lässig in der engen Lederhose …

»Nun guck mich nicht so an. Man spricht halt über ihn, und das nicht nur wegen seines Buches.«

»Das du als Sadist natürlich nicht gut findest?«, frage ich und hoffe innerlich auf eine positive Antwort. So richtige SM-Typen können den Roman doch unmöglich ernst nehmen, denke ich.

»Ich finde es sogar sehr gut. Es hat schließlich dafür gesorgt, dass die Clubs neuerdings viel Zuwachs bekommen. Und wer weiß, ob mein Schatz hier ohne das Buch jemals auf den Geschmack gekommen wäre.«

Er grinst so breit, dass seine Mundwinkel fast auf seine Ohren treffen, und zieht Cat an der Schulter zu sich heran. Meine Freundin scheint sich nicht an seinen chauvinistischen Sprüchen zu stören, im Gegensatz zu mir. Ich merke schon, wie meine Halsschlagader anfängt zu pulsieren.

»Oh-oh.« Cat sieht es offenbar auch, denn sie wirft mir einen warnenden Blick zu. Aber es ist zu spät, ich bin nicht mehr aufzuhalten.

»Wie immer verwechseln die dummen Leser den Autor mit der Hauptfigur eines Buches. Adrian ist gar nicht so, wie ihr glaubt. Er hat einen Roman darüber geschrieben und recherchiert, ja. Aber er ist nicht der Typ aus seinem Roman! Er ist ganz anders, und er ist … liebevoll und zuvorkommend und sogar behutsam im Bett.«

Cat richtet sich mit gespitzten Ohren auf. Wenn sie glaubt, dass ich jetzt doch Details ausplaudere, hat sie sich geschnitten! Wie kann man nur so neugierig sein? Himmel!

»Was man ganz bestimmt nicht von Männern behaupten kann, die Spaß daran haben, Frauen den Hintern zu versohlen. Ernsthaft!«

»Gwendolyn.« Jonathan wird plötzlich ernst und beugt sich zu mir vor, meine Augen fixierend. »Das ist kein Spaß. Ich weiß, was er so treibt in London und vor allem, mit wem er sich herumtreibt. Er ist ein Dom, und er ist sozusagen käuflich. Für Frauen.«

Ein eisiger Schauer läuft über meinen Rücken, aber ich versuche, mir nichts anmerken zu lassen. »Das ist doch wohl absoluter Blödsinn«, knurre ich.

»Du kannst mich mit den Augen durchbohren, wie du willst, Gwen, aber es ist wahr. Jeder in der Szene weiß, dass er zur Verfügung steht.«

»Du meinst, er ist so was wie eine männliche Domina?« Cat reißt die Augen auf und starrt Jonathan irritiert an. »Gibt es das überhaupt?«

»Offenbar. Einige Frauen mit Unterwerfungswünschen nutzen

seine Dienste regelmäßig, aber er nimmt natürlich kein Geld dafür, geht aber auch keine Beziehungen ein. Bis auf einmal. Eine gewisse Gisele …«

Ich halte unwillkürlich die Luft an, als er ihren Namen sagt. »Weißt du etwas Neues?«

»Nicht direkt. Ich weiß, dass sie nicht mehr lebt, und wie man hört, hat Adrian Moore mit ihrem Tod zu tun.«

Cat und ich schnappen gleichzeitig geräuschvoll nach Luft, danach wird es plötzlich still um mich herum. Sogar das leise Rauschen des Verkehrs von der Hauptstraße nebenan scheint zu verstummen. Als ob die Welt aufgehört hätte, sich zu drehen und mich in einer Zeitblase gefangen hielte.

»Es gibt zig Gerüchte um ihn und ich kann dir versichern, dass an denen zumindest etwas dran ist, wenn sie auch nicht alle wahr sind. Du solltest das in jedem Fall klären oder herausfinden, bevor du dich ihm auslieferst. Er ist wirklich nicht ohne.«

»Warum sagst du so was?«, frage ich. Meine Stimme klingt verzweifelt und jämmerlich, und mein Magen fühlt sich an, als hätte jemand einen Schraubstock darum gezwungen.

»Weil ich mir Sorgen mache! In der Szene tummeln sich viele schwarze Schafe. Männer, die sadistische Gelüste haben und diese ungehemmt ausleben. Sie tun das nicht, um der Partnerin Vergnügen zu bereiten, sondern um ihren eigenen sadistischen Trieb zu befriedigen. Dabei nehmen sie keine Rücksicht und gehen manchmal zu weit. Neben körperlichen Schäden sind es aber meistens die psychischen, die wirklich wehtun. Eine echte Vergewaltigung verkraftet man nicht einfach so. Und Adrian Moore ist jemand, der mit harten psychologischen Bandagen kämpft. Die intelligenten Kriminellen sind immer die gefährlichsten.«

»Keine Angst. Jedenfalls nicht um mich. Ich komme schon klar.«

»Ich habe ihr ein paar Tipps zum Umgang mit dominanten Männern gegeben«, sagt Cat und grinst ihren Liebsten an.

»So? Die würden mich aber auch mal interessieren!«

»Vergiss es! Das sind Frauengeheimnisse und die bleiben unter uns. Außerdem weißt du ja nicht mal, woran man todsicher erkennt, ob eine Frau wirklich gekommen ist oder dir nur was vorgespielt hat!«

»Ich störe euch ungern, aber ich muss wissen, was du über Gisele weißt«, unterbreche ich das Geplänkel der beiden. Cat nimmt meine Reaktion etwas schmollend zur Kenntnis, gibt aber Ruhe.

»Nicht viel«, gesteht Jonathan achselzuckend. »Was man so redet halt. Sie war wohl irgendwie mit Adrian Moore zusammen, und zwar recht lange, und eines Tages tauchte sie einfach nicht mehr auf.«

»Und daraus schließt ihr, dass sie tot ist und Adrian etwas damit zu tun hat?« Ich tippe mir an die Stirn. »Also echt mal …«

»Ein bisschen mehr weiß man schon«, gibt Jonathan zu. »Zum Beispiel, *dass* sie tot ist. Allerdings gibt es unterschiedliche Meinungen darüber, woran sie gestorben ist. Einige sagen, sie hat sich umgebracht, andere behaupten, Adrian habe es bei seinen Spielchen übertrieben, aber mit viel Geld geschafft, den Totschlag zu vertuschen.«

Ich hole tief Luft und sehe ihm fest in die Augen. »Und das kannst du dir vorstellen? Ernsthaft?«

»Gwen, Jonathan sagt doch nur, was er gehört hat!«

Natürlich versucht Cat, ihn zu verteidigen, aber mir geht es nicht anders als ihr. Ich finde diese Anschuldigungen echt empörend.

»Das ist total absurd, sorry. Ich kenne Adrian persönlich, im Gegensatz zu euch.« Mit einer raschen Kopfbewegung werfe ich meine Haare über die Schulter, bevor ich mein Handy vom Schoß nehme und so abrupt aufstehe, dass der Plastikstuhl umkippt. Cat reißt die Augen auf und starrt mich an. »Und daher muss ich leider sagen, spricht da aus einigen eurer Szene offenbar der blanke Neid. Ich gehe nach Hause.«

Ohne den Stuhl aufzuheben, straffe ich den Rücken und marschiere die Straße entlang. Ich drehe mich nicht einmal mehr um. Unfassbar, so einen Mist zu behaupten! Gut, vielleicht hätte ich ihm vor ein paar Wochen selbst so was zugetraut, aber jetzt … niemals. Die kennen ihn alle nicht. Glauben, dass er der Typ aus seinem Roman ist, ein perverses Schwein. Ich weiß es besser!

Erst kurz vor dem Haus stelle ich fest, dass sich mein Handy beim Aufprall offenbar abgeschaltet hat. Nachdem ich es wiederbelebt habe, blinken mich zahlreiche entgangene Nachrichten an, die ich hastig nacheinander anklicke.

Was ist los? Warum antwortest du nicht mehr?

Gwen?

Verflucht, antworte mir!

Oh-oh …

13

»Bist du noch sauer?« Cat lugt durch meine Zimmertür, während ich meine Tasche packe.

»Nein, ist schon okay. Ich finde es nur lächerlich, sich so den Kopf über jemanden zu zerbrechen, den man gar nicht kennt.«

Sie kommt rein und setzt sich auf mein Bett. »Also, du fährst?«

»Morgen, ja. Heute muss ich ins Theater und mit Greg sprechen … Wegen des Auftritts.«

»Klar. Wegen des Auftritts.« Cat kräuselt die Lippen. »Mann, Gwen. Ich hätte nicht gedacht, dass du mal so ausflippst wegen eines Typen. Das passt überhaupt nicht zu dir! Du lässt dich nicht mal von fiesen Gerüchten beirren, dabei hast du mir selbst erzählt, dass du ihm die Story mit Gisele nicht glaubst.«

»Ich bin mir sehr sicher, dass es eine ganz normale Erklärung gibt. Die ich eines Tages erfahren werde.«

»Wie kommst du zu solchen Vertrauensvorschusslorbeeren? Ich meine, ich glaube zwar auch nicht, dass er ihr wirklich was angetan hat, aber ich mache mir schon Sorgen.«

»Darum eben. Du verstehst das nicht!«, unterbreche ich sie und pfeffere zwei T-Shirts in die Tasche. »Es ist meine Entscheidung, okay?«

Cat hebt beide Hände. »Ja, sicher. Schon gut. Ich komm klar, kümmere dich nicht um mich.«

Seufzend lasse ich mich neben sie aufs Bett fallen und schiebe die ziemlich vollgestopfte Reisetasche zur Seite. Dann lege ich den

Arm um sie und meinen Kopf an ihre üppige Brust. »Ach, Cat. Ich weiß doch auch nicht. Ich kenne mich selbst nicht wieder.«

»Gut so.« Sie streicht mir zärtlich über die Haare. »Ich mache mir nur Gedanken und will nicht, dass dir was passiert. Schon diese komischen Nachrichten, die du dauernd kriegst … Also wenn er irgendwie komisch wird, musst du mir versprechen, mich sofort anzurufen und nach Hause zu kommen. Okay? Und lass dich auf nix ein, was du nicht auch willst!«

»Natürlich nicht«, murmle ich. »Du kennst mich doch!«

»Langsam bin ich mir nicht mehr ganz sicher, ob du noch die Gwen bist, die ich kennengelernt habe. Die schroffe Gwen, die jedem ungefragt ihre ehrliche Meinung an den Latz knallt. Aber ich kann nicht sagen, dass mir die neue Gwen nicht gefällt. Im Gegenteil.«

Ich drücke sie ein letztes Mal, dann stehe ich auf und streiche meine Haare aus dem Gesicht, bevor ich mir einen Pferdeschwanz binde. »Ist das Outfit okay? Ich will so unattraktiv wie möglich aussehen, wenn ich mit Greg spreche.«

Cat grinst. »Dazu müsstest du mindestens einen alten Kartoffelsack tragen, Süße. Du siehst nämlich auch in den ollen Klamotten noch fantastisch aus. Eine schöne Frau kann so schnell nichts entstellen.«

»Sehr witzig. Aber trotzdem danke. Wünsch mir Glück.«

»Glück!«, ruft Cat und streckt die Fäuste nach oben. »Hals- und Beinbruch. Sagt man doch im Theater, oder?«

Ich nicke und mache mich auf den Weg zur Arbeit. Zum letzten Mal für … keine Ahnung, wie lange.

Meine Knie zittern ein bisschen, während Greg mich, lässig mit überkreuzten Knöcheln gegen die Theke gelehnt, betrachtet. Ich habe ein furchtbar schlechtes Gewissen, obwohl es ganz objektiv wohl kaum einen Grund dazu gibt.

»Mir war klar, dass bei dir was im Busch ist. Schade.«

»Wie, schade?«, frage ich und traue mich sogar, tief einzuatmen. Das Gespräch verläuft deutlich besser, als ich befürchtet habe.

»Na, vielleicht, wenn du früher den Versuch gestartet hättest …« Er zwinkert mir zu, dann streckt er den Arm aus und streicht mir mit einer fast väterlichen Geste über die Haare. Warum zum Teufel sind neuerdings alle Männer so besessen von meinen Haaren?

»Es tut mir wirklich leid, falls du dir irgendwelche Hoffnungen … ich meine, ich bin ja eigentlich nicht so …« Oh verdammt, was rede ich hier? Mein Gesicht fühlt sich ganz heiß an, und irgendwie kriege ich meine Gedanken nicht sortiert.

»Ist schon gut. Ehrlich, ich bin nicht sauer auf dich. Nur neugierig.«

»Neugierig worauf?« Verwirrt sehe ich ihn an, ein Geschirrtuch in der Hand. Das Theater ist ruhig, die letzten Gäste sind vor fünf Minuten gegangen.

»Erst hast du bestritten, was mit Adrian Moore zu haben, und jetzt fährst du wieder hin und lässt dich auf ihn ein. Und du hast da so was erzählt, von wegen Club und Fetisch und so.« Er lächelt, fast verlegen.

»Das war nur so dahergeredet, Greg. Ich wollte mich wichtigmachen.«

»Ich habe oft darüber nachgedacht und mir vorgestellt, wie du …« Er atmet tief ein, sodass sich sein Brustkorb sichtbar wölbt. Ich schlucke, bemüht, sein Kopfkino zum Stillstand zu bringen. »Das war nur Quatsch, ehrlich«, winke ich ab.

Im selben Moment vibriert mein Handy, das ich hinten in der Jeanstasche mit mir trage. Die Vibration durchzuckt mich, weil ich heute schon drei anonyme Anrufe erhalten habe. Jedes Mal hat der Anrufer aufgelegt, nachdem ich mich gemeldet hatte, und beim letzten Anruf war ich kurz davor, genervt ins Handy zu brüllen. Viel zu schnell zerre ich daher das Telefon aus der Hose und seufze erleichtert auf, als ich die Nummer erkenne.

»Es ist alles in Ordnung!«, begrüße ich ihn.

»Ich wollte nur sichergehen, dass ihr nicht ungestört seid.«

Ich muss lachen. »Sind wir nicht. Keine Sorge.« Sind wir sehr wohl, aber das muss er nicht wissen, weil es wirklich keinen Grund gibt, eifersüchtig zu sein.

»Ich verlasse mich darauf. Und zähle die Minuten, bis ich dich wiederhabe. Nur noch 792.«

»Ich rechne das jetzt nicht nach, Adrian. Aber du bist irre.«

»Ja. Deinetwegen.«

Ich höre ihn atmen. Schwer. Mein ganzer Körper kribbelt beim Ton seiner Stimme, und in meinem Magen tanzen Schmetterlinge Samba. Nur aus den Augenwinkeln nehme ich wahr, wie Greg sich abwendet und die gespülten Gläser ins Regal räumt.

»791«, sagt er, und ich lache wieder.

»Okay, okay. Ich werde später mitzählen. Statt Schäfchen.«

»Ich hole dich morgen um 12.30 Uhr ab.«

»Was?« Ich bin irritiert. »Ich habe ein Ticket nach London, und ich …«

»Überraschung. Komm einfach um 12.30 Uhr runter auf die Straße.«

»Ich bin mir noch nicht sicher, ob ich deine Überraschungen mag«, versuche ich abzuwehren. Mein Herzschlag beschleunigt sich. Diese Neuigkeit muss ich erst mal verdauen. Bis vor einer Minute war ich darauf vorbereitet gewesen, morgen nach London zu fliegen, und jetzt …

»Ich weiß, dass du diese mögen wirst. Obwohl sie nichts mit Sex zu tun hat.«

»Ist die Biografie von John Karry etwa schon fertig?«, frage ich frech, weil ich weiß, dass sie alles andere als das ist. Weil er behauptet, mich zu brauchen. Als seine Muse. Ich, Gwendolyn Hamlin, bin eine Muse! So wie einer der hübschen Jungs, die immer um Karl Lagerfeld sind. Unfassbar!

»Bring deine gepackte Tasche mit. Bis morgen.«

Etwas enttäuscht stelle ich fest, dass er aufgelegt hat. Ich schiebe das Handy zurück in die Jeans und helfe Greg beim Einräumen der Gläser. Er räuspert sich nur kurz, sagt aber nichts zu meinem Telefonat. Erst beim Verlassen des dunklen Theaters bleibt er vor der Tür stehen, um mich anzusehen.

»Ich wünsche dir Glück, Gwen. Alles Glück der Welt. Weil du es verdient hast.«

»Danke«, antworte ich gerührt und streiche verlegen über seinen Oberarm. »Vielleicht bin ich ja schon bald zurück, und dann …«

Greg schüttelt den Kopf und grinst schief. »Ich glaube nicht. Aber es ist schön, dich so zu sehen. Du wirkst glücklich. Zum ersten Mal, seit wir uns kennen.«

Ich presse die Lippen fest aufeinander und schaue auf den Boden. Glücklich? Ich weiß nicht genau, wie sich Glück anfühlt. Man sagt, dass man meistens nicht weiß, was Glück *ist*, dafür weiß man meistens, was Glück *war*. Wenn es sich so anfühlt, dann will ich, dass es nie wieder aufhört. Ich will es für immer festhalten und nicht erst später feststellen, was es bedeutet hat.

»Pass auf dich auf. Und wenn du jemals etwas brauchst … wir sind für dich da. Alle. Als Freunde.«

Meine Augen werden heiß. Freunde … das hört sich so gut an. Meine Stimme klingt krächzig, als ich mich vor der Tür von ihm verabschiede und hastig über die dunkle Einfahrt Richtung U-Bahn stapfe, während er abschließt.

Freunde. Fast hätte ich es versaut, aber zum Glück hat Adrian mich vor diesem Fehler bewahrt. Natürlich ohne es wirklich zu ahnen …

14

»Kleines«, sagt er, mehr nicht. Und mehr brauche ich nicht, um juchzend auf ihn zuzulaufen, als ich ihn auf der Straße entdecke. Er steht vor unserem Haus, gekleidet in dunkle Jeans und ein lässiges weißes Hemd mit dunkelblauem Blazer. Aber für sein Outfit habe ich im Moment wenig übrig. Unsere Blicke verhaken sich ineinander, das strahlende Blau nimmt mich gefangen, und mir ist, als läge darin alles, was ich von ihm hören möchte und was er mir noch nie gesagt hat. Er hebt mich hoch wie eine Puppe und ich presse mein Gesicht gegen seine Brust, die starken Arme genießend, die mich umschlingen.

»Fünf Minuten zu spät. Ich bin ziemlich sauer.«

Lachend hebe ich den Kopf. »Falls du mir dafür den Po versohlen möchtest … Die Antwort lautet Nein.«

Seine Augen wirken noch blauer als sonst, sein Gesicht scheint zu leuchten. Sehe ich auch so aus? Dann laufen wir Gefahr, unsere Umwelt zu verstrahlen. Ein bisschen weiß ich jetzt, warum so viele Leute vom Anblick frisch Verliebter genervt sind. Vor allem, wenn ihnen selbst dieses Glück nicht vergönnt ist. Mein Leben lang gehörte ich zu den Genervten, doch nun habe ich alle Hemmungen verloren, uns der ganzen Welt zu präsentieren. Seht her, wie glücklich wir sind! Mit einer selbstverständlichen Geste nimmt er meine Tasche, dann meine Hand, und zieht mich mit sich zu einem winzigen schwarzen Cabrio, das eindeutig sehr viel älter ist als ich.

»Ist das *dein* Wagen?«

Stolz wie ein Vater wirft er mein Gepäck in den Kofferraum des Autos und lässt die Klappe geräuschvoll zufallen. »Mein Triumph TR4. Zickig und unberechenbar wie eine starke Frau, genau deshalb meine große Liebe.«

Er öffnet mir galant die Beifahrertür und winkt mir. Zögerlich setze ich meine Füße in Bewegung. Es ist sommerlich warm, und die Aussicht auf eine Fahrt nach London mit offenem Verdeck zaubert mir gute Laune.

»Ist das Kleid neu?« Seine Augen gleiten betont langsam an mir auf und ab. Ich strecke beide Arme aus und drehe mich einmal im Kreis, damit er mich bewundern kann. Vor wenigen Wochen hätte ich über eine Frau, die so was Albernes macht, gelästert und ihr einen Therapeuten empfohlen. Wie kann sich ein Leben so schnell verändern?

»Gefällt es dir?«

»Mir gefällt das Darunter noch besser, aber das muss leider warten. Steig ein.«

»Fahrer- oder Beifahrerseite?«, frage ich frech.

Er verzieht das Gesicht, als ob er Schmerzen hätte, und setzt sich selbstverständlich hinter das Steuer. »Keine Scherze damit«, warnt er. »Das ist mein Baby, und ich bin der schlechteste Beifahrer der Welt. Vor allem, wenn eine Frau am Steuer sitzt.«

Ich sinke neben ihm in den tiefen Sitz und boxe ihn gegen den Arm. »Spar dir die Chauvisprüche. Ich bin eine sehr gute Fahrerin!« Das ist eine absolute Lüge, aber ich muss meine Ehre retten. Und bis er die Wahrheit darüber herausfindet, hat er es hoffentlich längst vergessen.

»Was für eine tolle Idee, mich bei so herrlichem Wetter mit dem Auto abzuholen«, brülle ich, nachdem Adrian den enorm lauten Motor gestartet hat und durch die Stadt Richtung Autobahn fährt. Meine offenen Haare flattern im Wind, ab und zu verirrt sich eine Strähne in meinen Mund. Zum Glück sind es nur meine Haare – Insekten wären definitiv schlimmer! Es ist mein erstes Mal in einem Cabriolet, und irgendwie habe ich mir das Fahrerlebnis angenehmer vorgestellt. Aber natürlich sage ich nichts, sondern kneife einfach die

Augen zusammen, wenn die Sonne mich blendet, und den Mund zu, wenn zu viele Haare wie Spinnweben davor herumtanzen.

Nach einigen Minuten wird es ruhiger, weil Adrian die Geschwindigkeit drosselt und gemächlich fährt. Wie es sich gehört für so ein Auto, finde ich. Schließlich will man auf der Spazierfahrt die Landschaft genießen.

»Wo fahren wir eigentlich hin?«, frage ich verdutzt, als ich feststelle, dass er die falsche Richtung eingeschlagen hat und definitiv nicht nach London fährt.

»Überraschung. Lehn dich zurück und entspann dich.«

Er legt die linke Hand auf meinen Oberschenkel, während er mit der anderen den Wagen lenkt. Es herrscht wenig Verkehr, aber der Diesel der LKW scheint mir in alle Poren zu dringen. Romantische Cabriofahrt? Nun ja. Wenn wir wo auch immer ankommen, werde ich vermutlich einen Hitzschlag erlitten haben, denn die Sonne brennt mir gnadenlos auf den Kopf.

»Greif mal hinter dich. Da liegt ein Kopftuch.«

Ich muss lachen. »Du wirst mir langsam unheimlich. Kannst du ernsthaft Gedanken lesen?«

»Wer weiß.« Er zwinkert mir von der Seite zu und grinst. »Ich habe viele verborgene Fähigkeiten.«

Meine Wangen glühen, weil ich natürlich an ganz bestimmte Fähigkeiten denke. Sobald ich mit ihm zusammen bin, scheine ich nur noch aus Stammhirn zu bestehen, das eigenständig irgendwelche Erregungssignale an meinen Unterleib sendet. Schlimm!

Das Tuch riecht neu, wie ich nach einer raschen Probe erleichtert feststelle. Es ist bunt und aus Seide. Ich klappe den winzigen Spiegel an der Windschutzscheibe herunter und lache laut auf.

»Himmel, ich sehe aus wie Jackie Kennedy. Mir fehlt nur eine riesige Sonnenbrille!«

Adrian schmunzelt, während er konzentriert auf die Straße sieht. Das Kopftuch ist eine gute Idee und ich fühle mich sofort wohler. Sogar an die ungewohnten Gerüche um mich herum gewöhne ich mich langsam. Allerdings brennt die Neugier in mir und lässt mir keine Ruhe.

»Warum verrätst du mir nicht, wo wir hinfahren?«

»Neugier bringt die Katze um. Warum magst du keine Überraschungen?«

Haha. Ich ziehe absichtlich einen Schmollmund und verschränke die Arme vor der Brust. »Ich bin gerne vorbereitet. Wenn du mir zu viele Änderungen zumutest, fühle ich mich wie ein Kreisel, der durch die Gegend geschleudert wird, und das gefällt mir nicht. Ich brauche klare Strukturen.«

Er lächelt nicht, sieht mich auch nicht an, als er antwortet. »Das Leben wird zu langweiliger Routine, wenn alles geplant abläuft. Das tötet jede Kreativität. Spontaneität ist wichtig, besonders in der Liebe. Kein Tag sollte dem anderen gleichen, wenn es auch manchmal nur Details sind, die sich verändern. Das Hirn braucht Abwechslung, sonst verkümmert es.«

Ich runzle die Stirn und halte mich am Griff über der Tür fest, weil er plötzlich beschleunigt. »Meinst du, dass man durch Routine dumm wird?«

»Auch das. Vor allem aber macht sie träge. Unser Hirn entwickelt sich nur durch Neues, Wiederholungen lassen Synapsen verkümmern. Es ist bequemer, ohne Überraschungen zu leben, vorhersehbar. Doch es ist ungesund.«

»Warum glaubst du, dass es bequemer ist?«, frage ich und halte das Kopftuch fest, das abzurutschen droht. »Und könntest du vielleicht wieder etwas langsamer fahren?«

Jetzt grinst er, ohne den Blick von der Straße zu nehmen oder gar meiner Bitte nachzukommen. Mein Magen vollführt seltsame Drehungen.

»Es gibt Menschen, die keine Veränderungen zulassen. Sie halten fest an dem, was war, weil sie glauben, dadurch auch das, was sein wird, kontrollieren zu können. Das ist ein Trugschluss. Wir sind höchstens Protagonisten im Roman unseres Lebens, aber das Buch schreibt ein anderer, auf den wir nur wenig Einfluss haben. Es ist besser, auf Wendungen vorbereitet zu sein, auch wenn sie Enttäuschung oder Verlust bedeuten. Es hilft also, flexibel zu bleiben und neue Anfänge zu wagen, die schwerfallen.«

»Schottland? Wir fahren nach Schottland?« Ich drehe mich zu dem Schild um, an dem wir gerade vorbeigefahren sind. Wenn ich richtig geguckt habe, sind wir tatsächlich auf dem Weg nach Norden.

»Man kann das Kopftuch übrigens auch als Knebel benutzen. Sehr praktisch«, antwortet er.

»Das würdest du nicht wagen!«

»Fordere mich nicht heraus, Kleines.«

Er wirft mir einen Seitenblick zu, der so selbstsicher wirkt, dass ich unwillkürlich in meinem Sitz zusammenschrumpfe. Da ist er wieder, der kühle, überhebliche Adrian, der mit einem einzigen Blick ein scheues Reh aus mir machen kann. Großer Gott, worauf lasse ich mir nur ein? Das Gefühl, ihm nicht gewachsen zu sein, wird wieder stärker, aber ich versuche es zu verdrängen und diese Fahrt einfach zu genießen. Zum Glück wechselt er das Thema.

»Wenn du Musik hören möchtest …« Er zeigt mit der Hand auf das Handschuhfach vor mir, in dem ich einen iPod finde. Neugierig ziehe ich ihn heraus und beuge mich vor, um die Playlist durchzusehen. Mein Grinsen wird immer breiter.

»Es ist mir unheimlich, dass du dir so viel Mühe gibst, Adrian. Hast du denn selbst keine Lieblingsmusik?«

»Doch. Aber die findest du auf der anderen Liste.«

Die Wiedergabeliste, die ich gerade durchgesehen habe, ist tatsächlich mit meinem Namen bezeichnet, was ein warmes Gefühl durch meinen Körper jagt. Er hat all meine Lieblingsbands und Sängerinnen zusammengestellt, jedenfalls alle, die er auf meiner Facebook-Seite gefunden hat. Jetzt bin ich gespannt, welche Musik *er* mag. Ohne der Playlist weitere Beachtung zu schenken, klicke ich den ersten Song an und schiebe den iPod ins Handschuhfach zurück. Nur wenige Sekunden später ertönt ein mir bekanntes Lied, allerdings in einer anderen Version. Hier singt eine soulige Frauenstimme in ruhigem Tempo einen Song, den ich von Oasis kenne. Als der Refrain einsetzt, stimme ich leise mit ein.

»Hörst du nur so was? Soul und Jazz und so?«, frage ich, nachdem der letzte Ton verklungen ist.

»Und Klassik. Hauptsächlich. Freut mich, dass es dir zu gefallen scheint.«

»Ich bin gespannt, was da sonst noch zu Tage kommt. Wie lange fahren wir?«

Adrian sieht auf die Armbanduhr. »Ungefähr fünf Stunden. Genug Zeit, um dich durch meine Musikliste zu hören.«

Ich ziehe die Sandalen aus und lege meine nackten Füße auf dem Armaturenbrett über dem Handschuhfach ab. Aus den Augenwinkeln sehe ich, dass er kurz den Kopf zu mir wendet und mich ansieht, also wackle ich kokett mit den ausnahmsweise lackierten Zehen. Ein hübsches Pink. Hätte ich auf Cat gehört, würden jetzt noch zum Kleid passende Blümchen darauf kleben, aber das war mir zu albern.

Aus den Boxen erklingt ruhige Klaviermusik. Ein Stück von Erik Satie, wie mir der iPod nach einem neugierigen Blick aufs Display verrät. Gnossienne No. 1. Ich schaue aus dem Fenster und lasse die Landschaft an mir vorbeiziehen, während ich mit meinen offenen Haaren spiele und mich frage, warum das Stück mich so tief berührt, dass meine Augen brennen. »Das ist wunderschön«, flüstere ich.

Adrian nickt stumm. Auf meinen Armen haben sich alle Härchen aufgerichtet, obwohl die Sonnenstrahlen mich wärmen. Ohne darüber nachzudenken, lehne ich mich zur Seite und lege den Kopf gegen seine Schulter. Dann schließe ich die Augen, genieße den Fahrtwind, die Motorgeräusche und das Klavierspiel aus den Boxen. Fast komme ich mir vor wie in einem alten französischen Liebesfilm. Kaum zu glauben, dass ich dies gerade wirklich erlebe.

Als er mich aufweckt, reibe ich mir verwirrt die Augen und versuche, meinen steifen Körper aufzurichten. Jeder Knochen schmerzt, ich spüre Muskeln an Stellen, wo eigentlich keine sein können. Himmel, hoffentlich hab ich nicht im Schlaf gesabbert!

»Tut mir leid, bin ich eingeschlafen?«

»So süß, Kleines.« Er beugt sich zu mir rüber und küsst meine Schläfe, bevor er sich wieder auf die Straße konzentriert. Die Landschaft um uns herum hat sich verändert, und ja, ich weiß jetzt, dass wir in Schottland sind. Nördlich von Edinburgh, mindestens. »Es ist ein großer Vertrauensbeweis für den Fahrer, wenn der Beifahrer während der Fahrt einschläft.«

Ich verziehe den Mund zu einem Grinsen und gähne mit vorgehaltener Hand. Oh Gott, wie lange habe ich denn geschlafen? Der iPod spielt inzwischen einen alten Tony Bennett-Song, den ich aus irgendeinem Film kenne.

»Bild dir nichts darauf ein. Ich kann immer und überall schlafen.«

»Beruhigend zu wissen, dass du nicht von schlechten Träumen gequält wirst.« Seine Hand ist wieder auf meinem Oberschenkel und fühlt sich warm an durch den dünnen Stoff meines Sommerkleides.

»Pause?«

Die Autobahn liegt hinter uns, um uns herum dunkel bewaldete Hügel und grüne Wiesen. Ohne meine Antwort abzuwarten, fährt Adrian in eine Haltebucht am Straßenrand und streckt die Arme nach oben. Dann steigt er aus und öffnet mir die Tür, was ich natürlich selbst gekonnt hätte, aber ich genieße es, wie er sich um mich kümmert.

»Ich habe einen kleinen Snack für unterwegs vorbereitet, wenn du magst.«

Aus dem Kofferraum zaubert er eine Kühltasche und eine Decke, und ich frage mich, ob der Wagen einen doppelten Boden hat oder so was, denn der Kofferraum dürfte mit meinem Gepäck schon überfordert sein.

»Sandwiches?«

Ich ziehe eine Braue hoch, weil er die winzigen Dinger bestimmt nicht selbst gemacht hat. Er grinst etwas verlegen und breitet eine karierte Wolldecke auf der Wiese aus, dann schenkt er frischen Orangensaft in zwei Gläser ein und bedeutet mir, mich neben ihn zu setzen. Es ist kühler hier oben als in Newcastle, aber der Himmel ist blau und beinahe wolkenlos. Ein seltenes Bild in Schottland, ich genieße die ruhige Atmosphäre. Die Landstraße wirkt wie ausgestorben, irgendwo in der Ferne blöken ein paar Schafe.

»Verrätst du mir jetzt, wo genau wir hinfahren?«

»Was denkst du?«

Ich muss nicht lange darüber grübeln. »Aberdeen?« Mein Herz hüpft kurz, als er nickt.

»Zu deiner Familie?«

»Richtig. Es gibt morgen etwas zu feiern, und dabei darf ich nicht fehlen.«

Morgen ist der elfte Mai, und es ist … mein Geburtstag. Aber den kann er unmöglich meinen? Falls er überhaupt davon weiß.

»Wie passend«, sage ich daher nur und nippe an dem Saft, der nicht mehr ganz kalt ist, aber trotzdem frisch schmeckt. Die Säure zieht meinen Mund zusammen und lässt Speichel fließen.

»Ich weiß.« Er lehnt sich zurück und stützt sich auf seine Unterarme. Das Sakko hat er ausgezogen, bevor wir losgefahren sind, und ich erkenne deutlich seinen Bizeps unter dem Hemd. Der Anblick seiner muskulösen, tätowierten Unterarme schickt ein Kribbeln durch meinen Leib.

»Ich habe mich gewundert, dass du deinen Geburtstag nicht zu Hause mit deinen Freunden feiern wolltest. Aber du hast nichts in der Art gesagt?«

»Ich feiere meinen Geburtstag nicht«, sage ich. Mein Magen zieht sich unangenehm zusammen. Adrian hebt beide Augenbrauen und mustert mich mit seinen durchdringend blauen Augen. »Warum nicht? Es sollte der schönste Tag im Jahr sein. Für jeden.«

»Ich weiß nicht …« Ich ziehe die Knie zu mir heran und schlinge die Arme um meine Beine, obwohl mir nicht kalt ist. Doch die innere Kälte, die plötzlich in mir aufsteigt, ist stärker als die Sonne. »Meine Mutter hat immer gesagt, dass jede Fliege geboren wird und dieser Tag deshalb kein Grund zum Feiern wäre. Schon gar nicht in meinem Fall.« Ich atme tief ein, weil die Erinnerung mich zu lähmen droht.

Adrian rutscht näher an mich heran und umarmt mich. »Du hast nie einen Kindergeburtstag gefeiert?«, fragt er nach.

Ich schüttle den Kopf. »Nein, nie. Und du kannst dir vorstellen, dass mich das nicht gerade beliebt gemacht hat bei meinen Freundinnen.« Ich verziehe den Mund bei dieser Untertreibung. Ehrlich gesagt hatte ich kaum Freunde als Kind. Schließlich durfte ich selten draußen spielen, und zu mir nach Hause wollte nie jemand kommen. Jedenfalls kein zweites Mal. Die eisige Atmosphäre, die meine Mutter verbreitete, flößte nicht nur mir Angst ein. »Aber ich will nicht darüber nachdenken. Es ist okay. Irgendwie hat sie ja recht – was ist so besonders an einem Geburtstag? Einfach nur ein Tag im Jahr. Ein Tag, an dem man ganz zufällig geboren wurde ohne Bedeutung.«

»Der Tag, an dem du geboren wurdest, hat für mich eine sehr große Bedeutung, Kleines«, flüstert er und zieht mich dichter zu sich heran, bis ich mit dem Rücken fest auf seinem Oberkörper ruhe. Seine Beine umklammern mich rechts und links, und ich fühle mich gut, so beschützt und umarmt. Als wäre er mein persönlicher Kokon, in dem ich mich vor der Welt verstecken kann. Sein Herz schlägt ruhig und langsam.

»Kilian wohnt auch in Aberdeen«, sage ich. »Mein Ex-Mitbewohner.« Ich wende vorsichtig den Kopf, um seine Reaktion zu sehen. Schließlich war er offenbar eifersüchtig auf meinen einzigen Freund und ich habe keine Ahnung, wie sich das in Zukunft entwickeln wird. Wird er verstehen, dass Kilian nur ein Freund ist? Sein Gesicht offenbart nichts.

»So?«, fragt er nur, dann greift er neben sich zu einem der winzigen Sandwiches und füttert mich damit. Ich kichere albern, während ich Minibisse nehme wie ein Spatz.

Aberdeen … Adrians Familie. Jedenfalls das, was davon übrig ist, denn einen Vater hat er ebenso wenig wie ich.

»Erzähl mir von deiner Familie«, fordere ich. »Ich weiß nichts über sie. Lebt deine Mutter allein? Ist sie wieder verheiratet?«

Er lacht leise. »Du wirst sie sehr bald kennenlernen, Kleines. Meine Mutter ist wieder verheiratet, und wie es sich für sie gehört, hat sie sich einen reichen Schotten geangelt. Aber Craig ist nett, er behandelt sie gut. Meine Mutter war immer gut darin, für sich zu sorgen. Mein jüngerer Bruder Gordon lebt bei ihnen mit seiner Familie. Er ist seit vier Jahren Vater und hat eine Tochter, Emily. Ich bin ihr Patenonkel, sie hat morgen Geburtstag.«

Ich stutze kurz. Er hat einen Bruder? Davon hat er mir noch nie erzählt. Plötzlich fällt mir wieder auf, wie fremd er mir eigentlich ist. So verschlossen und geheimnisvoll, nicht bereit, mehr von sich preiszugeben. Wie die Sache mit Gisele, die mir Magenschmerzen bereitet. Ich will die schöne Stimmung aber nicht verderben, indem ich jetzt davon anfange. Irgendwann wird es eine Gelegenheit geben, mit ihm darüber zu sprechen.

»Also verstehst du dich gut mit deiner Mutter?«

Ich spüre, wie sich sein Körper hinter mir versteift. Sein Brustkorb hebt und senkt sich beim Atmen. Tief und ruhig. Ein uralter Landrover fährt hupend an uns vorbei und ich winke den beiden Jungs darin lachend hinterher, danach sind wir wieder allein auf grüner Flur. Umgeben von Hügeln und Bäumen.

»Seit der Sache mit Carol haben wir unsere Schwierigkeiten, aber es ist okay.«

Ich antworte nicht, weil ich merke, dass ihn die Erinnerung an seine Halbschwester schmerzt. Er hat mir von ihr erzählt und davon, auf welche schreckliche Art sie umgekommen ist. Mein Magen schnürt sich zusammen, als ich mich an das Gespräch erinnere. Wie kann eine Frau so einen Verlust jemals verkraften? Das eigene Kind zu verlieren muss zu den schlimmsten Erfahrungen gehören, die man im Leben machen kann. Ich strecke den Arm nach hinten und streichle über seinen Rücken. Er wirkt angespannt.

»Fahren wir?«, fragt er Minuten später.

Gemeinsam sammeln wir die Reste des Picknicks ein, er faltet die Decke und verstaut alles im Kofferraum. Dann geht es weiter durch die sonnige Landschaft. Nach Aberdeen. Zu einem neuen Puzzlestück aus Adrians Vergangenheit, das mich jetzt schon nervös macht.

15

Ich richte mich kerzengerade auf, als Adrian die Landstraße verlässt und durch ein offenes Tor fährt, das offenbar die Zufahrt zu einem sehr einsam gelegenen Haus ist. An der Stadt sind wir nur vorbeigefahren; jetzt taucht hinter Eichen und alten Kirschbäumen ein uraltes viktorianisches Herrenhaus aus rosa Granit mit einem runden Türmchen auf. Ich halte die Luft an und starre durch die Windschutzscheibe auf das Haus, das wie eine Burg wirkt.

»Da wohnt deine Familie?«, frage ich schockiert, und Adrian lacht.

Er streckt die Hand aus und streichelt mein Bein, während er den Wagen langsam über den Kies dirigiert und neben einem knallroten Porsche einparkt. Ich muss den Kopf in den Nacken legen, um zum Dach des Hauses hinaufsehen zu können. Großer Gott, das sieht aus wie die Sommerresidenz der Queen, auch wenn der Renovierungszustand etwas zu wünschen übrig lässt. Hier und da fehlen einige Schiefertafeln, und die in den Stein gehauenen Motive von Rosen, Ranken und Vögeln bröseln stellenweise. Trotzdem habe ich noch nie im Leben ein so imposantes Haus gesehen.

»Ich sagte ja, meine Mutter hat einen reichen Schotten geheiratet. Das Haus ist uralt und gehört mit dem gesamten Land seit Jahrhunderten der Familie. Kein Grund, ehrfürchtig zu werden.«

»Für dich vielleicht nicht, du bist an Luxus gewöhnt«, sage ich und streiche mein Kleid glatt, nachdem ich aus dem Sportwagen geklettert bin. »Ich kenne so was hier nur aus Filmen!«

Noch bevor Adrian meine Tasche aus dem Kofferraum geholt hat, wird die massive Holztür von innen aufgestoßen. In der Öffnung erscheint ein rothaariger Schopf.

»Onkel Adrian!«

Das Mädchen, das in dem riesigen Portal winzig aussieht, stürmt die Treppe herab und auf Adrian zu, der sofort vom Wagen ablässt, in die Knie geht und lächelnd beide Arme ausbreitet. Mein Herz zieht sich zusammen während ich beobachte, wie der rothaarige Wirbelwind gegen seine Brust springt, sodass er sich nach hinten fallen lässt und seine laut lachende Nichte mit sich reißt.

»Emmy! Nicht so wild!«

Die rügende Stimme einer Frau lenkt meine Aufmerksamkeit zum Haus zurück, und die Frau, die dort steht und die sehr dünn gezupften Brauen hebt, muss Adrians Mutter sein. Sie wirkt wie eine Adlige, die blondierten Haare streng zu einem Kranz geflochten, schmale Lippen. Ihr Kostüm sieht teuer und ungemütlich aus und würde eher in eine Bank passen als aufs Land. Als sie mich entdeckt, verzieht sie den Mund zu einem höflichen Lächeln, das ich erwidere. Dann wende ich mich wieder Adrian zu, der noch immer am Boden liegt und inzwischen das Mädchen auskitzelt. Ihr quietschendes Lachen ist ansteckend, und die gelegentlichen spitzen Schreie, mit denen sie ihn abzuhalten versucht, sind niedlich. Sie trägt ein gelbes Kleid mit Rüschen am Saum.

»Du musst Gwendolyn sein«, sagt plötzlich eine Stimme hinter mir. Irritiert drehe ich mich um, dann schnappe ich erschrocken nach Luft. Vor mir steht Adrian … nein, natürlich nicht ganz. Aber der Mann ist eindeutig sein Bruder, denn er ist Adrian wie aus dem Gesicht geschnitten. Nur sein Haar ist viel heller und schimmert golden in der Sonne. Er trägt ein Poloshirt zur Jeans und streckt mir lächelnd die Hand entgegen.

»Richtig, ja«, sage ich, Adrian und seiner Nichte lauschend, die ihren ungleichen Ringkampf offenbar nicht beenden wollen.

»Ich bin Gordon, Adrians Bruder. Und der kleine Teufel da unten ist meine Tochter, Emily. Herzlich willkommen in Breda House!«

Er ist wohl nur ein paar Jahre jünger als Adrian, wirkt aber im Vergleich wie ein Teenager. Sein Gesicht trägt keine Spuren von Ernsthaftigkeit, Trauer oder Nachdenklichkeit wie Adrians, was vielleicht auch daran liegt, dass ihm die Falte über der Nase fehlt und seine Augen grün sind und nicht blau.

»Willkommen, Gwendolyn. Ich freue mich, dass Adrian uns endlich eine Freundin vorstellt.« Adrians Mutter ignoriert meine ausgestreckte Hand und schlingt ganz selbstverständlich beide Arme um mich, um mich an sich zu drücken. Ich bleibe irritiert steif stehen, bevor ich ihre Umarmung erwidere.

Das kleine Mädchen an Adrians Hand hebt den Kopf und mustert mich neugierig. »Bist du Onkel Adrians Freundin?«, fragt sie, und ich spüre, wie mir die Röte ins Gesicht kriecht. Was um alles in der Welt soll ich darauf antworten?

»Ja, das ist Gwen. Meine Freundin«, hilft Adrian mir aus der Klemme, und mein Gesicht wird noch heißer. Wir haben bisher nicht darüber gesprochen, was wir eigentlich miteinander haben. Aber jetzt, wo er es so selbstverständlich seiner Familie gegenüber sagt, fühlt es sich verdammt gut an.

»Kommt rein. Ich habe das Master-Schlafzimmer für euch hergerichtet, weil Craig erst nächste Woche von seinem Japantrip kommt. Da habt ihr viel Platz.«

Adrian zwinkert mir zu und ich muss mir ein Lachen verkneifen. Master-Schlafzimmer – wie passend! Ob seine Mutter von den Vorlieben ihres Sohnes weiß? Bestimmt hat sie sein Buch gelesen, aber ahnt sie, dass dahinter mehr steckt als reine Fantasie?

Adrian lässt sich von seiner Nichte ins Haus ziehen und dreht sich, entschuldigend mit den Achseln zuckend, zu mir um. Ich nicke, um ihm zu zeigen, dass ich okay bin, dann folge ich seiner Mutter an absurd breiten Treppen vorbei in den rechten Flügel des Hauses. Überall Holz, Stuck an den hohen Decken, Marmor und alte Dielen auf den Böden. Und in jedem Zimmer ein offener Kamin.

Eleonor, wie sie sich mir vorgestellt hat, plappert ununterbrochen auf dem Weg durch das Labyrinth von kleinen und größeren

Räumen, bis wir in einem gemütlich eingerichteten Zimmer mit breiter Fensterfront ankommen.

»Setz dich, Gwen. Möchtest du etwas trinken? Tee, Kaffee, Cola, Wein, Whisky?«

»Ein Wasser?«, frage ich vorsichtig, bevor ich auf einem altmodischen Sofa mit Troddeln an den Seiten Platz nehme. Himmel, in diesem Haus würde ich mich rettungslos verlaufen! Ich hoffe sehr, dass Adrian bald zurückkommt. Eleonor ist allerdings warmherziger und netter, als ihre strenge Erscheinung befürchten ließ. Sie macht es mir wirklich leicht, sie zu mögen. Trotzdem bin ich angespannt und sitze ganz steif da, weil ich mich auf die Probe gestellt fühle.

»Sei ganz du selbst, Gwen« Oh Mann, kann sie wie ihr Sohn Gedanken lesen? Oder habe ich meine Gesichtszüge wirklich so wenig unter Kontrolle?

»Keine Angst. Adrian hat bisher nicht viele Frauen mitgebracht, du musst also keine Vergleiche fürchten.« Sie lacht. »Er ist auch nur hier, weil Emmy morgen Geburtstag hat. Den lässt er sich nie entgehen, sonst kommt er leider nur sehr selten her. Seine Arbeit geht immer vor.«

»Ja, er arbeitet viel«, sage ich höflich und nehme das Wasserglas mit beiden Händen entgegen. Langsam entspanne ich mich, weil Eleonors Lächeln echt und natürlich wirkt und sie nicht den Anschein macht, mich wie eine böse Schwiegermutter durchleuchten zu wollen. Aber mir wäre wohler, wenn Adrian auch hier wäre.

»Adrian wird dir nachher sicher das Haus und die Umgebung zeigen. Das Land gehört Craig. Es ist wirklich riesig und leider pflegeintensiv, daher lassen wir den Großteil einfach wild wuchern. Sonst müssten wir mindestens drei Gärtner in Vollzeit beschäftigen.«

»Es ist wunderschön hier«, sage ich und betrachte den Raum. Er ist elegant, aber gemütlich und erinnert mich an einen altmodischen Teesalon. Überall stehen kleine Sessel, an der Wand ist ein offenes Regal angebracht, in dem sich ein paar Bücher und viele gerahmte Fotos befinden. Auch Bilder von Adrian sind dabei. Wie viele Räume das Haus wohl hat? Von außen jedenfalls sah es so aus, als könnte hier eine ganze Footballmannschaft in Einzelzimmern untergebracht werden.

»Mein Mann ist noch berufstätig, obwohl er sich mit seinen siebzig Jahren locker zur Ruhe setzen könnte. Aber er sagt, er langweilt sich ohne Arbeit und möchte am liebsten eines Tages mit dem Füller in der Hand einfach tot umfallen.« Sie zieht die Schultern hoch und grinst. Ihr Gesicht wirkt plötzlich wie das eines Teenagers. »Ich kann nicht sagen, dass es mir nicht recht wäre. Immerhin habe ich genug damit zu tun, das Haus instand zu halten, trotz des Personals. Craig will auf keinen Fall wegziehen, also musste ich mich arrangieren. Zum Glück wohnen Gordon und Nicole auch hier, sonst würde ich vereinsamen. Was machst du beruflich, Gwendolyn? Adrian sagte, du studierst noch?«

Ich schlage die Beine übereinander, bevor ich antworte. »Ich bin fast fertig, ich habe Literaturwissenschaften studiert und helfe Adrian derzeit bei seinem neuen Roman.«

»Ah, das hört sich gut an! Ich habe immer gesagt, dass er eine Frau mit Verständnis für seine Arbeit braucht. Es ist nicht leicht, mit einem Schriftsteller zu leben. Das weiß ich von seinem Vater. Ich habe mich oft wirklich allein gefühlt, obwohl er körperlich anwesend war. Manchmal konnte ich tagelang nicht mit ihm sprechen, weil er furchtbar wütend wurde, wenn ich ihn beim Nachdenken störte. Manche Tage waren so wechselhaft wie das Wetter in Schottland – in einer Minute bestens gelaunt und fast euphorisch, und nur fünf Minuten später war er auf einmal wütend oder enttäuscht oder sogar verzweifelt.« Sie seufzt und lächelt dabei wehmütig.

»Ich wusste nicht, dass sein Vater auch Schriftsteller war«, sage ich.

Eleonor steht auf, um zu dem offenen Regal zu gehen. Dort zieht sie ein großes Buch hervor und kommt damit zum Sofa. Sie drückt es mir in die Hand und setzt sich neben mich. Gemeinsam sehen wir uns das Fotoalbum an. Mein Herz wird warm, als ich Adrian erkenne. Als kleiner Junge, auf dem Schoß eines sehr nachdenklich und in sich gekehrten Mannes sitzend, der eindeutig sein Vater ist. Sogar die Falte zwischen den Brauen hat er von ihm.

»Er ist leider viel zu früh gestorben«, sagt Eleonor. »Adrian hat sehr unter dem Verlust gelitten und sich nie mit den Männern arrangiert, die nach ihm kamen. Ich bin inzwischen zum dritten Mal verheiratet. Manche nennen mich verrückt, aber ich glaube, ich will einfach trotz allem an die große Liebe glauben. Ich bin hoffnungslos romantisch.«

Ich halte fast den Atem an, während ich durch das leicht vergilbte Album blättere. Als Adrians Vater von den Fotos plötzlich verschwindet, erkenne ich, dass sich Adrians Gesicht verändert hat. Es wirkt älter und traurig. Das fröhliche Kinderlachen ist verschwunden und hat einen viel zu früh gealterten Jungen hinterlassen. Ich schlucke mehrmals, bevor ich das Buch zuklappe und es Eleonor zurückgebe.

»Ihr guckt euch doch wohl nicht peinliche Bilder an?« Seine Stimme bringt mich zum Lachen. Adrian steht in der Tür, das rothaarige Mädchen auf dem Arm. Vor seinem kräftigen Körper wirkt sie wie ein Spielzeug.

»Ich habe Gwendolyn deine Kinderfotos gezeigt. Wenn du frech wirst, hole ich das Album mit deinen Jugendbildern«, droht Eleonor, und wir lachen gemeinsam.

»Das weiß ich zu verhindern. Hast du Lust auf einen Spaziergang, Kleines?«

»Ja, sicher«, sage ich und springe fast vom Sofa auf. Es war nett, mit seiner Mutter zu plaudern, aber jetzt bin ich auch froh, dass er wieder da ist. Es ist entsetzlich, aber ich habe ihn schon in den wenigen Minuten vermisst! Ein deutliches Zeichen dafür, dass ich langsam, aber sicher verrückt werde.

»Um sechs Uhr gibt es Dinner, bitte seid pünktlich. Und du, junges Fräulein, hilfst Granny mit den Kaninchen und gönnst deinem Onkel ein paar Minuten mit seiner Freundin, okay?«

»Okaaay.« Emily lässt sich nur ungern von Adrian absetzen und strampelt dabei mit den Beinen. Sie schmollt aber nicht lange, sondern folgt ihrer Großmutter gleich durch die geöffnete Terrassentür nach draußen in den riesigen Garten.

Adrian reicht mir die Hand. »Komm. Ich brauche Bewegung nach der Autofahrt.«

Das Grundstück ist wirklich riesig. Mir tun die Füße weh, als wir am Fluss ankommen, der das Land teilt. Dornen und Gestrüpp haben mir die nackten Beine zerkratzt, aber es war schön, mit ihm durch die Wildnis zu spazieren, wild gewachsene Himbeeren zu pflücken und zu reden.

Wir setzen uns auf einen großen Findling am Ufer und ziehen die Schuhe aus, um die Füße in das eiskalte Wasser zu hängen. Sein Arm liegt um meine Schultern, wir sehen beide gemeinsam in dieselbe Richtung, dem strömenden Wasser nach. Der Fluss ist wechselhaft, wie das Wetter und die Liebe. Mal fließt er gemächlich vor sich hin, dann stürzt er über einige Steine herab und verwandelt sich kurzzeitig in reißende Stromschnellen, bevor er wieder friedlich plätschert.

»Es ist wunderschön hier«, sage ich. »So ruhig. Als ob man ganz allein wäre.«

Seine Hand fährt meinen Rücken entlang und löst eine Gänsehaut aus. »Wir sind hier ganz allein, Kleines«, flüstert er rau und beugt sich zu mir, um meinen Hals zu küssen.

Eine Gänsehaut breitet sich auf meinem Körper aus und lässt mich frösteln. Er küsst mich weiter, wandert etwas tiefer, bis er die Stelle knapp über meinem Schlüsselbein erreicht. Eine unmissverständliche Einladung, auf die mein Körper konditioniert zu sein scheint. Sofort zieht sich mein Unterleib zusammen, mein Atem stockt.

»Adrian, du hast doch wohl nicht vor, hier …«

Seine Hand, die auf einmal zwischen meinen Beinen unter mein Kleid gleitet, ist Antwort genug. Etwas ängstlich schaue ich mich um.

»Keine Angst. Das Grundstück ist privat, und von meiner Familie wird uns garantiert niemand überraschen.«

»Warum glaubst du das? Weil sie wissen, was du hier draußen mit deinen Freundinnen treibst?«, necke ich ihn.

Er zuckt zusammen, fängt sich aber rasch wieder. »Es ist nicht so, dass ich ständig irgendwelche Frauen hierher bringe, Gwen«, sagt er. Seine Stimme klingt plötzlich kalt.

»Ich weiß«, entschuldige ich mich. »Deine Mutter hat es mir gesagt. Trotzdem, ich …«

Seine Hand dringt weiter vor, teilt mit sanftem Druck meine Schenkel. Sofort streichen seine Finger über die erhitzte Haut, an den prickelnden Stellen vorbei, was meine Sehnsucht nur verstärkt. Mit der anderen Hand dreht er meinen Kopf zu sich herum, ich spüre seine Lippen auf meinem Mund.

Sein Kuss ist warm, wie die Sonne, und nicht einmal das kalte Wasser um meine Füße kann mich abkühlen. Sekunden später liegen wir im Gras neben dem Stein. Er stützt sich auf den Armen ab, die er rechts und links von meinem Kopf auf den Boden stemmt. Trotzdem spüre ich sein Körpergewicht auf mir, und noch etwas anderes.

Immer wieder schnappt sein Mund nach meinem, küsst mich, kurz und heftig, bevor er nach unten gleitet und meinen Körper liebkost. Langsam schiebt er das Kleid so zur Seite, dass es meine Brüste entblößt. Es riecht nach frisch gemähtem Gras, neben uns rauscht und plätschert der Fluss, und ein paar Vögel zwitschern. Sonst höre ich nur uns, unseren Atem, der langsam in ein leises Keuchen übergeht. Ich bin feucht, als er das Kleid nach oben schiebt und sich vor mich hinkniet, um seine Hose zu öffnen. In seinen Augen spiegelt sich die Sonne, sein Mund verzieht sich zu einem Lächeln.

»Gott, Kleines, wenn du wüsstest, wie verrückt du mich machst«, flüstert er. »Ich kann unmöglich bis heute Abend warten.«

»Ich auch nicht«, sage ich und erschauere beim Geräusch seines Reißverschlusses. Langsam sinkt er wieder auf mich herab, ich spreize meine Beine weiter für ihn, wie eine Einladung. Mit einer Hand ertaste ich seine Erektion, die schon jetzt so hart und groß ist, dass mein Atem sich wie von selbst beschleunigt. Grashalme kitzeln mich am Hals, sein Mund schließt sich um meine harten Brustwarzen, während ich an seinem Schaft auf- und abgleite und ihm damit ein heiseres Stöhnen entlocke.

Seine Finger finden meine Mitte, unsere Münder verschmelzen erneut miteinander. »Du bist unglaublich feucht, dabei habe ich noch nicht einmal angefangen.« Er grinst und streicht immer wieder fest über meine Mitte, verteilt die Nässe überall zwischen meinen Schenkeln. »Es erregt mich zu glauben, dass ich der Grund dafür bin.«

»Ich bin jedenfalls nicht inkontinent, also gebühren die Lorbeeren wohl dir«, murmle ich und küsse ihn wieder, um ihn am Weiterreden zu hindern. Ich will jetzt nicht reden. Ich will ihn nur spüren, fühlen. Unsere Zungen miteinander spielen lassen. Er küsst mich, wie er mich liebt. In diesem wechselhaften Rhythmus aus Leichtigkeit und Nachdruck. Fordernd und beherrscht, dabei doch auch sanft und zärtlich. Mit jedem Zungenschlag spüre ich, wie ich immer nasser werde. Ich kann meine Finger nicht von seiner Härte nehmen, die in meiner Hand weiter wächst. Groß und kräftig. Hart und doch seidig.

Plötzlich richtet er sich auf und zieht mich hoch. Nachdem er mich im Stehen kurz geküsst hat, dirigiert er mich mit wenigen Schritten zu einer alten Weide, deren Äste so tief über dem Fluss hängen, dass ihre Spitzen vom Wasser nass sind. Verwirrt versuche ich, in seinem Gesicht zu lesen, doch er dreht mich um und hält meine Hände hinter meinem Rücken fest. Mein Herz stolpert, um kurz darauf einen Sprint hinzulegen. Der rasche Wechsel von zärtlichem Streicheln zu diesem plötzlichen, harten Griff peitscht mich auf.

»Adrian«, stoße ich hervor, als er mich beinahe grob gegen den Baumstamm drückt und von hinten zwischen meine Beine greift. Die tief hängenden Blätter umgeben uns schützend wie ein Dach. Ich schließe die Augen, als ich ihn spüre. Er gleitet mit seiner Härte an meiner Spalte entlang und reizt mich mit dieser unerfüllten Gier, bis das Pochen so stark wird, dass ich mich in seinem festen Griff winde.

»Geduld, Kleines«, raunt er, umfasst meine Hüften und hält mich, während ich mich am rauen Baumstamm abstütze. »Ich bin noch lange nicht so weit. Und du auch nicht. Nicht so bald.«

Mit zitternden Beinen warte ich darauf, dass er mich endlich nimmt, doch ich spüre nur seine Finger, die in mich hineingleiten und mich massieren, wieder heraus und diesen köstlichen Punkt in meiner Mitte liebkosen, der mir seltsame Töne entlockt. Alles pulsiert und zieht sich zusammen. Die Furcht, erwischt zu werden, verschwindet, ebenso die Geräusche der Natur um uns herum. Die Vögel, das Rauschen des Wassers … Dann dreht er mich herum, sodass ich mit dem Rücken gegen den Baum lehne, und geht vor mir in die Knie.

»Oh Himmel«, seufze ich, als mir klar wird, was er vorhat. Pfeilschnell ist seine Zunge da, zwischen meinen Beinen. Ich suche Halt in seinen Haaren, neben mir, irgendwo, weil meine Knie nachgeben und ich das Gefühl habe, zu fallen. Dieser Anblick, wie er vor mir kniet und so hingebungsvoll mit seiner Zunge an mir spielt, als ob ich das köstlichste Dessert aller Zeiten wäre, jagt Hitze durch meinen Körper. Ich zittere, überall, und als er von unten zu mir heraufsieht und seine blauen Augen meine treffen, stöhne ich laut auf, kralle die Finger in sein Haar und lasse das Beben zu, das mich durchströmt. Ich zerfließe, er hört nicht auf, treibt mich weiter einen Hügel hinauf, immer weiter. Spielt so gekonnt mit mir wie ein Pianist auf seinem Instrument. Weiß genau, wann er stärker, langsamer, kräftiger, sanfter sein muss, um mich von einer Welle zur nächsten zu jagen. Keuchend versuche ich, mir Halt zu verschaffen. Mir ist schwindelig.

Sein Finger teilt mich, massiert mich genau dort, wo ich es am intensivsten spüre. Unwillkürlich bewege ich mein Becken, um ihm entgegenzukommen. Reibe mich an seiner Zunge, seinem Kinn. Spüre die kratzigen Barthaare an den Schenkeln. Höre ihn, uns, die Geräusche, die meine eigene Nässe verursacht, wenn er den Finger herauszieht und ihn wieder in mich hineinschiebt, immer schneller, immer tiefer. Kreisend wie seine Zunge, rund und rund mit solcher Ausdauer und Kraft. Mein Körper spannt sich an, ich bin kurz davor, aber er lässt mich nicht. Schweißperlen lösen sich in meinem Nacken und rinnen mir über den Rücken. Meine Lider flattern.

»Gott, Adrian, bitte … ich kann nicht mehr … ich …«, höre ich mich stammeln. meine Beine verkrampfen sich. Ich komme, laut stöhnend. Als er aufsteht und mit einer energischen Bewegung seine Hose endgültig abstreift, atme ich kaum noch. Das Blut rauscht durch meinen Kopf, mir ist heiß und gleichzeitig kalt, ich bin erregt und gleichzeitig befriedigt. Ich bin so empfindlich, so verletzlich. Großer Gott, ich will ihn trotzdem. In mir. Tief. Heftig.

»Du bist so wunderschön, wenn du kommst, Kleines «, flüstert er mir ins Ohr und küsst mich erneut am Hals. Ich schlinge beide Arme um ihn und presse meine Hüften gegen ihn, seine Härte drückt sich gegen meinen Bauch. »Komm. Benutz mich«, flüstere ich zurück. Weil ich es will.

Er sieht mir kurz in die Augen und ich erkenne das Aufblitzen in seinen. Mit einem Ruck hat er meinen Po mit beiden Händen gegriffen und hebt mich an, sodass ich meine Beine um seine Hüften winden kann. Mit dem Rücken lehne ich an dem harten Baumstamm, der mich zerkratzt und aufschürft und ganz sicher mein Kleid ruinieren wird, aber das ist egal. Das Klopfen in meinem Schoß verstärkt sich wieder, als ich ihn dicht an mir spüre. Dann presst er sich gegen mich, teilt mich und dringt in mich ein. Mit einem langsamen, tiefen Stoß.

»Zu … viel«, stoße ich hervor. Es tut fast weh, weil ich so sensibel bin.

»Niemals zu viel, Gwen. Niemals genug von dir.«

Meine Füße schmerzen von Steinchen und abgebrochenen Ästen, aber das nehme ich kaum wahr. Er keucht in mein Ohr, während er mich roh nimmt und mich dabei hält. Ich spüre, wie ich erneut zerfließe. Süße Lust mischt sich zu dem feinen Schmerz, der durch mich hindurchschießt, wann immer er meine sensible Knospe berührt. Alles schwillt und wird heiß und hitzig. Mein Innerstes schmiegt sich pulsierend um seine Härte, die sich verdammt groß in mir anfühlt. So groß. Ich brauche nur wenige Stöße, dann bin ich erneut kurz davor. Meine Zehen rollen sich ein, mein ganzer Körper wird steif, und ich höre mich selbst keuchen. Unerträgliche Spannung, alles zieht sich zusammen und wird hart, unbeweglich, sehnt sich nach Erlösung.

»Oh fuck«, stöhnt er, ohne Unterlass in mich stoßend. Immer schneller. »Du machst mich verrückt, Kleines. Du machst mich wahnsinnig. Du machst mich so … unfassbar … geil …«

Nur Sekunden später zuckt er in mir, dann spüre ich seine Hitze, die sich in mir ausbreitet. Unser Stöhnen vermischt sich mit dem Gezwitscher der Vögel und dem Rauschen des Flusses, während wir gemeinsam kommen und unsere Körper im Gleichtakt pulsieren.

Atemlos liegen wir im Gras, seine Hand ruht auf meiner Brust, unsere Münder suchen und finden sich, obwohl wir beide die Augen geschlossen haben. Wir streicheln uns, küssend, die Gerüche der Natur in der Nase und stechende Zweige im Rücken, wärmende Sonnenstrahlen auf der Haut.

»Du bist großartig«, flüstere ich und streichle lächelnd sein schönes Gesicht.

Er lächelt zurück. »Das liegt nur an dir. Ich verliere die Beherrschung in deiner Gegenwart, Kleines. Und ich mag es.«

Mein Herz verkrampft sich. Ohne Luft zu holen sehe ich ihm in die Augen und warte … er sagt es nicht. Warum bin ich so verrückt darauf, es zu hören? Und warum mache ich nicht einfach den Anfang und sage, was ich für ihn empfinde?

Weil ich feige bin. Weil ich fürchte, ausgelacht zu werden. Weil ich ihm vielleicht nicht das bedeute, was er mir bedeutet und ich mich lächerlich machen würde, wenn er meine Gefühle nicht erwidert. Der Klumpen in meiner Brust wird härter. Er hat mich mitgenommen zu seiner Familie, ist das denn nicht genug? Ich muss mich beruhigen und abregen, also löse ich mich aus seiner Umarmung, ziehe mein Kleid runter und klettere vorsichtig das steinige Ufer hinab, bis ich bis zu den Knien im eiskalten Wasser stehe. Die Abkühlung ist herrlich, sofort spüre ich, wie das Blut wieder durch meinen Körper pumpt.

»Komm zu mir! Es ist herrlich!«, rufe ich ihm zu.

Lachend zieht er mit einer eleganten, geschmeidigen Bewegung seine Hose an, bleibt anschließend am Ufer stehen und beobachtet mich. Ich gehe in die Knie und halte meine Unterarme in das frische Wasser. Dass mein Kleid am Saum nass wird, stört mich nicht. Es ist warm und ich brauche die Erfrischung. Am liebsten würde ich das Kleid ausziehen und baden.

»Pass auf, manchmal springen die Lachse«, warnt Adrian mich mit hochgezogenen Brauen.

»Hast du etwa Angst vor Fischen?« Ich spritze ihn nass und lache über sein Kopfschütteln. Wie ein Hund. Doch als ich mich kurz umdrehe, um der Strömung hinterherzusehen, höre ich ein platschendes Geräusch hinter mir. Ich habe keine Zeit, mich umzudrehen. Schon sind seine Arme um meine Taille und ziehen mich mit einem solchen Schwung nach hinten, dass ich rücklings auf ihm lande –im Wasser!

»Oh mein Gott!«, rufe ich prustend. Die kalte Nässe nimmt mich komplett ein. Das weiße Hemd wird durchsichtig, offenbart seine muskulöse Brust, die Härchen, die Tätowierungen auf dem Unterarm. Mir wird heiß, obwohl der Kälteschock eine entsetzliche Gänsehaut auslöst. Und auf einmal liege ich auf ihm, mitten im Flussbett, spüre, wie er seine nassen Lippen auf meine presst, wie seine Hände durch mein nasses Haar gleiten. Ich muss zwischendurch nach Luft schnappen. Das Wasser ist überall, umspült unsere Körper und schafft es doch nicht, die Hitze zwischen uns zu mindern. Erst als meine Lippen zittern steht er auf und hilft mir auf die Beine, umklammert meine Hand fest, während ich umständlich hinter ihm her ans Ufer klettere.

»Du spinnst doch!«, rufe ich lachend und wringe den Rock meines Kleides aus, danach meine Haare.

Er grinst nur, bevor er mich wieder an sich zieht und noch einmal küsst. »Es ist schön mit dir. So leicht«, murmelt er gegen meinen Hals. Seine nassen Lippen ziehen eine Spur zu meinem Schlüsselbein, die mich erneut zum Zittern bringt. »Lass uns zurückgehen. Vielleicht sollten wir uns vor dem Dinner besser umziehen.«

Ich genieße seinen Arm, der um meine Taille liegt. Barfuß, die Schuhe in der Hand, tapsen wir durch das hohe Gras. Ja, es ist schön mit uns. Ich kann kaum glauben, dass ich das alles gerade wirklich erlebe. Ich kann es nicht vergleichen mit dem, was mit Julius war. Ich hatte keinen Maßstab für meine Gefühle damals, denn er war der Erste. Doch jetzt komme ich mir ein bisschen weise vor. So viel klüger als vor einigen Jahren. Altert man durch Erfahrungen, die man als junger Mensch macht? Oder liegt es daran, dass meine Gefühle so intensiv sind, dass ich mich selbst kaum wiedererkenne?

Auf der Hälfte des Weges schieben sich dunkle Wolken vor die Sonne. Ich fröstele, nass, wie ich bin. Das Wetter in Schottland ist wechselhaft, am Himmel zieht ein Unwetter herauf. Nachdenklich beobachte ich im Gehen Adrians Profil. Er sieht so verdammt gut aus, ist so klug … Kann es wahr sein, dass er etwas für mich empfindet? Oder benutzt er mich nach wie vor nur als Inspiration, als Futter für einen Roman? Ich wünschte, ich könnte seine Gedanken ebenso gut lesen, wie er meine offenbar lesen kann. Aber irgendwie ist er mir trotz aller Nähe fremd …

16

Mitten in der Nacht wache ich auf, von einem unbekannten Geräusch in einem fremden Haus geweckt. Das riesige Schlafzimmer wirkt düster durch die dunklen Holzvertäfelungen an den Wänden. Die cremefarbenen Vorhänge sind zugezogen, obwohl draußen Finsternis herrscht und ein Sichtschutz nicht nötig wäre in dieser Wildnis.

Ich taste im Bett neben mir, doch es ist leer. Himmel, wo ist er denn hingegangen um diese Zeit? Konnte er nicht schlafen? Schläft er woanders? Die alten Holzdielen knarren, das fremde Geräusch lässt die Härchen an meinen Armen aufrecht stehen. Auch wenn ich kaum zu atmen wage, höre ich nichts. Die schwere Holztür ist massiv und dicker als mein Oberarm, kein Ton dringt hindurch. Damit hat Adrian mich beruhigt, bevor wir … es im Bett seiner Mutter getan haben. Ich grinse mit geschlossenen Augen bei der Erinnerung. Eine kleine Einschlafhilfe, so hat er es genannt, und mich zweimal zum Höhepunkt getrieben, mit Zunge und Fingern. Offenbar wirkte sein Trick, denn ich weiß nicht einmal mehr, wann genau ich eingeschlafen bin. Dafür durchfährt meinen Unterleib erneut das lustvolle Ziehen, wie immer, wenn ich an ihn denke.

Aber wo ist er jetzt? Ich krabble aus dem Bett und sehe in dem riesigen benachbarten Bad nach, doch auch das ist leer. Dann öffne ich vorsichtig die Tür, die mit einem lauten Knarren nachgibt, und lausche ins dunkle Haus. Unten brennt Licht und ich höre Stimmen. Adrians Stimme und … eine Frau. Seine Mutter? Oder

Nicole, Gordons Frau, die ich gestern nicht mehr kennengelernt habe weil sie erst spät vom Flughafen kam? Sie sprechen leise, ich kann kein Wort verstehen. Etwas nagt an mir und bringt meinen Magen dazu, sich zusammenzuballen. Wieder fühle ich mich ausgeschlossen aus seinem Leben. Als ob er mit Absicht versucht, mich auf Abstand zu halten. Lautlos schließe ich die Tür und krieche zurück ins Bett, wo ich die Decke über meinen nackten Körper ziehe und auf den Stuck über mir starre, bevor ich irgendwann wieder einschlafe.

»Happy birthday to you …« Irritiert reibe ich mir die verquollenen Augen und richte mich halb im Bett auf. Adrian sitzt auf der Bettkante und … singt! Ich muss lachen, weil er trotz seiner wunderschönen Stimme kaum in der Lage ist, einen Ton zu treffen. Dafür gibt er sich große Mühe, den Song so sexy wie möglich zu hauchen, aber ich habe Erbarmen (mit meinen Ohren!) und unterbreche ihn mit einem flüchtigen Kuss.

»Wo warst du heute Nacht?«, frage ich. »Du siehst aus, als hättest du eine Nachtwanderung gemacht oder jedenfalls wenig geschlafen.«

»Vielleicht stimmt das«, antwortet er geheimnisvoll. »Zieh dich an und komm runter. Es gibt eine Überraschung.«

»Jetzt gleich?«

»Jetzt. Sofort.« Er klopft nachdrücklich auf die Matratze, bevor er aufsteht und mir die Hand reicht. Ich lasse mich von ihm aus dem Bett zerren und verschwinde im Bad, wo ich erst mal unter die Dusche hüpfe. Geburtstag … kein besonderer Tag für mich. Aber ich weiß, dass auch seine kleine Nichte heute feiern wird, deshalb sind wir schließlich hier. Plötzlich kribbelt Aufregung in meinem Körper. Ob er ein Geschenk für mich hat? Ich habe bisher nur von Cat Geschenke zum Geburtstag bekommen, sie hat mich vor zwei Jahren daran gewöhnt. Jetzt bin ich glatt ein bisschen nervös. Und neugierig.

Das Haus wirkt leer, als ich in Jeans und T-Shirt gekleidet die Treppe runtergehe und mir beim Laufen die Haare zu einem Pferdeschwanz binde. Dann höre ich Gelächter und Applaus aus einem Raum, also folge ich den Geräuschen durch den langen Flur mit den unzähligen Türen, bis ich vor einem offenen Zimmer stehen bleibe und hineinsehe. In der Mitte am Flügel sitzt Gordon, vor ihm hockt die kleine Emily und kräht: »Sie ist da!«

Lächelnd gehe ich ein paar Schritte näher und nicke in die Runde, die sich um das Klavier versammelt hat. Und dann legt Gordon los, spielt *Happy birthday* in der Version von Stevie Wonder. Die gesamte Familie singt mit. Adrians Hand legt sich um meine und hält mich, während ich dem Ständchen, das Emily und mir gewidmet scheint, lausche. Meine Augen sind ganz heiß, in meinem Hals steckt ein riesiger Klumpen, der mich kaum atmen lässt. Ich knete meine Finger, stehe fassungslos mitten im Zimmer, den großen offenen Kamin im Rücken, die Augen der ganzen Familie auf mich gerichtet.

Emily klatscht und quietscht vor Vergnügen mit den letzten, langsam ausklingenden Tönen, dann werde ich von allen Anwesenden in den Arm genommen.

»Alles Gute zum Geburtstag, Gwen. Schön, dass du hier bist!«, sagt Eleonor und drückt freundschaftlich meinen Arm. Sie sieht so souverän und gefasst aus wie immer und ich bewundere sie dafür. Nicole, die ebenso rothaarig ist wie ihre Tochter und nicht minder quirlig wirkt, entschuldigt sich, weil sie ungeschminkt ist, aber sie habe wenig geschlafen. Damit steht fest, mit wem Adrian die Nacht verbracht hat, und ich bin mir noch nicht sicher, wie ich das finden soll. Es ist allerdings absolut albern, auf die Ehefrau seines Bruders eifersüchtig zu sein, muss ich mich selbst ermahnen.

»Kommt mit ins Esszimmer. Wir haben dort etwas vorbereitet.«

Adrian legt mir die Hand auf den Steiß und küsst mich in den Nacken. Ich schmiege mich an ihn, dann folgen wir gemeinsam der kleinen Prozession.

»Das war wirklich nicht nötig«, flüstere ich, aber er erwidert nichts, sondern schiebt mich einfach weiter vor sich her in den großen Raum am Ende des Flurs. Dort reiße ich verblüfft die Augen auf. Über dem langen Holztisch hängen zwei Girlanden. Eine für Emily, eine für mich. Aus buntem Papier ausgeschnitten und an hellem Nähgarn aufgefädelt. Emily juchzt in Anbetracht des Geschenkebergs an ihrem Platz, auf den sie sich sofort stürzt, und ich bleibe wie erstarrt vor dem Stuhl stehen, zu dem Adrian mich sanft geschoben hat.

»Ist das für *mich*?«, frage ich dämlich, denn direkt vor mir finde ich … eine Burg. Aus Schokoladenkuchen. Mit umgedrehten Eistüten als Türmen, dekoriert mit Zuckerperlen und anderen Süßigkeiten. Das Ding ist riesig, schief und an einigen Stellen fehlt dem Kuchen der Schokoladenguss. Es ist der hässlichste Kuchen, den ich je gesehen habe. Und der Schönste. Mit Tränen in den Augen drehe ich mich zu Adrian um.

»Hast du den selbstgemacht?«

»Die halbe Nacht«, sagt er lachend und umarmt mich, sodass ich meine albernen Tränen in seinem schwarzen Shirt verbergen kann. Zum Glück ist der Rest der Familie durch Emily abgelenkt und achtet nicht auf uns. Ich zittere, drücke mich so fest an ihn, dass ich kaum noch Luft kriege. »Adrian, ich … das ist so …« Ich kann gar nicht sprechen. Ich bin gerührt, erfreut, schockiert … alles gleichzeitig. Gefühle prasseln auf mich ein wie ein Regenschauer, ich schlucke trocken und finde einfach keine Worte für das, was mich hier erwartet. Meine Augen sind immer noch nass. Vielleicht fühlt man sich so an einem Kindergeburtstag, wenn man mehr Aufmerksamkeit bekommt, als man eigentlich verträgt. Trotzdem ist es schön. Genauso sollte sich Glück anfühlen.

»Tut mir leid, dass ich es nicht besser hinbekommen habe. Nicole hat mir geholfen und geschimpft, weil ich zu ungeduldig war. Aber ich habe noch nie einen Kuchen gebacken, ehrlich gesagt, und …«

Ich löse mich von ihm, lege den Zeigefinger auf seinen Mund und schüttle den Kopf. »Sch. Nicht weiterreden.«

Wir küssen uns, als ob wir alleine im Raum wären, bis Emily uns mit lautem Lachen unterbricht und wir gezwungen sind, uns ihre Geschenke anzusehen.

»Du tust ihm gut«, flüstert Eleonor mir zu, als ich mit einem Glas Champagner in der Hand im Zimmer stehe und lächelnd beobachte, wie Adrian mit Emily und der neuen Barbie spielt, die er ihr geschenkt hat. Nicole hat getobt, weil sie das Spielzeug sexistisch findet und nie ins Haus lassen wollte, aber er hat erwidert, als Onkel hätte er das Recht, seine Nichte zu verziehen. Um die Folgen müsse sie sich als Mutter kümmern.

»Ich habe ihn lange nicht so glücklich gesehen.« Die blonde Frau drückt meine Hand, und ich erwidere die Geste dankbar.

»Das freut mich. Wirklich.«

Adrians Mutter zieht mich ein paar Schritte zurück, aus dem Hörbereich der anderen. »Seit der Sache mit Carol ist er nicht mehr derselbe. Ich weiß nicht, ob er dir davon erzählt hat. Er spricht nicht gern darüber …« Sie sieht mich an und erst jetzt wird mir bewusst, dass ihr Sohn die gleichen blauen Augen hat wie sie. Sie ist wie gestern zu korrekt gekleidet, sodass ich mich in meiner Jeans ziemlich fehl am Platz fühle.

»Er hat es mir gesagt«, bestätige ich, und mein Puls beschleunigt sich. Vielleicht erfahre ich von ihr mehr, als Adrian mir erzählen wollte?

»Möchtest du Fotos von ihr sehen?«, fragt sie, und ich nicke, ohne weiter nachzudenken.

Unbemerkt von den anderen folge ich ihr in den Flur, bis wir in dem großen Terrassenzimmer landen, in dem wir gestern Nachmittag gesessen haben. Sie bedeutet mir, mich zu setzen, und holt nach ein paar Minuten ein Album aus dem Regal.

»Du musst denken, ich sei fürchterlich sentimental, dass ich dich gleich so mit alten Fotos belästige«, sagt sie lächelnd und legt das in Leder gebundene Buch auf meinen Schoß. »Aber es ist so schön, dass Adrian endlich wieder jemanden mit nach Hause bringt. Ich hatte Sorge, dass er nie …« Sie beißt sich auf die schmale Unterlippe und schlägt das Album auf.

Ich erkenne sie sofort, obwohl sie auf den ersten Bildern noch ein Baby ist. Und ich sehe auch das, was ich schon in London bemerkt habe. Die Ähnlichkeit mit mir. Ist das ein Zufall? Ich schlucke, bevor ich umblättere und mir weitere Fotos ansehe. Ein sehr junger Adrian, der die Schaukel anschubst. Adrian, der einer blonden Puppe die Haare bürstet, während Carol ihn beobachtet. Adrian, der gebückt neben einem Fahrrad mit Stützrädern herläuft, auf dem das Mädchen sitzt. Meine Lippen zittern, und meine Brust wird eng, als ich die Aufnahmen der jugendlichen Carol betrachte. Ein braves Mädchen, hat Adrian gesagt, und ja, genau so sieht sie auf den Fotos aus. In dunkler Schuluniform, die rotblonden Haare zu Zöpfen geflochten. Ein leises Lächeln auf den Lippen, nicht frech, nicht aufdringlich. Ich kann verstehen, warum er sich seiner kleinen Stiefschwester so verbunden fühlte. Eleonor beobachtet mich lächelnd von der Seite, während ich jedes einzelne Bild lange mustere und in Gedanken mit den Fingern Adrians Konturen nachzeichne.

»Du bist ganz anders als sie, viel offener.«

Sie drückt meine Hand und ich klappe das Buch mit einem unguten Gefühl im Magen zu. Ganz sicher hat sie mit dem Vergleich nicht ihre Tochter Carol gemeint, sondern …

»Hat er dir von ihr erzählt? Seiner letzten Beziehung?« Sie sieht vorsichtig zur Tür und flüstert nur, als ob sie mir ein Geheimnis anvertrauen wollte. In meinem Magen rumort es leise, während ich den Kopf schüttle und angespannt darauf warte, dass sie mir mehr sagt. Mehr, als Adrian lieb sein dürfte, das ist mir klar.

»Es war eine schreckliche Geschichte, und er hat sich sehr verändert seitdem. Manchmal erkenne ich ihn kaum wieder! Darum bin ich wirklich glücklich darüber, dass er dich mit zu uns gebracht hat. Ich weiß nicht, was er sonst so treibt in London, außer zu schreiben, aber von einer neuen Freundin war seit einem Jahr keine Spur. Die Sache nagt stärker an ihm, als er zugeben will.«

»Welche Sache?«, frage ich und halte den Atem an, als sie den Mund zu einer Antwort öffnet. Mein Herzschlag beschleunigt sich. Doch eine scharfe Stimme zerschneidet die angespannte Atmosphäre und lässt mich wie ertappt zusammenfahren.

»Hier steckst du. Ich habe dich gesucht.« Adrian steht mit verschränkten Armen in der Tür, die Falte auf seiner Stirn ist tief wie ein Graben. Er wirft seiner Mutter einen warnenden Blick zu. Sie steht lächelnd auf, das Album in der Hand.

»Ich habe Gwen Fotos von Carol und dir gezeigt.«

»Mutter! Was soll das?«

Ihr leises Lachen klingt gequält. »Er hält mich für sentimental, weißt du?«, sagt sie zu mir gewandt und zwinkert mir zu. »Aber in meinem Alter hat man das Recht dazu, auch wenn es ihm nicht gefällt. Eines Tages, mein lieber Sohn, wirst auch du sentimental werden. Lass mich dir das prophezeien.«

»Komm«, sagt er, ihren Einwurf ignorierend, und streckt den Arm in meine Richtung aus. Ich stehe auf und folge ihm durch den Flur zur Treppe und nach oben ins Schlafzimmer. Dort wirft er die Tür hinter mir zu und bleibt dicht vor mir stehen.

»Warum bist du wütend?«, frage ich verwirrt. »Ich habe nur …«

»Worüber habt ihr gesprochen?« Seine Augen funkeln intensiv.

»Über nichts. Über Carol.« Und vielleicht über Gisele, aber den Einwand verkneife ich mir. Ich weiß nicht, was er gehört hat, doch mein Instinkt sagt mir, dass ich jetzt besser schweige. Sein eisiger Blick jagt mir einen Schauer über den Rücken.

»Es gefällt mir nicht, wenn in meiner Abwesenheit über mich geredet wird. Es gibt Dinge, die du nicht wissen musst. Ich will dich nicht wieder verlieren, Kleines. Vertrau mir einfach.«

»Dann musst du endlich anfangen, dich mir zu öffnen! Warum erwartest du von mir bedingungsloses Vertrauen und lässt mich im Ungewissen? Ich kenne Gerüchte, Andeutungen … nur die Wahrheit kenne ich nicht. Wie soll ich damit leben, Adrian? Du machst mir Angst und schüchterst mich ein.«

»Kleines …«

Ich will zurückweichen von ihm, aber er ist schneller und stärker und hat mich so rasch umklammert, dass ich mich nicht wehren kann. Meine Wangen sind plötzlich feucht und ich weiß nicht, wo ich hinsehen soll.

»Du bist zu viel für mich, Adrian. Viel zu viel«, sage ich leise, während er mich gegen seine Brust drückt und festhält. »Ich kann dich nicht begreifen, ich verstehe dich nicht. Du verwirrst mich, du machst mich glücklich, du fühlst dich so gut an, du …«

Mit einer Hand hebt er mein Kinn an, damit ich ihm in die Augen sehe, dann senkt er den Mund und küsst mich. Sanft und zärtlich. Lange. Meine Knie werden weich und ich ärgere mich darüber. Verflucht noch mal, warum kann ich nicht einfach wütend auf ihn sein? Warum muss er so nett sein und doch so verschlossen?

»Du machst es mir nicht leicht«, murmle ich schließlich, aber ich habe mich längst wieder ergeben.

»Dann arbeite ich daran, es leichter zu machen. Für dich. Für uns.«

Wir bleiben einige Minuten so stehen, in einer engen Umarmung.

»Lass uns zurück nach London fahren. Vielleicht war es keine gute Idee, mit dir hierher zu kommen.«

»Ich fand es sehr schön hier, bis …«, sage ich und beiße mir auf die Zunge, um es nicht aussprechen zu müssen. »Außerdem habe ich Kilian gestern noch eine Nachricht geschickt. Er wohnt doch auch in Aberdeen und ich dachte, wir könnten ihn besuchen, solange wir hier sind.«

Adrians Miene wird hart. Als hätte jemand einen Vorhang zugezogen, ist sein Ausdruck schier undurchdringlich. Ich erschauere und suche seinen Blick, doch er weicht mir aus.

»Adrian? Ich dachte, es wäre nett, wenn du einen meiner Freunde kennenlernst.«

»Lass uns zurückfahren«, sagt er so eisig, dass ich eine Gänsehaut bekomme.

»Was ist los? Du musst nicht eifersüchtig sein, wirklich. Kilian ist ein guter Freund und ich würde ihn gern besuchen, weil er wegen seiner Mutter …«

»Nein. Ich denke, es ist besser, wenn wir den Besuch hier abbrechen. Es war nicht gut, dich so früh mitzunehmen.«

Er geht einen Schritt zurück und fährt sich mit beiden Händen durchs Haar. Verwirrt sauge ich an meiner Lippe und versuche zu erkunden, was mit ihm los ist. Warum stößt er mich weg, wenn ich gerade das Gefühl habe, ihm nähergekommen zu sein?

»Glaub mir, Kleines. Wir haben viel zu tun und brauchen die Zeit. Es war eine dumme Idee von mir, ich hätte nicht ... Was du wissen musst, wirst du erfahren. Wenn der Zeitpunkt richtig ist. Ich will dich nicht wieder verlieren und es gibt Dinge in meinem Leben, die du vielleicht falsch verstehen könntest. Zumindest jetzt. Vertrau mir einfach.«

»Wie soll ich dir vertrauen, Adrian? Ich habe das Gefühl, dass du mir etwas verheimlichst. Etwas Wichtiges. Vertrauen platzt nicht einfach so ins Leben, es muss wachsen. Aber du machst es mir nicht leicht.«

Ich presse die Lippen fest aufeinander und schaue ihn an. Sehe in seine tiefblauen Augen, die so hart und undurchdringlich wirken können. Wärme durchströmt meinen Körper. Eine tiefe Zuneigung, die wie ein Magnet auf mich wirkt. Immer dann, wenn ich das Gefühl habe, dass er mich von sich stoßen will, weil er etwas verbergen möchte. Je mehr er sich entfernt, desto stärker werde ich zu ihm gezogen. Als ob eine unsichtbare Macht mich an ihn fesselt.

»Du hast meine Bücher gelesen – alle. Auch die, von denen du nicht wusstest, dass ich sie geschrieben habe. Du kennst mich vermutlich besser als die meisten anderen Menschen, Gwen.«

Das Lachen, das mir entfährt, klingt nicht mal für meine Ohren echt. »Ich kenne dich überhaupt nicht. Ganz und gar nicht. Ich weiß, wie du aussiehst, wenn du schläfst. Ich weiß, wie du dich anfühlst, wie du riechst. Ich weiß, wie du aussiehst, wenn du kommst. Wenn du heiß auf mich bist. Aber sonst ...? Ich frage mich langsam, was das hier sein soll? Eine Sexaffäre mit angeblicher Lektoratsarbeit? Recherche?«

»Gwendolyn, ich bitte dich, nachzudenken, bevor du weitersprichst.« Seine Stimme klingt mit einem Mal wieder dunkel und hart und jagt einen kalten Schauer über meinen Rücken. Er hat meinen vollen Namen gesagt, und es erinnert mich daran, wie meine Mutter ihn ausgesprochen hat. Es erzeugt dieselben Gefühle, die ich damals hatte. Angst und ein diffuses schlechtes Gewissen. Und das gefällt mir nicht.

»Dann erzähl mir, was mit Gisele passiert ist. Mit welchen Frauen du zusammen warst und was du mit ihnen getan hast. Warum du so ein Problem mit meinen Freunden hast. Alles.«

Herausfordernd suche ich seinen Blick, den er stumm und mit regloser Miene erwidert.

»Wir fahren nach London.«

17

Dicke graue Wolken hängen über uns, daher hält Adrian irgendwo mitten im schottischen Nirwana an und schließt das Autodach. Jetzt fühle ich mich wie in einer Konservendose, ohne den freien Himmel über mir.

Adrians Familie war unglücklich, als er den plötzlichen Aufbruch ankündigte, und ich habe ihn erwischt, wie er mit seiner Mutter flüsterte und dabei ziemlich verärgert aussah. Wahrscheinlich hat er ihr Vorhaltungen gemacht, weil sie mir alte Fotos gezeigt und damit unseren Streit provoziert hat.

Seine Kiefer sind aufeinander gepresst, er knirscht mit den Zähnen und fährt viel zu schnell. Ich halte mich am Griff über der Tür fest, weil ich sonst in jeder Kurve durchs Auto geschleudert würde, aber ich traue mich nicht, etwas zu sagen oder gar noch einmal nach Gisele zu fragen. Die Furcht, dass sich dahinter eine wirklich schlimme Geschichte verbirgt, wächst mit jedem Kilometer. Und wird verstärkt durch sein seltsames Verhalten. Er ist plötzlich so weit weg, so unnahbar und kalt.

»Greif ins Handschuhfach. Darin liegt etwas zur Unterhaltung während der Fahrt«, sagt er, kurz nachdem wir Edinburgh hinter uns gelassen haben.

Neugierig öffne ich das Fach und finde ein ausgedrucktes und sorgfältig geheftetes Manuskript. Schon den ersten Satz erkenne ich – es ist das Buch, das er mir geschickt hat. Das Buch, das er … über mich geschrieben hat. Oder über die Liebe. Doch jetzt steht ein Autorenname unter dem Titel. *John Karry*. Mein Herz fängt an zu rasen, meine Finger werden steif, als ich es vorsichtig aufschlage.

»Ich möchte, dass du es mir vorliest«, sagt er ruhig. »Und deine Meinung darüber vorerst für dich behältst. Es ist noch lange nicht fertig, aber ich glaube, dass es ganz gut wird.«

Ich schlucke. Leider bin ich nicht besonders gut im Vorlesen, aber ich werde mir Mühe geben. Auch wenn jeder einzelne Satz meinen Magen verkrampft und tief in mein Herz fährt. Weil ich daran denken muss, wie benutzt ich mich gefühlt habe. Weil ich verdrängt habe, dass er mich vielleicht nur als Rechercheobjekt braucht. Was wird geschehen, wenn das Buch fertig ist? Wird er sein altes Leben weiterleben? Um *Fesselnde Liebe 2* zu schreiben, wozu er sich an willigen und unterwürfigen Frauen bedient, natürlich nur zur Recherchezwecken?

Auf meiner Brust scheint ein Stein zu liegen, und meine Stimme klingt gepresst, als ich langsam anfange, den Text vorzulesen. Die Worte, die sich so stark in mein Hirn gebrannt haben, dass ich beim Lesen weinen musste. Doch nach den ersten Seiten geht es besser. Und dann lese ich einen Absatz vor, der mich schwindeln lässt.

Wenn sie wüsste, wie gut ich sie bereits kenne. Was ich über sie weiß. Sie hätte Angst vor mir. Es ist nie gut, zu viel über einen anderen Menschen zu wissen. Noch gefährlicher als das Wissen selbst ist jedoch die Erkenntnis des anderen darüber.

Liebe braucht Geheimnisse, sie nährt sich vom Mysterium, von der Gefahr und Bedrohung, der wir uns aussetzen, wenn wir lieben. Sie nährt sich von Reibung und der ewigen Furcht, verlassen zu werden. Wenn das alles fehlt, verkümmert sie wie eine vertrocknete Topfpflanze. Daher darf man den anderen nie wissen lassen, was man wirklich für ihn fühlt und empfindet. Man setzte sich damit großer Gefahr aus.

Ein gebrochenes Herz wird niemals vollständig heilen. Glücklich ist, wer jemanden findet, der die Wunden versorgt und die Narben glättet. Die Angst wird geringer, wenn man es erlebt hat. Jemand, der dir bereits das Herz gebrochen hat, kann dir keine Angst mehr machen, weil du weißt, wie es sich anfühlt. Und weil du weißt, dass du es überleben wirst. Verwundet, verletzt ... aber lebendiger als vorher. Nichts auf der Welt lässt uns so sehr wachsen wie die Verletzungen der Liebe.

»Ist das dein Ernst?«, frage ich und lege die Blätter auf meinem Schoß ab. Meine nackten Füße ruhen auf der Ablage vor mir, mein Rock ist ziemlich weit hochgerutscht durch die Position.

Adrian streckt den Arm aus und legt seine warme Hand auf meinen Oberschenkel. »Lass uns nicht jetzt darüber sprechen.«

»Aber ich ... warum hast du Angst davor, deine Gefühle zu äußern? Du schreibst so gefühlvolle, ans Herz gehende Bücher. Wieso kannst du nicht einfach sagen, was du ...?«

»Weil ich darüber schreibe«, unterbricht er mich. Sein Ton ist rau und seine Finger greifen plötzlich fester zu. Ich halte die Luft an und sehe ihn an, suche seinen Blick, doch der ist starr nach vorn auf die Straße gerichtet. »Und weil das, was ich schreibe, nicht das ist, was ich fühle. Ich bin Autor, Gwen, und eigentlich solltest du wirklich wissen, dass Schreiben eine Kunst ist und keine Selbstoffenbarung.«

Enttäuscht presse ich die Lippen aufeinander und schaue nun meinerseits nach vorn auf die Straße. Langweilige Autobahn. »Du hast gesagt, dass ich dich zu diesem Buch inspiriert habe«, wage ich mich wieder vor, nachdem wir minutenlang geschwiegen haben. »Ist es nun so? Oder nicht?«

»Inspiriert, ja. Ich möchte dich als meine Muse bezeichnen.« Endlich wendet er den Kopf zu mir und lächelt.

»Du schreibst hier also nicht über dich und mich?«

»Kleines ... du solltest nicht zu viel hineininterpretieren, aber auch nicht zu wenig. Sonst ...«

»Sonst was?«, fordere ich ihn heraus und tippe mit den Fingern auf das Papier. »Schreibst du nicht weiter? Lässt du mich nicht weiterlesen? Widmest dich doch lieber wieder deinem nächsten Bestseller?«

Adrian lacht. »Sobald das Pseudonym gelüftet ist, wird auch

John Karry ein Bestsellerautor. Das ist jedenfalls der Wunsch von Newman.«

»Damit könnte er recht haben. Aber was werden die begeisterten Leserinnen der *Fesselnden Liebe* von John Karrys Werken halten? Hast du keine Angst, dass sie es nicht mögen?«

Seine Kiefer mahlen. Ich höre sogar, wie seine Zähne knirschen. »Doch. Habe ich. Und wenn du das jemals jemandem verrätst …«

Ich kichere. »He, ich hab dich in der Hand! Das gefällt mir.«

Seine Finger legen sich fest um meinen Oberschenkel. Es tut ein bisschen weh, aber der Schock über die plötzliche Härte entlockt mir einen leisen Schrei, nicht der Schmerz.

»Wer hier wen in der Hand hat, wird sich zeigen, Kleines«, sagt er leise. Ich beiße mir heftig auf die Lippen. »Solange du mehr Angst vor mir hast als ich vor dir, ist alles gut.«

»Ich glaube nicht, dass Angst eine gute Basis ist für … irgendwas.«

Das Blut klopft mir in den Schläfen. Was soll ich dazu sagen? Beziehung? Haben wir denn eine? Ich weiß es nicht, und solange von ihm nichts kommt, werde ich es nicht so nennen.

»Oh doch. Angst ist zum Beispiel ein sehr guter Beitrag zu explosivem Sex.« Jetzt grinst er wieder und ich verdrehe die Augen.

»Kannst du nicht wenigstens ein paar Minuten mit mir reden, ohne an Sex zu denken?«

»Dazu kann ich nichts! Ich sitze schließlich nicht mit nackten Beinen auf dem Beifahrersitz und löse damit erregende Erinnerungen aus. Dein Anblick versetzt ganz offenbar meinen Verstand in einen Ausnahmezustand.«

Ich wackle kokett mit den Zehen. »Das macht mich froh, weil es mir genauso geht. Aber was Angst mit Sex zu tun hat, musst du mir erklären.«

»Das ist einfach. Angst wird im Gehirn an derselben Stelle produziert, die auch für sexuelle Erregung und sogar den Höhepunkt zuständig ist. Mit denselben hormonellen Folgen. Daher ängstigen sich die meisten Menschen, wenn sie verliebt sind. Und es gibt eine Menge Gründe für Ängste in dieser Hinsicht.«

»Welche?«, frage ich nach, obwohl ich ihm auf Anhieb mindestens fünf nennen könnte. Aus Erfahrung. Aber ich will es von ihm wissen. Ich mag es, wenn er das Gefühl hat, mir die Welt zu erklären. Und vielleicht tut er das auch, jedenfalls manchmal.

»Angst vor Verletzung, Ablehnung, Verlust, Enttäuschung … und wenn die Liebe sich gefestigt hat, kommt die Angst vor Krankheiten, Tod und die Eifersucht dazu, die bekanntlich auch nichts anderes ist als Angst. Allerdings ist Angst auch ein Gradmesser für Intelligenz und Fantasie, denn nur intelligente, fantasievolle Menschen haben viele Ängste.«

»Dann wünsche ich mir, dumm und fantasielos zu sein.« Ich löse den Zopfgummi, sodass mir die Locken offen über die Schulter fallen. Schließlich ist das Dach geschlossen und ich muss den Wind nicht fürchten.

Sofort streckt Adrian den Arm aus und fährt mit der Hand durch meine Haare, streicht mit den Fingerkuppen über meinen Nacken und löst damit eine Gänsehaut auf meinem ganzen Körper aus. »Ich liebe dein Haar«, sagt er und sieht lächelnd zur Seite. Seine blauen Augen strahlen, die winzigen Fältchen kräuseln die feine Narbe daneben.

»Woher hast du die?«, frage ich und streiche vorsichtig mit dem Finger darüber. Die Haut fühlt sich hart an, auch wenn die Narbe so klein ist, dass sie selten auffällt.

Adrian presst die Lippen zusammen und sieht wieder nach vorn auf die Straße. Es ist seltsam, wie er meinem Blick immer ausweicht, wenn wir über ihn reden. Als ob es ihm unangenehm wäre, zu viel von sich preiszugeben. Warum nur?

»Ein Streit mit Carol. Sie war wütend auf mich und warf mir einen Stein an den Kopf. Er verfehlte nur knapp mein Auge, zum Glück, aber die Platzwunde ließ sich nicht nähen und so blieb die Narbe.«

»Herrje. Nicht auszudenken, wenn du …«

»Wäre ich weniger attraktiv, wenn ich ein Glasauge hätte?« Er dreht den Kopf zu mir und schielt mich so fürchterlich an, dass ich entsetzt aufschreie.

»Nein, natürlich nicht. Außerdem ist es ja nicht, weil du so gut aussiehst …«

»Was ist nicht? Sprich dich aus, Kleines.«

Seine Stimme ist warm und samtig geworden. Aber ich mag es nicht aussprechen. Ich will nicht die Erste sein, die es sagt. Nicht, bevor ich weiß, was in ihm vorgeht. Ich muss damit leben, dass ich mich in ihn verliebt habe und mich deshalb fühle wie ein Insekt im Spinnennetz. Aber ich sollte die Spinne nicht wissen lassen, wie hilflos und wehrlos ich gerade bin. Vertrauen ist ein großes Wort, doch es passt nicht zur Angst und dem Gefühl, nicht zu genügen.

»Dass ich so gern mit dir schlafe«, antworte ich und finde mich selbst unverfänglich. Für eine Sekunde blitzt etwas in seinem Gesicht auf, das ich am ehesten als Enttäuschung interpretiere. Oder ist das Wunschdenken?

»Das freut mich«, antwortet er und richtet den Blick auf die Straße zurück. »Wir haben noch etwa eine Stunde vor uns. Möchtest du durchfahren oder eine Pause machen?«

»Das überlasse ich dir. Du fährst.«

»Selbstverständlich.«

Er wirft mir wieder einen Seitenblick zu, als ob er noch etwas sagen wollte, doch dann verstummt unser Gespräch. Dafür entlocken mir die sanften Töne von Heather Nova ein Lächeln. Während wir der Musik lauschen, beobachte ich die an uns vorbeiziehende Landschaft und versuche, mich auf London und das, was kommen wird, zu freuen. Ohne Angst …

18

Was mir zuerst auffällt, als wir erschöpft von der langen Fahrt das Penthouse betreten, ist die offen stehende Tür seines Schlafzimmers. Mein Puls beschleunigt sich, als er mit unseren Taschen in der Hand darauf zugeht und es betritt. Die Tür war verschlossen bei meinem letzten Aufenthalt. Immer. Und ich habe mir Gott weiß ausgemalt, was sich dahinter verbergen könnte. Jetzt zögere ich nicht länger, sondern folge Adrian durch den Flur und schiebe mich hinter ihm ins Zimmer.

Es ist … weiß, bis auf die blutrote Bettwäsche. Natürlich. Und es riecht frisch, sauber und neu. Nach gerade getrockneter Wandfarbe. Das Bett ist so groß, dass man dort problemlos einen Yogakurs abhalten könnte. Mit mindestens sechs Personen.

»Hast du das Zimmer …?« Ich breche die Frage ab, weil ich gar nicht genau weiß, was ich eigentlich sagen will.

Adrian wirft die Taschen auf das Bett und zieht mich mit beiden Händen zu sich heran. »Ja, Kleines. Ich habe es renovieren und neu einrichten lassen. Für dich.«

Jetzt scheint mein Herz einen Rekord im Vierhundert-Meter-Lauf brechen zu wollen. Es klopft mir bis zum Hals. »Warum um alles in der Welt? Welche Leichen hattest du hier verborgen?«

Adrian lacht und zieht mich mit sich nach hinten, aufs Bett. Wir fallen übereinander, und nach einem langen, intensiven Kuss rolle ich mich atemlos auf ihn.

»Keine Leichen. Nur zu viele Erinnerungen. Jetzt ist es deins. So unschuldig und rein wie du.«

»Sollte ich froh sein, dass du kein rosafarbenes Himmelbett aufgestellt hast?«, frage ich kichernd und sehe ihm in die Augen. Seine Hände fahren durch mein Haar, wieder und wieder. »Rosa passt nicht zu deiner wunderschönen Haarfarbe. Und nicht zu dir.«

»Aber weiß passt zu mir, ja? Das ist nicht gerade ein Kompliment«, sage ich und verziehe schmollend den Mund.

»Ich finde schon. Es gibt keine reinere und klarere Farbe als weiß. Keine, die mich mehr inspiriert. Weil auch leeres Papier weiß ist und danach verlangt, gefüllt zu werden.«

Er dreht sich ruckartig um, bis er auf mir liegt und mir den Atem raubt. Seine Körperwärme, die Schwere auf mir hüllt mich ein und lässt mich unter ihm erschauern. Mit beiden Händen stützt er sich neben meinem Kopf ab, meine Handgelenke fest im Griff. Ich schlucke, weil ich nicht weiß, was jetzt kommt. Was passieren wird. Aber er sieht mich nur fest an, ehe er den Kopf neigt und mich küsst. Auf den Mund. Auf den Hals. Tiefer. Noch tiefer. Ich winde mich leise seufzend, als seine Lippen durch das Kleid hindurch meine Brustwarzen finden und sanft daran saugen. Der Stoff, der uns trennt, wird feucht und klebt an mir, als er sich von mir löst und wieder nach oben gleitet, um an meinen Ohrläppchen zu knabbern. Sofort richten sich all meine Körperhaare auf, die Liebkosung fährt mir zwischen die Beine und lässt das Klopfen in meinem Schoß erwachen.

»Oh Himmel«, gebe ich von mir. »Das solltest du nicht tun, wenn du nicht vorhast, mich zu …«

»Habe ich nicht. Nicht jetzt, jedenfalls. Aber es macht Spaß, dich zu erregen. Ich kann es förmlich riechen.« Er atmet tief durch die Nase ein und jagt damit einen Hitzestoß durch meinen Körper.

»Adrian, das ist Quälerei«, jammere ich, als er erneut an mir saugt und knabbert und mich küsst und … einfach überall ist. Mein Schoß zieht sich zusammen, das leise Pochen zwischen meinen Beinen verstärkt sich. Ich muss mich beherrschen, ihm nicht die Klamotten vom Leib zu reißen, die unsere Körper voneinander trennen.

»Ich liebe es, dich zu quälen, Kleines«, raunt er und wandert mit den Lippen an meinem Hals entlang zum Dekolleté und weiter. Meine Beine fangen an zu zittern, als er sich ein wenig aufrichtet und mit seiner beginnenden Erektion über meine Mitte reibt. »Hör auf zu zappeln, Gwen. Ich werde nicht nachgeben.«

»Wie kann man … so … verflucht … beherrscht … sein?«, stoße ich keuchend hervor und schlinge die Schenkel um seine Hüften, um ihn an mich heranzuziehen. Doch er ist natürlich viel stärker als ich und hebt das Becken einfach an, was mich enttäuscht seufzen lässt.

»Geduld. Wir werden später noch dazu kommen. Aber jetzt muss ich mich bewegen nach der Fahrt.«

»Ja, beweg dich doch! Auf *mir*!«, fordere ich. Herr im Himmel, nicht mehr lange und es ist so weit … Ich, Gwendolyn Hamlin, bettele einen Mann um Sex an! Ich spüre, wie eine verräterische Röte von meinem Dekolleté nach oben kriecht und traue mich kaum, Adrian anzusehen. Er hat sich mit Schwung aufgerichtet und kniet zwischen meinen Beinen. Grinsend. »Mach dich nicht lustig über mich«, jammere ich. »Ich bin …«

»Ich weiß, was du bist, Kleines. Und es macht mich wahnsinnig an, glaube mir. Später werde ich mich an dir auslassen, keine Sorge. Aber jetzt gehe ich zum Sport. Du darfst mich begleiten, wenn du magst.«

Zum Sport? Himmel, der Gedanke, Adrian beim Training zuzusehen, jagt erneut eine Hitzewelle durch meinen Körper. Ich ziehe die Knie heran und stütze das Kinn darauf, während ich zusehe, wie er sich mit einer eleganten Bewegung das Shirt über den Kopf zieht und mir seinen nackten Rücken präsentiert. Das Spiel seiner Muskeln ist so intensiv, dass ich meine Augen nicht von ihm lösen kann. Er lässt die Hose folgen und sogar den Slip. Mein leises Aufkeuchen kommentiert er nicht, aber ich bin mir sicher, dass es ihn insgeheim amüsiert. Der Anblick seiner straffen Pobacken lässt meinen Speichel fließen, was ehrlich gesagt ziemlich verrückt ist. Nachdem er in ein Shirt und ein Paar schwarze Shorts gestiegen ist und ich zur Genüge die lässige Selbstverständlichkeit bewundert habe, mit der er sich vor mir umzieht, dreht er sich zu mir um und streckt mir auffordernd den Arm entgegen.

»Also, was ist? Kommst du mit?«

»Klar!« Ich springe vom Bett und lege meine Hand in seine. Warm und fest. Und so groß. Mein Herz zieht sich zusammen, während ich neben ihm her zum Fahrstuhl gehe. Für einen Moment fühle ich mich wie der glücklichste Mensch der Welt, weil er … meine Hand hält.

Wir fahren ins Untergeschoss, zu dem wir erst nach Adrians Iris-Scan Zutritt bekommen. Mit weit aufgerissenen Augen bleibe ich in der offenen Tür stehen.

»Gütiger Himmel, was ist *das* denn?«

»Der Fitnessraum. Fühl dich frei, eine Runde zu schwimmen, während ich trainiere.«

Adrian verriegelt die Tür hinter uns. Das Geräusch des Schlosses jagt mir einen Schauer über den Rücken, weil mir gleich einfällt, was man hier außer Sport zu treiben noch tun könnte. Und ich habe gerade ein sehr spezielles Fitnesstraining im Kopf!

Durch riesige Milchglasscheiben fällt Licht, das hier unten natürlich kein Tageslicht sein kann. Die spiegelglatte Wasseroberfläche wirkt durch die Mosaikfliesen so strahlend blau wie Adrians Augen. Etwas unschlüssig setze ich mich auf eine Art Massageliege an der Seite und sehe zu, wie Adrian mit einer geschmeidigen Bewegung aus seinem Shirt schlüpft. Beim Anblick seines nackten Oberkörpers zieht sich mein Magen geräuschvoll zusammen.

»Du musst hier nicht warten, wenn dir langweilig ist.« Er steht im Gegenlicht und wirkt dadurch noch breiter und größer als sonst.

»Mir ist alles andere als langweilig«, antworte ich und strecke die Beine aus, um es mir gemütlich zu machen. Dann beobachte ich, wie er zu einem der Fitnessgeräte geht. Es erinnert mich an eine Raumstation, ziemlich spacig. Adrian legt sich rücklings auf die schmale Lederbank und greift mit beiden Händen nach Gewichten, die rechts und links angebracht sind. Als er anfängt, die Dinger anzuheben, spannen sich seine Muskeln und ich starre fasziniert auf seinen Körper. Du liebe Zeit, wenn mir einer mal früher gesagt hätte, wie sexy es ist, einem Mann dabei zuzusehen, wäre ich längst Mitglied in einem Fitnessclub geworden! Ich komme mir vor wie in einem Privatporno, nur dass ich die Zuschauerin bin. Ist das jetzt sexistisch? Ach, egal.

Sein Atem wird mit der Zeit schwerer und ich höre ein leises Keuchen, das sich hinein mischt. Mir wird immer wärmer, die Schwüle hier unten raubt mir die Luft. Dann stehe ich auf und gehe langsam auf das Ding zu, auf dem er liegt.

Adrian hebt kurz den Kopf und lächelt mich an. »Alles klar?«

»Bestens«, hauche ich, bevor ich entschlossen beide Hände auf den Sitz stütze und mich daran hochziehe. Erstaunt hält er die Gewichte fest und legt den Kopf schief. »Vielleicht verstärkt das den Trainingseffekt«, sage ich, während ich mich mit gespreizten Beinen auf ihn setze.

Es dauert nur wenige Sekunden, dann spüre ich schon, wie er unter mir hart wird. Ein wahnsinniges Ziehen fährt durch meinen Unterleib. Seine Shorts und mein Höschen trennen unsere Körper voneinander, doch als er erneut an den Gewichten zieht und seine Muskeln, inklusive denen am Bauch, hart werden, drückt er sich automatisch fester gegen meine Mitte.

»Hmm«, macht er und schließt kurz die Augen, bevor er tief ausatmet und die Gewichte langsam nach oben gleiten lässt. »In jedem Fall versüßt es mir das Training. Ungemein.«

Oh ja. Mir auch! Ich beobachte weiter das Spiel seiner Muskeln, die winzigen einzelnen Schweißperlen auf seiner Stirn und auf seinem Oberkörper. Ich atme tief ein und sauge den herben Duft seines frischen Schweißes tief in mich ein. Mein Höschen ist absolut nicht dick genug, um meine plötzlich fließenden Säfte zurückzuhalten. Und ich bin nicht stark genug, um mich länger zu beherrschen. Wie von selbst fängt mein Becken an, sich zu bewegen, vor- und zurück zu rutschen. Ich schließe die Augen und lasse mich von meiner Lust führen, mich selbstlos an ihm zu befriedigen und mich an seiner Härte zu massieren. Meine Hände zucken, weil ich ihm die Shorts vom Körper reißen und mich heftig auf ihn setzen will, aber ich stütze mich nur am Sitz ab und gleite weiter an ihm auf und ab.

»Kleines!«, höre ich ihn plötzlich keuchen. »Willst du mich umbringen?«

Ich öffne die Augen wieder, während lustvolle Zuckungen meinen ganzen Unterleib pulsieren lassen. Himmel, ich bin so heiß auf ihn! Ich kann nicht …

»Zieh das Höschen aus!« Seine Stimme ist rau, das schöne Gesicht verzerrt. Die steile Falte zwischen seinen Brauen ist so tief wie selten.

»Hier?«, frage ich irritiert und sehe kurz zur Tür. »Kann hier keiner reinkommen?«

»Natürlich. Trotzdem.«

Er richtet seinen schweißnassen Oberkörper auf und zieht mit einer Hand meinen Kopf zu sich, um mich zu küssen. Sein Kuss schmeckt und duftet nach Lust, nach Gier, die zwischen meinen Beinen pocht. Als er seine Lippen von mir löst, grinse ich.

»Mir gefällt es aber gut so.« Aufreizend langsam rutsche ich wieder an ihm entlang, bis er eine Mischung aus Knurren und Stöhnen von sich gibt.

»Ich werde dich später dafür übers Knie legen«, stößt er hervor, doch mit diesen Worten heizt er mir nur noch mehr ein.

»Oh ja, darauf freue ich mich«, antworte ich frech. Auch aus meinem Mund kommen die Worte nur stoßweise, weil ich schon kurz davor bin. Ich ziehe mit einer Hand das Höschen so zur Seite, dass ich meine nasse Spalte auf seiner engen Hose reiben kann. Es stört mich nicht, dass ich dabei seine Shorts mit meinen Säften benetze. Es stört mich, dass ich ihn nicht direkt spüre, seine Haut, seine Härte. Aber ich habe gerade großen Spaß daran, ihn so zu quälen.

Immer schneller reite ich auf ihm, reibe mich an ihm. Heftiges Klopfen in meinem Schoß, das mir der Atem stockt. Ich reite mich in Ekstase, vergesse, wo wir sind, wer ich bin, was ich gerade hier tue. Ich genieße das Pulsieren zwischen meinen Beinen, das durch meinen Körper schwappt, und lasse mich einfach treiben.

Völlig schamlos benutze ich ihn zu meiner eigenen Befriedigung, während er mit zusammengepresstem Kiefer zusieht und sich an den Gewichten festhält. Seine Brustmuskeln zucken, ich atme noch einmal tief ein, dann löst sich die Spannung in einem heftigen Pulsieren, das meinen ganzen Körper durchfährt und mich heiser stöhnen lässt.

»Oh Gott, Adrian … ich. … aaaah.«

Ich kann nur noch stammeln, nicht mehr denken. Wieder und wieder zuckt mein Unterleib, verkrampft sich und löst sich, bis ich nach gefühlten Minuten keuchend über ihm zusammensinke. Er ist noch immer hart. Ich spüre, wie er sich zwischen meinen Schenkeln erhebt, bei jedem Atemzug kommt er mir entgegen.

»Kleines, das wird Folgen haben«, raunt er und beißt mir in den Hals. »Ich werde nachher nicht eher aufhören, bis du schreist. Ich will dich heute schreien hören.«

Mein Magen zieht sich zusammen. »Ganz bestimmt«, antworte ich leise. »Entschuldige, aber ich konnte nicht …«

»Kein Problem. Allerdings muss ich das Training jetzt leider … beenden.«

Meine Knie zittern, als ich umständlich von ihm herunterklettere und froh bin, festen Boden unter den Füßen zu haben. Dann höre ich die Tür ins Schloss fallen und fahre erschrocken herum. Ach du …

»Wer war das?«, frage ich panisch.

Adrian setzt sich grinsend auf dem Trainingsgerät auf. Die Beule in seinen Shorts ist überdeutlich, ebenso der helle Fleck an dieser delikaten Stelle, den ich hervorgerufen habe. Ich spüre, wie ich knallrot anlaufe, und zerre nervös an meinem Kleid.

»Das war einer meiner Nachbarn, ein Scheich mit seiner Begleitung. Offenbar haben sich die zwei von deiner kleinen Vorstellung angeregt gefühlt und ziehen es vor, statt Fitness andere Körperübungen zu machen.«

»Du hast gesehen, dass sie hier waren und zugeschaut haben?«, frage ich und reiße entsetzt die Augen auf.

Sein breiter werdendes Grinsen ist Antwort genug und nötigt

mich dazu, ihn in den Bauch zu boxen. Was ihm natürlich nichts ausmacht. Stattdessen greift er mit beiden Händen nach meinen Handgelenken und hält mich fest wie in einem Schraubstock. Als er zwei Schritte auf mich zu macht, weiche ich automatisch nach hinten.

»Kleines, ich weiß nicht, ob ich die Fahrt mit dem Lift aushalte«, knurrt er und senkt den Blick auf seinen Schritt.

Ich schlucke hart. Die Vorstellung, gerade beobachtet worden zu sein und nun hier mit ihm zu schlafen, wo jederzeit jemand reinkommen kann, ist beängstigend und erregend zugleich. Hilfe, warum ist meine exhibitionistische Ader nicht ausgeprägter? Dann würde ich jetzt … ah … er presst mein Becken gegen seins und lässt meine Hände los, um seine auf meinen Po zu legen und mich zu massieren. Als ich seine Erektion am Bauch spüre, zieht sich wieder alles in mir zusammen.

»Komm. Für das, was ich mit dir vorhabe, sollten wir allein sein. Wir könnten sonst zu viel Aufsehen erregen«, flüstert er mir ins Ohr, und mir wird heiß ob seiner Ankündigung.

Wortlos lasse ich mich von ihm zur Tür ziehen. Der Flur dahinter ist zum Glück leer, ebenso wie der Fahrstuhl, der uns in wenigen Sekunden zurück nach oben in seine Wohnung bringt. Wo mich eine unangenehme Überraschung erwartet.

19

Mein Mund klappt vor Schreck auf, als Adrian die Tür zum Schlafzimmer aufstößt und mich mit sich zieht. Abrupt bleibe ich stehen und starre auf das blonde Etwas, das vor seinem Bett kniet. Nackt! Mit nichts als einem Halsband bekleidet!

»Adrian!« Er küsst noch immer meinen Hals und ich muss ihn mit beiden Händen von mir wegschieben, damit er sie sieht. Mein Herz rast so schnell, dass ich fast taumle, und meine Augen fangen an zu brennen. »Adrian, bitte!«

»Was ist …?« Er dreht sich um und folgt meinem Blick, dann stöhnt er leise auf. »Jenna, in Gottes Namen! Was tust du hier?«

»Wir hatten einen Termin«, flüstert sie mit gesenktem Kopf. Mir ist plötzlich eiskalt und ich bekomme eine Gänsehaut auf der Kopfhaut.

»Gwen, Kleines, es tut mir leid, ich …« Adrian fährt mit beiden Händen durch sein Haar und sieht mir fest in die Augen. »Bitte glaub mir, das war ganz bestimmt nicht so geplant. Und ich kann mir gerade keinen ungünstigeren Zeitpunkt vorstellen.«

»Danke, ich mir auch nicht«, erwidere ich kurz und stürme aus dem Zimmer, um hinter der Tür des Arbeitszimmers zu verschwinden. Hier gehöre ich hin, hier sollen wir arbeiten. Das blonde Wesen, das in seinem Schlafzimmer sitzt und ganz offensichtlich freien Zugang zu seinem Penthouse hat – im Gegensatz zu mir –, hat mich völlig aus der Bahn geworfen. Das Blut klopft heftig hinter meinen Schläfen, und die Erregung, die Gier, die ich vorhin noch verspürt habe, ist wie weggewischt. Ausradiert. Er folgt mir und hält mich an den Schultern fest.

»Kleines, ich kümmere mich darum. Versprochen. Ich habe vergessen, dass sie … ach, verdammt.« Er schlägt kurz, aber heftig mit der Faust gegen den Türrahmen, bevor er wieder ins Schlafzimmer zurückgeht. Ich höre nicht, wie sie miteinander reden, aber der Anblick der nackten Frau, vor seinem Bett kniend, hat mich schockiert wie ein Horrorfilm. Wie ein Tiger laufe ich im Arbeitszimmer auf und ab und versuche, meine tobenden Gedanken in den Griff zu bekommen.

Sie macht mir Angst, weil sie Adrian etwas geben kann, das er von mir nicht bekommt. Und vielleicht niemals bekommen wird. Mein Magen fühlt sich an, als hätte ich Säure geschluckt, und ich bekomme Sodbrennen vor Aufregung. Wütend laufe ich weiter hin und her, bis mein Blick auf ein schwarzes Notizbuch auf seinem Schreibtisch fällt. Unwillkürlich strecke ich die Hand danach aus, will hineinsehen, doch im letzten Moment zucke ich zurück. Nein, das wäre nicht richtig. Es ist … vielleicht sind es Notizen für seinen Roman, und ich weiß, dass er diese Aufzeichnungen niemandem zu lesen gibt. Vielleicht ist es auch … ach, was weiß ich. Ich lasse mich auf die Liege fallen und starre das schwarze Buch an, das plötzlich bedrohlich wirkt. Darf ich so misstrauisch sein und einen Blick hineinwerfen? Andererseits … darf ich so dumm sein, und nicht hineinschauen? Noch bevor ich einen Entschluss fassen kann, geht die Zimmertür auf und Adrian kommt herein.

Ich weiß, dass mein Lächeln gequält wirkt, meine Knie sind fest zusammengepresst. Adrian setzt sich neben mich und legt eine Hand auf meinen Oberschenkel. Sie sieht riesig aus auf mir.

»Es tut mir leid, Kleines. Wirklich. Und es hat nichts zu bedeuten.«

»Warum war sie hier?«, frage ich. Meine Stimme klingt wie eine rostige Säge, ich hasse mich dafür. Ich will stark sein und keine Schwächen zeigen, aber ich kann nicht.

»Ich habe vergessen, den Termin abzusagen. Es ist meine Schuld.

Jenna kommt seit Monaten immer am selben Tag zu mir, einmal in der Woche. Es ist … es war ein Ritual.«

»War sie auch hier, während ich in Newcastle war?«

»Warum willst du das wissen, Gwen? Was würde es ändern?«

Ich beiße mir auf die Lippe und zucke mit den Achseln. »Vieles. Oder alles.«

Er legt eine Hand unter mein Kinn und dreht meinen Kopf, sodass ich ihn ansehen muss. »Sie bedeutet mir nichts. Gar nichts. Sie wollte mich, und ich habe ihr eine Zeit lang gegeben, was sie von mir wollte. Aber das ist jetzt vorbei, jetzt, wo du bei mir bist.«

Ich starre auf seinen Mund, auf die schönen, vollen Lippen, und schüttele langsam den Kopf. »Kann es das denn sein, Adrian? Kann das jemals vorbei sein?«

Er zieht eine Augenbraue hoch, dreht sich auf die Seite und stützt sich auf dem Unterarm ab, während er mich ansieht. »Was meinst du?«

»Na ja, wir … seitdem wir wieder zusammen sind, schlafen wir nur miteinander. Aber ich weiß, dass du andere Wünsche hast und die mir zuliebe unterdrückst.« Meine Hand greift wie von selbst in mein Haar und schnappt sich eine Strähne, um sie so fest um einen Finger zu wickeln, dass es an der Kopfhaut ziept. Sofort wandert sein Blick von meinen Augen zu meiner Hand, und er grinst.

»Kein Grund, nervös zu werden, Gwen. Mir fehlt nichts. Im Gegenteil.«

»Ich glaube nicht, dass man solche Neigungen einfach abstreifen kann wie einen getragenen Pullover. Entweder man hat sie, oder man hat sie nicht.«

»Und?« Er beugt sich vor, um meine Nasenspitze zu küssen. Ich muss trotz der großen Anspannung kichern, weil es kitzelt.

»Du hast sie, aber ich …«

»Es ist okay, Gwen. Ich schwöre«, unterbricht er mich. Plötzlich sieht er sehr ernst aus.

Ich hole tief Luft, bevor ich weiterspreche. Ich brauche all meinen Mut, um die folgenden Worte zu sagen, und mein Herz klopft heftig gegen meine Brust. »Ich wollte sagen, dass ich gar nicht *weiß*, ob ich solche Neigungen habe. Ich habe es ja nie ausprobiert.«

»Wie meinst du das?« Jetzt wirkt er irritiert, was mich fast ein bisschen freut. Immerhin schaffe ich es, ihn aus der Façon zu bringen.

»Ich meine, dass ich es gern ausprobieren würde. Mit dir.«

Mein Magen tanzt Samba, und ein innerer Zensor in meinem Gehirn schüttet eine enorme Menge an Adrenalin aus, um mich zu stoppen. Adrians Lächeln wird breiter und macht mich noch unruhiger. Gütiger Himmel, was tue ich hier eigentlich? Mich ihm bereitwillig zum Fraß vorwerfen?

»Ich erinnere mich an deine Worte, als hättest du sie mir vorhin erst gesagt, Kleines. Welche emanzipierte, kluge Frau lässt sich auf so einen Scheiß ein? Als ob irgendwer Spaß daran hätte, dominiert zu werden. Was ist passiert?«

Du. Du bist passiert. Ich kneife die Lippen fest zusammen und sehe ihn einfach nur an.

»Wir müssen nicht«, sagt er.

»Ich … okay.«

Adrian nickt, bevor er sich erneut zu mir beugt und seinen Mund auf meinen presst. Oh Gott, ich will ihn. So sehr. Und ich bin bereit, es zu tun. Mit ihm. Für ihn. Und weil … weil mich der Gedanke erregt. Immer und immer wieder, nicht erst, seit ich sein Buch gelesen habe. Vielleicht hat er recht und man muss etwas erleben, ehe man es versteht? Werde ich ihn verstehen können, wenn ich mich darauf einlasse?

»Zieh das aus«, raunt er, knabbert an meinem Ohrläppchen und zerrt an meinem Shirt, um seine Worte zu bekräftigen.

Meine Hände zittern ein wenig, als ich es über den Kopf ziehe. Auf einen BH habe ich verzichtet, weil es bequemer ist und weil ich weiß, dass Adrian es mag, meine spitzen Brustwarzen zu sehen. Schon jetzt sind sie bereits winzig und hart, und die sanfte Liebkosung seiner Fingerspitzen lässt sie noch weiter zusammenziehen. Mein Atem wird flacher.

»Auch den Rock und das Höschen. Es ist sowieso nass.«

Grinsend hilft er mir beim Ausziehen, mit seinen typischen geschmeidigen Bewegungen, die so sicher und selbstverständlich wirken. Im Gegensatz zu meiner Stimme, die flattert, während ich es ausspreche.

»Als du vorhin sagtest, du müsstest mich übers Knie legen …«

»Ja?«

Er zieht eine Braue hoch und mustert mich. Sein Körper ist so nah, dass ich die Härchen auf meinen Beinen spüren kann. Ich schlucke.

»Es hat mich angemacht. Erregt.«

Statt zu antworten, umfasst er meine Hüften mit beiden Händen, zieht mich mit einer einzigen raschen Bewegung über seinen Schoß, sodass mein nackter Hintern vor ihm in die Luft ragt und sich meine Mitte gegen seinen Oberschenkel drückt. Die Position allein genügt mir schon, um vor plötzlich aufkeimender Lust aufzukeuchen. Großer Gott, was tue ich hier eigentlich? Das ist krank!

»Dann sollten wir diesem Wunsch nachgeben. Zumal ich mich kaum beherrschen kann und du nach der Unverschämtheit in der Tat eine Strafe verdient hättest.«

Ich schließe die Augen und versuche, mich auf das vorzubereiten, was gleich passiert. Aber wie, bitte sehr, bereitet man sich darauf vor, den Hintern versohlt zu kriegen? Ich habe keine Erfahrung damit, da meine Mutter Ohrfeigen als Erziehungsmethode vorgezogen hat. Und wie viele ich davon in meiner Kindheit und frühen Jugend kassiert habe, kann ich unmöglich nachzählen. Ich erinnere mich kaum noch an den Schmerz, dafür aber sehr genau an die Demütigung, die ich dabei empfand.

Ohne Vorwarnung prallt seine flache Hand auf meinem Po auf. Es tut nicht wirklich weh, das klatschende Geräusch ist schlimmer als die kurze Hitze, die der Schlag erzeugt. Ich muss sogar ein Kichern unterdrücken, weil die Situation mir plötzlich so albern vorkommt. Als ob wir ein komisches Rollenspiel spielten – fehlt nur, dass ich eine Schuluniform trage!

Der nächste Hieb allerdings ist deutlich stärker und nimmt mir kurzzeitig den Atem. Trotzdem beiße ich die Zähne aufeinander und lasse den Schmerz auf mich wirken. Es ist nicht unangenehm, eigentlich tut es nicht mal richtig weh. Es kribbelt und wärmt, mein Hintern fühlt sich nach dem dritten Schlag heiß an. Und als er seine Fingerspitzen darüber streichen lässt, spüre ich seine Berührung viel intensiver.

»Dieser göttliche kleine Hintern«, murmelt er über mir. Seine Hände fahren zwischen die Pobacken und gleiten tiefer, wo er seine Finger an meiner Nässe benetzt. Dann spüre ich ihn an einer sehr delikaten Stelle und presse instinktiv den Po zusammen. »Erinnerst du dich, dass ich dir etwas versprochen habe?« Sein Finger umkreist die enge Öffnung zwischen meinen Backen, und ich fange unkontrolliert an zu zittern.

»Bitte ... nicht«, stoße ich panisch hervor, als mir klar wird, was er vorhat, und versuche, mich mit den Händen hochzustemmen.

Doch er legt eine Hand in meinen Nacken und drückt mich runter, wie ein Katzenjunges. An der Seite spüre ich seine wachsende Erektion.

»Du hast gesagt, dass dich hier noch nie jemand genommen hat. Und du hast keine Vorstellung davon, wie sehr mich der Gedanke anmacht, diesen wundervollen Hintern endlich zu erobern. Heute werde ich mir diesen Traum erfüllen, Kleines.«

Sein Finger fährt mit mehr Druck immer und immer wieder um diese winzige Öffnung, die ich verzweifelt zusammenzupressen versuche. Ich keuche und winde mich unter seinem Griff, aber er ist eisern und hält mich fest. Während sein Daumen auf mir kreist und vorsichtig Einlass sucht, schiebt er zwei seiner Finger von vorn in mich hinein und massiert mühelos den Punkt in mir, der mich zusammenzucken lässt.

»Adrian, Himmel ...«, presse ich heraus und ergebe mich langsam. Mein Körper wehrt sich nicht länger gegen den Eindringling. Ich höre, wie auch sein Atem schneller geht, die Härte an meiner Seite wächst immer weiter. Unmöglich, dass er mit diesem großen, harten ... oh nein, nein! Das wird niemals funktionieren! Mein Herz flattert, ich schlucke trocken vor Panik.

»Sch. Keine Angst. Ich werde sehr, sehr vorsichtig sein.«

Adrians Worte beruhigen mich nicht. Ich verkrampfe mich. Überall. Mein Puls rast, mein Herz hämmert. Angst, Neugier und diese verdammte Lust, diese elende Gier vermischen sich zu einem gefährlichen Cocktail. Ich spüre seinen Finger, der mich zärtlich teilt. Behutsam dringt er mit dem Finger in mich ein, hält nach wenigen Millimetern sofort inne, als ich mich versteife und instinktiv jeden Muskel anspanne.

»Du musst loslassen, Gwen. Und mir vertrauen«, flüstert er. »Gott, der Gedanke, dich gleich dort zu nehmen, macht mich wahnsinnig.«

Seine sanfte Stimme beruhigt mich, trotzdem muss ich mich anstrengen, um zu tun, was er mir rät. Mein Herz klopft heftig in der Brust, und ich kann nur langsam die Muskeln lockern und zulassen, was er vorhat. Es fühlt sich seltsam an. Ungewohnt und eigenartig. Noch nie hat mich jemand dort so berührt. Doch seine Finger sind vorsichtig, zärtlich. Er weitet mich sachte, verteilt die Feuchtigkeit weiter in mir, und plötzlich durchzuckt ein Impuls meinen Unterleib, als ob es eine geheime Verbindung zwischen hinten und vorn gäbe.

Ich höre mich selbst leise wimmern, während er immer tiefer dringt. Dann hebt er mich plötzlich an und legt mich bäuchlings auf die Liege, auf der wir saßen. Ich spüre sein Gewicht auf mir, obwohl er sich mit den Händen abstützt, und als ich die Augen öffne, sehe ich uns im Spiegel. Der Anblick seines nackten Oberkörpers, wie er über mir zu thronen scheint, löst ein sehnsüchtiges Pulsieren in meinem Unterleib aus.

Langsam schiebt er eine Hand unter meine Hüften und massiert mich dort mit allen Fingern, dringt mit einem in mich ein und lässt die anderen wie ein virtuoser Pianist auf meinem Körper spielen. Ich beiße in meine Hand und kneife die Augen wieder zu, als sich seine Härte gegen den engen Eingang drängt. Gleichzeitig bewegen sich meine Hüften wie von selbst, um mich an ihm zu reiben. Mein Puls geht so schnell wie nach einem Dauerlauf, das Blut rauscht durch meinen Kopf und hüllt die Geräusche um uns herum in Watte. Sehr langsam schiebt er sich in mich hinein, wartet bei jedem kleinen Widerstand geduldig ab. Es dauert lange, er ist trotz allem so ruhig und beherrscht, im Gegensatz zu mir! Und plötzlich ist er in mir.

»Oh fuck, Kleines, das ist verflixt eng!«, raunt er heiser. »Wenn du wüsstest, wie …«

Als ich die Augen wieder öffne und mein Blick auf den großen Spiegel an der Wand fällt, höre ich mich selbst vor Lust wimmern. Er wirkt so groß, so stark über mir … sein Gesicht angespannt. Unsere Augen treffen sich in der Reflexion, bleiben aneinander haften, und als er vorsichtig zustößt, eine Hand neben mir aufgestützt, die andere weiter fest von unten gegen meinen Lustpunkt gedrückt, komme ich. Schreiend.

»Ah, Gwen«, stöhnt er hinter mir.

Wir sehen uns durch den Spiegel an, während ich unter ihm zucke und animalische Töne von mir gebe. Meine Zuckungen übertragen sich auf ihn, ich kann spüren, wie sich sogar mein enger Muskel um ihn herum schlingt und im Takt meines rasenden Herzens pulsiert. Alles verschwimmt vor meinen Augen, kann nicht atmen, nicht denken. Wieder und wieder zucke ich unter ihm, jeder seiner Stöße löst neue Wellen aus, die meinen Körper überschwemmen und über uns zusammenschlagen.

»Ich komme«, raunt er mit heiserer Stimme, dann zieht er sich aus mir zurück. Ich höre, wie er sich mit der Hand zum Ende bringt, schaue in sein Gesicht im Spiegel, während er mit kräftigen Bewegungen an sich reibt. Als ich erkenne, wie er sich kaskadenartig auf meinen Rücken und meinen Hintern ergießt, zieht sich mein Unterleib fast schmerzhaft zu einem erneuten Höhepunkt zusammen, der mich beinahe bewusstlos werden lässt und mich schwindelig macht. Hervorgerufen durch seinen Anblick, den Geruch unserer Lust, durch sein Gesicht, über das er zum ersten Mal wirklich die Kontrolle verloren hat. Niemals werde ich diesen verletzlichen Gesichtsausdruck vergessen!

Er hat sich auf mich gelegt, während ich noch immer unter ihm liegend komme, und so umschlingt er mich mit seinem Gewicht und sorgt dafür, dass die Lust tief in mir bleibt und sich nicht über

Arme und Beine entladen kann wie sonst. Ein ungeheures Gefühl, das mich erneut aufschreien lässt und mir die Tränen in die Augen jagt, weil die sich lösende Spannung so groß, so tief ist, dass ich vor Erleichterung weinen muss.

Mein Herz pocht noch immer viel zu schnell, als ich meine nackten Beine um Adrian schlinge und mich an ihn schmiege. Seine Hand ruht auf meiner Brust, er zieht mich dicht zu sich heran und küsst mich. Weich und warm.

»Hm«, sage ich schließlich und höre ihn leise lachen.

»Was? Habe ich deine Erwartungen nicht erfüllt?«

»Ich hatte gar keine.«

»Erwartungen lassen nach ihrer Erfüllung oft eine gewisse Leere zurück. Von daher ist es gut, dass du keine hattest. Aber trotzdem …« Adrian stützt das Kinn in eine Hand und sieht mich an. Ich muss lachen.

»Du fragst mich jetzt nicht wirklich, wie du warst, oder?« Seine Antwort besteht nur aus einem Grinsen und ich kreische entsetzt. »Nein, nein! Das fragst du nicht!«

Adrian kitzelt mich in der Taille, aber ich reagiere nicht wie sonst und liege ganz still da. Dann lächelt er zufrieden. »Gut, ich habe dich schreien hören und dachte, du tust das mir zuliebe. Aber jetzt habe ich den Beweis, dass es echt war. Nach einem Höhepunkt sind Frauen nicht mehr kitzlig.«

»Hast du geglaubt, ich spiele dir was vor?«, frage ich empört und kneife ihn in den Oberschenkel. »Warum sollte ich?«

»Weil Frauen Sex als Waffe benutzen. Sie wollen einen Mann dadurch an sich binden, und das ist einfacher, wenn der Mann den Eindruck gewinnt, der beste Liebhaber der Welt zu sein.«

»Oh Mann.« Ich schüttle den Kopf und sehe ihm in die Augen, die gerade ganz dunkelblau sind. »Du musst wirklich schlimme Erfahrungen gemacht haben.«

»Sie haben mich nicht umgebracht, von daher …« Adrian zuckt mit den Schultern und legt den freien Arm wieder auf mich. Auf meinen Bauch.

»Hat es was mit Gisele zu tun?«, frage ich behutsam. Zum ersten Mal habe ich das Gefühl, den richtigen Zeitpunkt für diese Frage gefunden zu haben. Er wirkt so ruhig und zufrieden.

Adrian seufzt tief und lang gezogen. »Warum willst du das unbedingt wissen, Gwen? Ich glaube nicht, dass es gut ist, wenn du davon …«

»Ich will aber. Aus Gründen!«, beharre ich. »Und diesmal lasse ich mich nicht abwimmeln. Bevor du es mir nicht erzählst, lasse ich dich nie wieder … da rein.«

Sein leises Lachen löst eine Gänsehaut aus. »Das wäre schade. Für dich. Denn ich habe durchaus Ideen für diese ganz besondere Körperstelle.«

»Bitte«, versuche ich es noch einmal, bevor er erneut vom Thema ablenkt und mich innerhalb weniger Minuten dazu bringt, es zu vergessen. Wozu er zweifellos in der Lage ist.

»Gisele und ich waren drei Jahre lang ein Paar. Sie ist diejenige, die meine Lust auf Dominanz geweckt hat. Sie war nicht nur devot, sondern masochistisch, und bezog ihre eigene Lust aus körperlichen Schmerzen. So sehr, dass ihre Wünsche diesbezüglich immer ausgefallener wurden. Sie führte mich in einschlägige Clubs und zeigte mir dort, was sie von mir erwartete.«

»Und du hast es … ihr zuliebe getan?«

»Ja. Und nein. Anfangs sicher, aber es gefiel mir selbst immer mehr. Nur die Schmerzen, die sie von mir erwartete, waren nie mein Ding. Wir behalfen uns damit, dass sie sich im Club anderen Herren unterwarf und ich zusah, wie sie sich züchtigen ließ. Ich hatte klare Grenzen, und sie hat jahrelang versucht, diese zu überschreiten, was ich teilweise zugelassen habe. Bis auch das nicht mehr reichte.«

»Handelt also die *Fesselnde Liebe* von … ihr?«, frage ich, gespannt auf seine Antwort.

Sein langsames Nicken quält mich mehr, als ich gedacht hätte, und ich schlucke hart. Eifersucht ätzt sich in meine Eingeweide, ein verdammt mieses Gefühl.

»Auch. Und von Frauen, die nach ihr kamen. Denn es ging nicht gut mit uns.«

»Der Typ im Club und Jonathan erwähnten, dass Gisele tot sei«, traue ich mich zu fragen, obwohl ich mir gar nicht sicher bin, ob ich es hören will. »Und Jonathan hat behauptet, du hättest etwas damit …«

Er springt so ruckartig auf, dass ich erschreckt zusammenzucke. Die Falte über seiner Nasenwurzel ist tief wie ein Graben. Seine Augen leuchten förmlich, so wütend wirkt er. »Du hast ihm das geglaubt?«

»Nein! Ich habe gesagt, dass das Unsinn ist. Ist es doch?« Adrian fährt sich mit beiden Händen durchs Haar. Sein plötzlicher Stimmungswechsel jagt meinen Puls in die Höhe. Himmel – was, wenn die Gerüchte doch wahr sind? Wenn er sich nicht unter Kontrolle hatte und sie versehentlich umgebracht hat? Einen Fehler gemacht hat oder …

»Adrian? Bitte … sprich mit mir«, flehe ich und richte mich auf. Mein ganzer Körper brennt noch, alles in mir prickelt und kribbelt, und die auf mich einstürzende Aufregung jagt meinen Puls in unerträgliche Höhen. Außerdem scheine ich überall zu kleben und würde wirklich gerne duschen.

»Ich kann nicht«, knurrt er. Als er sich von mir abwendet, fühle ich mich wieder ausgeschlossen. Diesmal macht es mich wütend.

»Warum ist das so ein Geheimnis? Kannst du dir nicht vorstellen, wie es mir damit geht? Dass ich erst recht auf komische Ideen komme, wenn du nichts sagst? Die Wahrheit ist bestimmt nicht so schlimm wie meine Fantasie!«

Er lacht, aber es ist kein gutes Lachen. »Glaube mir, Gwendolyn … wenn ich anfangs auch nur davon fantasiert hätte, ich hätte mir selbst nicht geglaubt.«

»So schrecklich?«

Sein Gesichtsausdruck wird wieder weicher. Er setzt sich zu mir und schlingt beide Arme um mich. Wie immer fühle ich mich winzig und geborgen in seiner Umarmung, und obwohl mein Magen sich noch lange nicht beruhigt hat von dem vorhergehenden Schock, spüre ich, wie mich seine Berührung besänftigt. So wie jedes Mal, wenn er mich hält. *Nothing heals me like you do …*

kann bitte mal jemand die Musik in meinem Kopf ausschalten? Das passt gerade überhaupt nicht!

»Hast du Musik angemacht?«

Ich blinzle irritiert und Adrian lacht.

»Mir war danach.«

Unser Lied. Seufzend schmiege ich mich wieder an ihn und fahre mit den Fingern über seine noch feuchte, warme Haut.

»Du solltest dir keine Gedanken darüber machen. Und erst recht keine Sorgen. Es hat nichts mit uns zu tun, weil du ganz anders bist als sie.«

»Und du? Bist du nicht mehr derselbe?«, frage ich leise, ohne ihn anzusehen.

Ich spüre seinen Herzschlag an meiner Schläfe, fühle, wie sich sein muskulöser Brustkorb unter meinem Kopf schwer hebt und senkt. Sein Herz klopft nicht viel langsamer als meins. Das beunruhigt mich, denn äußerlich ist er wie gewohnt die Ruhe selbst. Wieder dieses Gefühl, einfach nicht hinter seine Fassade schauen zu können. Ausgeschlossen zu sein, während ich nackt bin und mich ihm geöffnet habe wie nie einem Menschen zuvor. Das macht mich verletzlich. Nichts auf der Welt, soviel habe ich inzwischen gelernt, macht einen so verwundbar wie die Liebe.

»Sie ist tot, Gwen.« Seine Stimme ist kalt. Eine Gänsehaut breitet sich auf meinen Beinen aus und lässt alle Härchen senkrecht stehen. »Und ich kann nicht behaupten, daran ganz und gar unschuldig zu sein.«

20

Ich bin durcheinander. Der große, kräftige Mann liegt in meinen Armen und spricht zu mir mit einer Stimme, bei der sich mein ganzer Körper verkrampft.

»Benedict, den du im Club gesehen hast, war Giseles bevorzugter Spielpartner. Wir hatten eine klare Vereinbarung, dass sie nur während meiner Anwesenheit und nur dort mit ihm *spielen* durfte. Meistens vergnügten wir uns zu dritt, was okay war. Auch für mich. Doch dann veränderte sie sich. Sie belog mich, entzog sich mir. Irgendwann fand ich heraus, dass sie sich heimlich mit Benedict traf, der sie dazu nötigen wollte, sich von mir zu trennen. Das schaffte sie jedoch nicht. Sie spielte mit uns, obwohl wir eigentlich die dominanten Männer sein wollten. Dabei war sie immer die Starke, diejenige, die uns manipulierte und alle Fäden in der Hand hielt. Es hat Monate gedauert, bis ich gemerkt habe, was wirklich los ist und mich von ihr trennte.«

Ich schlucke hart und drücke ihn so fest an mich, als ob ich Angst haben müsste, dass er sich plötzlich in Luft auflösen könnte. Meine Stimme zittert. »Adrian, ich weiß nicht … es tut mir schrecklich leid!«

»Oh, ich sollte dir nicht leid tun, Kleines. Ich war mir ihrer zu sicher. Ich dachte, ich hätte die Macht und sie könnte mich nie … Aber als ich herausfand, welches Spiel sie die ganze Zeit hinter meinem Rücken gespielt hat, beendete ich die Beziehung sofort und warf sie aus dem Haus.«

»Ihr habt zusammen gelebt?«, frage ich.

»Ja. Sie war rund um die Uhr verfügbar für mich, jederzeit. Ich fühlte mich stark und mächtig, im Glauben, dass mir eine Frau nicht mehr bieten könnte als das. Ihr Verlust riss ein Loch in mein Leben, und ich tröstete mich weiterhin in den Clubs, um eine Frau zu finden, die sich auf dieselbe Art hingeben wollte. Sie war auch dort, jedes Mal. Mit Benedict. Konnte nicht loslassen und versuchte ständig, mich zu verführen. Aber ich blieb hart und zeigte ihr, wozu ich in der Lage war, wenn ich wollte. Mit anderen Frauen. Dinge, die ich mit ihr nie getan hatte. Sie litt darunter und ich wollte, dass sie sieht, was sie weggeworfen hat. Ich war egoistisch.«

»Nein, ich kann dich verstehen!«, protestiere ich und beuge mich vor, um ihn zu küssen. »So ging es mir auch nach der Sache mit Julius! Ich habe monatelang davon geträumt, wie ich ihm begegne – schön, selbstbewusst, sexy. Und wie er neben seiner Ex hergeht und sich nach mir verzehrt, sich darüber ärgert, dass er mich für sie hat sausen lassen. Ist das nicht normal, wenn man so betrogen wurde?«

»Vielleicht ist es normal, solange es in der Fantasie passiert, Gwen. Aber ich habe meine Rachegefühle nicht auf meine Fantasie beschränkt, sondern sie ausgelebt. Eines Abends kam ich aus dem Club nach Hause, da saß sie vor meiner Tür. Zusammengesunken, wie ein Häufchen Mensch. Ich dachte, sie wäre betrunken und habe versucht, sie aufzuwecken, aber … sie war tot. Sie hatte Tabletten und Alkohol genommen und ist vor meiner Tür gestorben, während sie auf mich wartete. Vielleicht hätte ich sie retten können, wenn ich früher nach Hause gekommen wäre, ich weiß es nicht. Es verfolgt mich immer noch.«

»Oh Gott!« Mein Magen verkrampft sich bei der Vorstellung. Ich kenne nur das Foto von ihr, aber darauf sah sie nicht so labil aus wie jemand, der sich umbringen will. Kann ich sie verstehen? Kann ich begreifen, wie verzweifelt sie gewesen sein muss, um so einen entsetzlichen Schritt zu gehen?

»Ich wohnte damals in Kensington, die *Fesselnde Liebe* stand kurz vor der Veröffentlichung. Am liebsten hätte ich das Buch zurückgezogen, aber das war nicht mehr möglich. Giseles Tod hat alles verändert, und ich hasse den Roman inzwischen.«

»Das solltest du nicht! Es hat so vielen Menschen gefallen, insbesondere Frauen. Viele von ihnen trauen sich seitdem erst, zu ihren Vorlieben zu stehen. Es war nicht deine Schuld, Adrian! Ebenso wenig wie es deine Schuld war, was Carol zugestoßen ist.«

Er lacht traurig. »Offenbar habe ich kein glückliches Händchen, wenn es um Frauen geht.« Die Worte schmerzen mich, aber ich lasse mir nichts anmerken, sondern streichle ihn weiter, weil ich spüre, dass es ihn beruhigt. »Dich allerdings …« Er beugt sich über mich und küsst mich, sanft und zärtlich. Seine Lippen fühlen sich kühl an. »Dich werde ich behüten wie meinen rechten Arm. Auch wenn es dir manchmal zu viel ist.«

»Ich kann gut auf mich selbst aufpassen, Adrian, du musst mich nicht beschützen. Und ich brauche auch keinen Mann, der alle Probleme für mich löst. Ich brauche einen Mann, der meine Probleme mit mir gemeinsam durchsteht.«

»Es gibt keine bessere Droge auf der Welt als das Gefühl, gebraucht zu werden. Und ich möchte, dass du mich brauchst, Gwen. So wie ich dich brauche.«

»Wozu?«, frage ich beinahe atemlos. Gespannt darauf, ob er es endlich sagen wird. Das, was ich mir sehnlichst wünsche und doch selbst nicht über die Lippen bringe, bevor ich es nicht von ihm gehört habe. Aus Angst, der Verlierer in diesem Spiel zu sein. Aus Angst, nur eine Lüge oder womöglich ein amüsiertes Lachen zur Antwort zu bekommen.

»Das weißt du. Mein Leben lang war ich dem Geheimnis der Liebe auf der Schliche, und zum ersten Mal habe ich das Gefühl, ihr sehr dicht auf den Fersen zu sein.«

»Was bedeutet das?« Ich presse mich fester gegen ihn, gegen seinen nackten, warmen Körper, und lege den Kopf auf seine Brust, um seinen Herzschlag zu spüren.

»Gwen, du bist eine der intelligentesten Frauen, die ich kenne, und du bist es gewohnt, Worte zu interpretieren. Ich bin mir sicher, dass du genau weißt, was ich damit sagen will.«

»Ja. Aber ich will es hören«, antworte ich. Mein Herz klopft plötzlich so heftig, dass mir ganz komisch wird. Auch sein Puls beschleunigt sich, ich fühle es deutlich.

»Wir sollten etwas essen. Hast du Hunger?«

Er zieht sich unter mir hervor und lässt mich enttäuscht zurück, als er einfach aufsteht und ins Bad geht. Ich schließe die Augen und versuche, die aufsteigende Enttäuschung runterzuschlucken. Cat hat mir mal erklärt, dass Männer ihre Liebe durch Taten zeigen statt durch Worte. Und dass nur wir Frauen dauernd hören wollen, geliebt zu werden, weil uns das vermeintlich Sicherheit gibt. Ist das der einzige Grund, warum ich mich danach sehne, es aus seinem Mund zu hören? Vielleicht sagt er es nicht, weil er ganz einfach nicht so empfindet? Immerhin ist er ein Mann der Worte und sollte sich zumindest diesbezüglich von seinen Geschlechtsgenossen unterscheiden … Bilde ich mir hier etwas ein, das gar nicht existiert?

Ich lausche den Geräuschen aus dem Badezimmer. Adrian hat die Dusche eingeschaltet. Es ist nicht der Wunsch, mich zu säubern, der mich jetzt hochjagt. Ich will bei ihm sein, ihm nahe sein, auch wenn er unsere Nähe vorhin so offensichtlich unterbrochen hat. Warum?

Auf Zehenspitzen schleiche ich mich nackt zur Tür und öffne sie. Neben dem Prasseln des Wassers höre ich ihn summen, was mich schmunzeln lässt. Sogar Adrian Moore singt – oder summt – unter der Dusche. Als ich vorsichtig die Glastür der Duschkabine aufziehe und mein Blick auf seinem gestählten, wie gemeißelt wirkendem Körper haften bleibt, muss ich schlucken. Er dreht mir den Rücken zu, hält das Gesicht in den breiten Wasserstrahl und präsentiert mir seine knackige Kehrseite. Ich bleibe kurz stehen, um das Bild des nassen, von Wassertropfen überzogenen Körpers in mich aufzusaugen, dann wage ich einen Schritt nach vorn und schlinge von hinten meine Arme um seinen Bauch.

»Kleines«, sagt er leise. Seine Hände greifen nach hinten, ertasten mich, so wie ich ihn nun erspüre. Wieder und wieder fahre ich mit den Fingern über die warme Haut, erkunde seine Konturen, diesen perfekten muskulösen Leib, den kein Bildhauer schöner gestalten könnte. Ich seufze nur leise, als meine Hände weiter unten etwas anderes entdecken, das ebenfalls kein Künstler hätte besser machen können. Er ist schon halb erigiert, aber seltsamerweise verspüre ich keine prickelnde Lust auf Sex. Statt mit ihm zu schlafen, möchte ich ihn einfach nur anfassen, berühren, mich an ihn pressen und ihn einatmen.

Es dauert einige Minuten, bevor er sich zu mir umdreht. Ich lege den Kopf in den Nacken und lächle ihn an, schaue in seine Augen, deren Wimpern voller winziger, glitzernder Wassertröpfchen hängen und das Blau noch stärker strahlen lassen als sonst. Meine Knie zittern, so intensiv ist sein Blick.

»Halt mich fest«, flüstere ich.

Seine Arme umfassen mich. So stark, so sicher. Das warme Wasser prasselt wie ein Sommerregen auf uns nieder, unsere nasse Haut lässt wenig Reibung zu, als ich meinen ganzen Körper gegen ihn presse und dabei die Liebkosung seiner Finger genieße. Sie sind überall, aber er ist nicht fordernd oder drängend. Nicht einmal gierig. Er ist … zärtlich und vorsichtig. Als hätte er Angst, etwas Kostbares und Zerbrechliches kaputtzumachen.

»Ich bin da. Immer«, flüstert er.

Sein Tonfall erzeugt ein Gefühl, als ob tausend winzige Tiere über meine Haut kriechen würden. Ich seufze so laut auf, dass er sich kurz von mir löst und mich amüsiert betrachtet. Das Wasser rinnt über sein schönes Gesicht, die Falte zwischen den Brauen ist nicht zu sehen. Entspannt. Glücklich? Ich versuche, in seinem Gesicht zu lesen, so wie er in meinem lesen kann, doch er bleibt undurchschaubar für mich. Mein Magen verkrampft sich erneut, obwohl ich versuche, die Angst und negativen Gedanken abzuschalten.

»Meine kleine Muse.« Er legt einen Finger unter mein Kinn und hebt meinen Kopf an, um mir tief in die Augen sehen zu können. Es wird warm in mir. Mein Magen flattert, aber mein Herz fühlt sich unglaublich schwer an. Ich bin die Verliererin in diesem Spiel, das ist sicher. Denn ich habe mich längst in ihn verliebt. Leise und schleichend ist die Liebe in mich hineingekrochen, und jetzt, das spüre ich, ist es zu spät. Für mich.

Als meine Augen zu brennen anfangen, löse ich mich vorsichtig von ihm und verlasse die Dusche. Weil ich nicht will, dass er es mir ansieht. Ich würde mich nur noch verletzlicher fühlen, wenn er wüsste, wie es um mich steht.

»Kleines? Ist alles in Ordnung?«

»Ja«, würge ich hervor, erstickt vom großen flauschigen Handtuch, das ich mir zum Schutz vors Gesicht halte. »Alles gut. Ich habe Hunger.«

»Dann sollten wir essen.«

Er dreht das Wasser ab und kommt zu mir, nackt und nass. Alles in mir zieht sich zusammen bei seinem Anblick. Meine Hände fangen an zu zittern, weil ich ihn anfassen will. Weil ich ihn spüren möchte, seinen Körper auf meinem, so groß und stark, so beschützend und doch auch so bedrohlich. Großer Gott, wenn es irgendeine Rettung für mich gibt, zeig sie mir. Bitte!

Er nimmt mir das Handtuch ab und trocknet mich. Reibt sanft und vorsichtig über meine Haut, bis ich trocken bin. Dann wickelt er mich in das flauschige Tuch, gibt mir einen Kuss und schickt mich ins Schlafzimmer.

Ich schlüpfe in eins der Kleider, die in dem Schrank hängen, und muss über mich selbst lachen. Noch vor wenigen Wochen war es unvorstellbar für mich, etwas anzuziehen, nur weil ein Mann das attraktiv an mir findet. Chauvinistisch und antiquiert. Jetzt freue ich mich, weil ich ihm gefallen will. Ist das dämlich? Oder doch einfach nur normal? Wollen wir nicht alle jemandem gefallen, tun wir nicht viel dafür? Erst recht, wenn wir nach einem Zeichen der Zuneigung gieren?

Mein Handy brummt, und ich habe ein schlechtes Gefühl, als ich es hochnehme. Der anonyme Absender der Nachricht löst nervöses Zucken in meinem Magen aus. Wir haben nicht mehr über die anonymen Anrufe gesprochen und ich habe sie fast vergessen. Fast.

Diesmal ist es eine Kurznachricht. Eine sehr kurze.

Fuck. Off.

Die Erkenntnis trifft mich wie ein Blitzschlag. Jenna! Sie ist ganz sicher wütend auf mich, weil Adrian sie meinetwegen weggeschickt hat. Eine wütende Ex … was auch immer. Aber der erste Anrufer war eindeutig männlich, und zum Zeitpunkt seines Anrufes war ich gar nicht mit Adrian zusammen. Also kaum denkbar, dass sie es ist. Aber wer zum Teufel ist es dann?

Ich lösche die SMS und bleibe kurz auf dem Bett sitzen, um nachzudenken. Ich habe keine Angst. Weil ich weiß, dass Adrian mich beschützen wird, vor wem auch immer. Und vielleicht täusche ich mich und diese anonymen Botschaften haben gar nichts mit ihm zu tun? Vielleicht ist es aber auch ein verrückter Fan, eine Stalkerin, die uns zusammen gesehen hat? Die Grübelei führt zu nichts, außer zu schlechten Gedanken, also verlasse ich das Schlafzimmer und mein Handy.

Aus der Küche strömt ein Duft, der meinem Magen Geräusche entlockt. Offenbar wird zumindest mein Körper langsam wieder zurechnungsfähig, wie schön.

»Adrian? *Kochst du?*«, frage ich aufgeregt und stürme in die elegante Designerküche seines Penthouses.

Er steht am Herd, trägt nur eine schwarze Baggyhose, dic ich noch nie an ihm gesehen habe und die eine so perfekte Hinteransicht zaubert, dass mir das Herz beinahe stehen bleibt. Himmel, es sollte wirklich verboten sein, dass ein Mann so gut aussehen darf! Das ist einfach ungerecht!

»Ich versuche es, sagen wir mal.« Er dreht sich zu mir um und lacht, einen Holzlöffel in der Hand. Sofort schießen Bilder in meinen Kopf – von mir, nackt auf seinem Schoß, dem tanzenden Kochlöffel auf meinem Hintern … »Kein Grund, rot anzulaufen«, meint er mit schief gelegtem Kopf.

Sein Lachen nimmt sein ganzes Gesicht ein, jeder kleine Muskel scheint zu tanzen. Ich liebe es, wenn er so lacht! Noch dazu mit bloßem Oberkörper, die vollen Haare feucht und zerstrubbelt … unglaublich, was allein sein Anblick mit meinem Körper anrichtet! Seine gute Laune ist ansteckend und ich spüre, dass sich mein Gesicht zu einem Dauergrinsen verzogen hat. Neugierig nähere ich mich ihm und versuche, an ihm vorbei auf den Herd zu schielen. Es duftet nach gebratenem Fleisch und Gemüse. Und nach Curry.

»Ernsthaft, ich habe nicht geglaubt, dass du das kannst.«

»Ich bin mir sicher, dass ich es *nicht* kann, aber ich wollte es wenigstens versuchen. Für dich. Schließlich hast du mir vorgeworfen, nicht lebenstüchtig zu sein.«

Er schwenkt den Kochlöffel vor mir wie eine Drohung, und ich beiße mir schuldbewusst auf die Lippen. Oh ja, ich erinnere mich an das, was ich zu ihm gesagt habe. Jedes einzelne Wort. Und ich bin glücklich, dass er mir verziehen hat.

»Das ist wirklich … süß von dir.« Ich beuge mich vor, um mit dem Finger in das duftende Curry zu tauchen und zu probieren. Der Holzlöffel trifft mich unvorbereitet, sodass ich jaulend die Hand zurückziehe. »He! Ich wollte nur …«

»Topfgucker mag ich nicht«, knurrt er und drängt mich mit seinem Körper zurück, bis ich mit dem Po gegen einen der Barhocker stoße, die vor einer kleinen Theke aufgebaut sind. Die ganze Küche sieht aus wie aus einer teuren Ausstellung, ungenutzt. Was sie vermutlich auch ist.

Mein Atem geht schwerer, als er dicht vor mir stehen bleibt und mich zwischen sich und dem Tresen einkeilt. Ich spüre ein leichtes Zucken am Bauch und schlucke.

»Adrian, nicht in der Küche. Das ist zu viel Klischee«, sage ich leise.

Er lacht auf und neigt sich zu mir, um meinen Hals zu küssen. Und mich zu beißen. »Bleib zurück, Kleines, und setz dich. Ich serviere das Essen, wenn es fertig ist. Für den Notfall habe ich im Mandarin reserviert, dazu müssten wir uns allerdings erst wieder anziehen und ich persönlich halte das für unnötig.«

»Wenn du damit nicht aufhörst, komme ich gleich sowieso nicht zum Essen«, sage ich und lege mutig meine Hände auf seine Pobacken, um ihn noch dichter zu mir heranzuziehen. Sie sind so hart und fest, dass ich nicht widerstehen kann und anfange, sie zu kneten. Er knurrt leise an meinem Hals, ich höre, wie er tief einatmet.

»So gern ich von Luft und Liebe leben würde … aber ich muss was zu mir nehmen. Ich fürchte sonst um meine Manneskraft.«

Ich kichere. »Ich glaube nicht, dass da Grund zur Sorge besteht. Oder hast du dir gerade den Kochlöffel in die Hose geschoben?« Provozierend reibe ich meinen Bauch an ihm und spüre, wie er härter wird. Mein Herz klopft schneller.

»Du machst mich verrückt«, sagt er, dann droht er mir wieder spielerisch mit dem Holzlöffel und löst anschließend meine Hände von sich. »Aber ich meine es ernst … erst essen, dann …«

Ich setze mich betont schmollend auf den Barhocker und greife zu einem Wasserglas. Mein Kopfkino startet automatisch, während ich Adrians Rückenansicht genieße und das Spiel seiner Muskeln, wenn er in der Pfanne rührt oder sich vorbeugt, um das Gericht abzuschmecken. Er stellt zwei Teller auf dem Tisch ab.

»Ich bitte um Nachsicht«, sagt er zwinkernd, bevor er sich mir gegenüber auf den Hocker setzt. Ich habe Hunger, aber keinen Appetit, weil ich gerade viel lieber mit ihm … oh Mann. Irgendwie hat er es geschafft, ausgerechnet aus mir einen Sexmaniac zu machen, der an nichts anderes mehr denken kann! Ist das peinlich.

Der erste Bissen lässt mich entsetzt aufkeuchen. »Großer Gott«, murmle ich. Adrian mustert mich mit hochgezogenen Brauen, während er sich selbst eine Gabel voller Curry in den Mund schiebt. Mir bricht Schweiß aus.

»Köstlich!«, sage ich und schlucke tapfer. Meine Zunge brennt von der Schärfe, und wenige Sekunden später auch meine Kehle. Das Wasser scheint mich nur anzufeuern, also nehme ich rasch noch einen Bissen und versuche, die aufsteigenden Tränen zu unterdrücken. Adrian senkt den Kopf und stopft das Essen in sich hinein, als ob es ein süßes Dessert wäre. Ich kann das nicht essen, wirklich nicht! Ich werde sterben, mit verätztem Magen … aber er hat sich so viel Mühe gegeben! Für mich! Ich will ihn nicht enttäuschen.

»Ist es gut?«, fragt er. Seine Miene lässt keine Schlüsse zu, er wirkt so beherrscht und neutral wie immer. Oder sehe ich da ein kleines Zucken um seine Mundwinkel?

»Wirklich … super«, keuche ich und setze die Wasserflasche an, um sie in zwei Zügen fast zu leeren. Auf meiner Stirn stehen Schweißperlen. Als ich die Gabel tapfer wieder zum Mund führe, schnellt seine Hand hervor und hält mich fest.

»Hör auf, Gwen«, sagt er und bricht in Gelächter aus. Lautes Gelächter.

»Hast du das mit *Absicht* gemacht?«, frage ich entsetzt, als mir dämmert, was er getan hat, und lange mit der Gabel zu seinem Teller. Bevor er mich hindern kann, habe ich den Bissen schon verschlungen und stelle fest, dass sein Essen alles andere als scharf ist. Gut gewürzt, aber nicht annähernd so höllisch wie meins.

»Adrian!« Eine einsame Träne löst sich aus meinem Auge und rinnt über meine Wange.

Sofort wird sein Gesichtsausdruck weich, er nimmt meine Hand. »Tut mir leid, Kleines. Das sollte ein Scherz sein.«

»Sehr witzig«, knurre ich und ziehe meine Hand ruckartig zurück. »Ich komme mir vor wie ein Drache! Ich könnte Feuer spucken!«

Adrian lacht wieder und schiebt mir seinen Teller hin. »Iss. Ich glaube, es ist nicht so übel geworden, wie ich befürchtet habe.«

Erst nach einigen Minuten lasse ich mich dazu herab, von seinem Teller zu nehmen. Wir essen gemeinsam, ab und zu kreuzen sich unsere Gabeln, was Adrian immer zum Anlass nimmt, mir seine in den Mund zu schieben. Kichernd lasse ich mich von ihm füttern und weiß gar nicht, ob ich mir dabei total albern oder romantisch vorkommen soll. Die Grenze dazwischen ist wirklich verdammt schmal. Vor allem, weil mein Mund immer noch nach jedem Bissen brennt, aber das lasse ich mir nicht anmerken.

»Du bist nicht böse wegen der Chili, nein?« Adrian zwinkert mir zu, während er aufsteht und die Teller vom Tisch räumt.

Ich presse die Lippen aufeinander und schüttle den Kopf. »Hauptsache, ich konnte dich amüsieren.«

Er lacht laut, mit dem Rücken zu mir. »Oh ja, das konntest du. Dein Gesichtsausdruck war herrlich! Ich habe mich gefragt, ob du … Gwen?«

Er hat nicht gemerkt, dass ich mich angeschlichen habe, nachdem ich meine Zunge mit Hilfe des Chilipulvers auf dem Tisch in Feuer verwandelt habe. Beherzt greife ich mit beiden Händen nach vorn an seinen Schritt. Mit leicht gespreizten Beinen steht er vor der Edelstahlspüle und stützt sich plötzlich aufkeuchend am Rand ab.

»Himmel, Gwen, was ist nur heute mit dir …«

Forsch gleite ich mit beiden Händen, hinter ihm stehend, von oben in seine Hose und massiere ihn mit kräftigem Druck. Er wird sofort hart. Dann gehe ich in die Knie, krieche zwischen ihn und die Hochglanz-Küchenschränke und öffne geschickt seine Hose.

»Du kleiner Teufel, das wagst du nicht!«

Seine Erektion springt mir förmlich entgegen, nachdem ich sie vom Stoff befreit habe, und bei seinem Anblick zieht sich mein Mund zusammen. Ohne Umschweife stülpe ich meine Lippen über seine Spitze und sauge daran. Fest.

»Verdammt«, knurrt er, greift in mein Haar und hält mich.

Ich unterdrücke ein Kichern; ich weiß, dass es wehtun muss, schließlich lodert in meinem Mund eine entsetzliche Flamme, die mir die Tränen in die Augen treibt. Und was das scharfe Zeug da bei ihm anrichtet, kann ich mir nur ausmalen, aber das ist die ganze Qual wert. Er gibt keinen weiteren Ton von sich, bleibt stabil und hart. Erstaunt ziehe ich die Brauen hoch und sehe ihn von unten herauf an, was ihm ein heiseres Stöhnen entlockt.

»Gott, Kleines, wenn du mich so ansiehst, mit meinem Schwanz in diesem wunderschönen Mund, werde ich gleich … oh fuck.«

Er erwidert meinen Blick, ohne zu blinzeln, dann umklammert er meinen Hinterkopf mit beiden Händen und fängt an, in meinen Mund zu stoßen. Heftig und hart. Schnell. Viel härter, als ich ertragen kann. Ich unterdrücke ein Husten. Verflixt, habe ich denn wirklich gedacht, klüger zu sein als er? Mit so einer Nummer davonzukommen?

»Ja, sieh mich an, Kleines«, raunt er heiser.

Seine Hüften stoßen zu, er benutzt mich, Himmel, er benutzt mich und ich habe das Gefühl, zu seinen Füßen zu zerfließen. Nie zuvor hat mich etwas so erregt. Der Griff des Küchenschrankes hinter mir bohrt sich in meinen Rücken, meine Knie fühlen sich taub an, aber ich halte einfach still, während er meinen Kopf umklammert, an meinen Haaren zerrt und wieder und wieder in mich hineinstößt. Sein Keuchen, sein verzerrtes Gesicht, das Gefühl, wie er in meinem Mund wächst und immer härter wird, bis er mich so sehr ausfüllt, dass ich nicht mehr atmen kann … seine animalische Gier überträgt sich auf mich und löst ein heftiges Klopfen in meinem Schoß aus, das mich wahnsinnig macht. Es dauert nicht lange. Wirklich nicht. Und er warnt mich nicht. Ich zucke nur kurz zusammen, als die warme, etwas bittere Flüssigkeit meinen Gaumen trifft, dann schließe ich die Augen und schlucke tapfer.

»Offenbar hast du bereits mehr Gefallen an meinen Vorlieben gefunden, als ich dachte.«

Er zieht mich zu sich hoch und drückt mich an sich. Mein Schoß pocht und pulsiert, und ich frage mich, welchen verdammten Streich mir mein Körper jetzt wieder spielt. Wie kann es mich anmachen, mich so von ihm benutzen zu lassen? Es war hart, demütigend … und unglaublich erregend.

»Eigentlich … ja.«

Adrian lehnt sich neben mich gegen die Arbeitsplatte und mustert mich mit verschränkten Armen. »Was ist los, Gwen? Erst der deutlich geäußerte Wunsch nach einem Spanking, und jetzt …«

Ich hebe entwaffnet beide Hände und versuche zu lächeln. »Ich gebe zu, *das* hier war anders geplant.«

»Aber es hat dich angemacht«, flüstert er, von der Seite zu mir rüber gebeugt.

Ich muss nichts sagen, und er muss sich nichts beweisen. Er kann mich einfach viel zu gut lesen und weiß ganz genau, was gerade in mir vorgeht. »Ja, das hat es«, gestehe ich. Mein Magen verkrampft sich vor Aufregung. »Vielleicht bin ich bereit dazu, einen Schritt weiterzugehen?«

»Das musst du nicht. Wirklich, es ist alles gut, wie es ist.«

Die Vorstellung, nackt vor seinem Bett zu knien und unterwürfig auf den Boden zu starren, lässt mich erschauern. Ebenso allerdings der Gedanke, von ihm gefesselt zu werden, mich ihm ganz und gar auszuliefern, ihm vertrauen zu müssen … Himmel, was ist nur mit mir los?

»Du kannst aber auch nicht sagen, dass du es nie mehr tun willst, Adrian.«

Er zieht mich seufzend in seine Arme. »*Nie mehr* ist ein ebenso schlimmes Wort wie *immer*, Gwen. Das sind Worte für Frauen. Sie verderben damit jeden Roman, weil sie ihn nicht enden lassen wollen.«

Ich muss lachen. »Du magst Oscar Wilde wirklich gern, oder?«, frage ich und streiche mit dem Finger über die Tätowierung auf seinem Unterarm. *Es gibt keine Sünde, außer der Dummheit.*

»Ich will nicht darüber nachdenken, was in ferner Zukunft sein könnte. Wichtig ist, was jetzt ist. Und jetzt bist du alles, was ich brauche. Reicht dir das nicht?«

Ich sehe ihm in die Augen und versuche, darin zu lesen.

»Verbieg dich nicht für mich, Gwen«, sagt er leise, als keine Antwort von mir kommt. »Bitte. Ich will dich so, wie du bist, und nicht anders. Das mit Jenna tut mir sehr leid, aber du solltest der Sache nicht mehr beimessen, als sie verdient. Es ist vorbei für mich, ich brauche es nicht mehr.«

»Was ist mit deinem Buch? Fesselnde Liebe Teil 2? Brauchst du keine … Recherche dafür?«, frage ich. Der Gedanke, dass Frauen wie Jenna eine große Rolle darin spielen, bereitet mir Magenschmerzen. Adrian legt eine Hand gegen meine Wange, während er mich fest ansieht. »Ich verzichte auf Teil 2, wenn es nötig ist. Deinetwegen. Wenn du dich besser damit fühlst, gibt es ab sofort nur noch John Karry.«

Ich schnappe entsetzt nach Luft. »Das kannst du nicht, Adrian! Du würdest Millionen damit verdienen, und …«

»Ich brauche kein Geld mehr«, flüstert er, während er sich mir weiter nähert. Ich spüre seinen Atem auf der Haut, rieche seinen Duft, noch bevor sich seine warmen, weichen Lippen auf meine legen. Eine gewaltige Hitze geht durch mich hindurch bei seinem Kuss, verursacht von seinen Worten. »Nicht, solange ich dich habe. Ich darf dich nie wieder verlieren, Kleines. Nie wieder.«

21

Drei Tage haben wir intensiv gearbeitet, und zwar an John Karrys Buch, aus dem ich Adrian auf unserer Rückfahrt vorgelesen habe. Wenn ich im Arbeitszimmer sitze und auf seinen angespannten Nacken starre, während er schreibt, kann ich manchmal nicht glauben, dass *er* es ist. Der Mann, dessen Worte mich seit Jahren begleiten, den ich für seine Weitsicht und seinen klaren Verstand bewundere. Er ist auch der Mann, dessen erotischer Schundroman mich wider Willen angemacht hat. Und er ist der Mann, der mir gezeigt hat, was Lust bedeutet. Hingabe ohne Selbstaufgabe. Körperliche Gier, die so schlimm wie Hunger oder Durst ist und auf keine andere Art gestillt werden kann als durch ihn. Seine Berührung. Es ist, als ob wir uns gegenseitig anstecken mit unserer Lust. Ein Blick, ein Lachen, ein Augenzwinkern ... Mehr ist nicht nötig um uns dazu zu bringen, wie Tiere übereinander herzufallen.

Aber er ist auch der Mann, der mich zweifeln lässt – an mir, an uns, an der Liebe. Weil ich sie fürchte. Eigentlich nicht die Liebe, sondern die möglichen Verletzungen, die er mir zufügen kann, weil ich mich selbst so verletzlich gemacht habe. Vertrauen ist ein Wort, aber noch kein Gefühl.

»Ich brauche eine Pause, Kleines. Abreagieren. Möchtest du mich begleiten?«

Grinsend nehme ich die Brille ab. »Du weißt, was passiert, wenn ich dir beim Sport zusehe«, warne ich ihn, und er lacht.

»Wartest du hier auf mich?«

»Eigentlich wäre mir danach, mir ein wenig die Beine zu vertreten.«

Er runzelt die Stirn. »Das können wir später gern gemeinsam machen.«

»Himmel, Adrian. Ich möchte nur durch den Park schlendern, die Sonne genießen und nachdenken. Nichts Schlimmes.«

»Mir ist nicht wohl dabei, dich allein herumlaufen zu lassen. Lass mich doch später einfach mitkommen.«

»Vertraust du mir nicht?«, necke ich ihn, doch er bleibt ernst.

»Das hat nichts mit dir zu tun, Gwen. Hier oben ist es sicher, aber in der Stadt …«

Ich verdrehe genervt die Augen. »Adrian, meine Mutter hat mich früher in meinem Zimmer eingesperrt, weil sie glaubte, dass mir draußen etwas passieren könnte. Ich war seit Tagen nicht draußen und fühle mich ehrlich gesagt wie in einem Käfig.«

»Ich hatte nicht das Gefühl, dass dir etwas fehlte«, erwidert er mit einem Grinsen und zieht mich an sich. Das warme Gefühl seines Körpers beruhigt mich, trotzdem bin ich wild entschlossen, meinen geplanten Spaziergang zu machen.

»Du machst mich wahnsinnig. Nein, solange wir zusammen sind, fehlt mir nichts. Geh trainieren, ich komme schon zurecht.«

»Bleib hier oben«, sagt er noch mit einer leichten Warnung in der Stimme. Ich nicke gehorsam.

Zehn Minuten später stehe ich im Fahrstuhl nach unten. Der Himmel ist bewölkt, aber es ist nicht kalt und ich habe das dringende Bedürfnis, mir die Beine zu vertreten. Im riesigen Hyde Park, den ich vor allem aus der Perspektive von oben kenne. Der Hintereingang führt direkt ins Grüne, und ich spaziere mit den Händen in den Taschen zwischen alten Bäumen und hohen Büschen hindurch.

Plaudernde Touristen mit Rucksäcken und verliebte Pärchen schlendern an mir vorbei, dann fällt mir jemand auf. Oder etwas. Erst ein diffuses Gefühl, verfolgt oder zumindest beobachtet zu werden, doch wenn ich mich umdrehe, kann ich nichts Verdächtiges erkennen.

Mein Herz klopft schneller, als das Gefühl in einer von hohen Platanen gesäumten kleinen Straße stärker wird. Meine Schritte werden wie von selbst größer und ich schlage den Rückweg ein. Was ist mit mir los? Ich war zwar schon immer ängstlich, aber das hier erinnert mich an meine Kindheit. Wenn ich auf dem Schulweg vor Angst an meinen Nägeln knabberte, weil meine Mutter mich jahrelang mit Horrorszenarien beeinflusst hat. Ständig hat sie mir aus der Zeitung vorgelesen, wenn irgendeinem Kind etwas passiert war. Dauernd hat sie auf Männer gezeigt und mir zugeflüstert, dass ich nicht wissen könnte, was dieser Typ wirklich vorhat, und dass er schreckliche Dinge mit mir tun würde, wenn er mich in die Finger bekäme. Ich habe Jahre gebraucht, um diese Ängste loszuwerden und normal leben zu können, und jetzt sind sie plötzlich wieder da. Als wären sie nie weg gewesen.

Mein Körper reagiert. Ich spüre das Adrenalin in meinem Blut, meine Halsschlagader pocht, meine Finger werden feucht und unter den Achseln bildet sich kalter Schweiß. Eine Panikattacke. Himmel, es ist doch niemand da! Oder doch? Wieder und wieder bleibe ich kurz stehen, um mich umzudrehen. Es dämmert bereits, aber noch ist es hell genug, um gut sehen zu können. Und tatsächlich glaube ich, hinter einem Baum einen dunklen Schatten zu erkennen. Meine Nackenhaare stellen sich auf, und meine Augen fangen an zu brennen.

Ich beschleunige meine Schritte und renne fast, atemlos. Erst als ich den Hintereingang des verglasten Hochhauskomplexes erreiche, werde ich ruhiger. Vor der Tür drehe ich mich ein letztes Mal um, da erwische ich ihn tatsächlich. Es war keine Einbildung. Mit pochendem Herzen bleibe ich stehen und kneife die Augen zusammen, um besser sehen zu können. Wie ein Tier ist er hinter einen Strauch gehuscht, als ich mich umdrehte, aber er war da. Ganz sicher!

»Hallo?«, rufe ich, doch es kommt keine Antwort. Natürlich nicht. Mein Magen dreht sich. Erst die anonymen Nachrichten, dann dieser Verfolger … ich muss es Adrian sagen. Er wird wissen, was zu tun ist. Oder weiß er es längst? Ist das der Grund, warum er mich nicht allein rausgehen lassen will?

»Ms Hamlin«, sagt der Portier in der schwarzen Uniform freundlich, als ich auf ihn zugehe, und neigt den Kopf zur Seite. »Alles in Ordnung? Sie sehen etwas blass aus.«

»Alles gut, danke«, antworte ich atemlos und zeige auf den Lift. »Können Sie …?«

»Mr Moores Apartment ist freigegeben.«

Mit höflichem Lächeln deutet er auf den Fahrstuhl, der sich lautlos öffnet, und ich schlüpfe hinein. Beruhige mich erst, als die Türen geschlossen sind und ein Ruck mir zeigt, dass er sich nach oben bewegt. Gleich bin ich wieder in Sicherheit. Bei Adrian.

Er ist noch nicht oben, ich finde ihn in keinem der Zimmer, traue mich aber auch nicht, wieder runterzufahren und ihn im Fitnessraum zu suchen. Weil mein Handy eine neue Mitteilung anzeigt, die mich fast verrückt macht.

Du bist fällig.

Meine Hände zittern. Also habe ich mich unten nicht getäuscht. Wer zum Teufel war da? Die Nachricht kam vor wenigen Minuten, als ich noch im Fahrstuhl war, das kann kein Zufall sein. Nervös verbarrikadiere ich mich im Arbeitszimmer und schalte den iMac ein.

Zum ersten Mal, seit ich hier bin, rufe ich meine E-Mails ab. Die Tage mit Adrian waren so gefüllt mit Arbeit und Liebe, dass ich gar nicht daran gedacht habe. Aber jetzt vermisse ich meine Freunde und verspüre den Drang, etwas von normalen Menschen zu hören. Und vielleicht meine Ängste loszuwerden, weil ich nicht weiß, ob ich Adrian von meinem Ausflug und der Nachricht erzählen soll. Vielleicht ist er sauer, weil ich nicht auf ihn gehört habe? *Er ist nicht deine Mutter, Gwen. Du musst ihm vertrauen.*

Cat schickt einen lustigen Cartoon, in dem eine Karikatur von Adrian eine Rolle spielt. Ich lache, als ich das Bild sehe und überlege, ob ich es für Adrian ausdrucken soll. Ich bin mir sicher, dass er es genauso lustig finden wird wie ich, trotzdem lasse ich es. Dann finde ich eine zwei Tage alte Nachricht von Kilian.

Gwen,

ruf mich an. Es ist wirklich dringend, ich muss mit dir reden.

Dein besorgter Freund Kilian

Du liebe Güte, Kilian! Wie konnte ich meinen Freund, der gerade so viele Sorgen wegen seiner Mutter hat, tagelang vergessen? Das schlechte Gewissen lässt sogar die seltsame SMS verblassen. Ich hole hastig mein Handy und wähle Kilians Nummer. Die Mailbox springt an. Ich hinterlasse eine Nachricht und bitte ihn, mich anzurufen.

Dann fällt mir der schwarze Moleskine wieder ins Auge. Unter einem Stapel Papier lugt er auf dem Schreibtisch hervor, und diesmal, das spüre ich am Kribbeln meiner Finger, kann ich nicht widerstehen. *Hör auf, so misstrauisch zu sein*, schimpfe ich mit mir selbst, aber bevor ich den Gedanken gedacht habe, sind meine zitternden Finger schon drüben und ziehen das Notizbuch hervor. Mit angehaltenem Atem schlage ich das Buch auf.

Namen. Telefonnummern. E-Mail-Adressen. Ich blättere Seite um Seite um und finde zahlreiche Frauennamen in diesem Adressbuch. Unter jedem Buchstaben mindestens fünf Einträge, bei J und S sind es sogar einige mehr. Übelkeit steigt in mir auf, ich muss mich hinsetzen, die Augen schließen und tief ein- und ausatmen. Dann blättere ich hastig weiter, bis mir etwas einfällt. Beim Buchstaben G stehen nur zwei Namen: Gisele – und Gwendolyn. Er hat die Vornamen sortiert, Nachnamen fehlen ausnahmslos. Als seien sie nicht wichtig oder austauschbar. Giseles Eintrag ist durchgestrichen, mit einer schiefen Kugelschreiberlinie. Und meiner? Steht da genauso wie alle anderen. Name, Handynummer, meine Facebook-Seite, E-Mail-Adresse, unsere Anschrift in Newcastle, mein Geburtsdatum. Fehlt nur eine anonyme Nummer, 117 oder so was.

Die Buchstaben verschwimmen vor meinen Augen, bis ich die säuberliche Handschrift nicht mehr erkennen kann. Hastig klappe ich das Buch zu und schiebe es zurück unter den Stapel. Mir ist immer noch übel, ich muss die Balkontür öffnen und hinaustreten, um Luft zu schnappen. Mit beiden Händen ans Geländer geklammert atme ich tief ein und lasse den Blick durch den Hyde Park schweifen. Eine grüne Idylle mitten in der hektischen Stadt, voller glücklicher Menschen. Vor wenigen Minuten fühlte ich mich wie einer von ihnen, doch auf einmal ist alles wie weggewischt. Ich kann ihn nicht darauf ansprechen, weil er dann weiß, dass ich geschnüffelt habe. Warum hat er dieses Buch aufgehoben? Und warum stehe *ich* darin? Habe ich mich getäuscht, bin ich doch nicht mehr als ein Rechercheobjekt für ihn? Eine von vielen?

»Nachdenklich?«

Ich fahre erschrocken zusammen, als seine Stimme hinter mir ertönt, und drehe mich zu ihm um. Mir war nicht aufgefallen, wie viel Zeit inzwischen vergangen sein muss. Mein Mund wird trocken. Sein männlicher Duft, vermischt mit einem Hauch frischen Schweißes, weht zu mir herüber. Ich kann meine Augen nicht von ihm abwenden, zu schön ist der Anblick seines nackten, leicht glänzenden Oberkörpers. Die definierten Muskeln treten deutlich hervor und lassen mich schwindeln. Mit beiden Händen greife ich hinter mich und halte mich am Geländer fest, als ob ich befürchten müsste, runterzufallen. Er hat eine lange Trainingshose angezogen, die verdammt tief auf den Hüften sitzt und das perfekte V seiner Lendenmuskeln zeigt, dessen Spitze irgendwo im Bund verschwindet. Ansonsten ist er nackt. Und barfuß.

»Du hast mich erschreckt.«

Wenn mein Lächeln so gequält aussieht, wie es sich anfühlt, müsste er sich Sorgen um mich machen. Aber ich erkenne keine Anzeichen in seinem Gesicht, dass er meine Veränderung bemerkt hat.

»Entschuldige, das war nicht meine Absicht. Was tust du hier draußen?«

Er stellt sich neben mich und sieht in die Ferne. Sein Gesichtsausdruck ist entspannt und ruhig, im Gegensatz zu meinem. Natürlich wird er merken, dass etwas passiert ist. Jedenfalls wird er sich fragen, was ich während seiner Abwesenheit getan habe. Ist das der Grund, warum er mich nicht allein lassen will? Weil er fürchtet, ich könnte seinen Geheimnissen auf die Schliche kommen? Was verbirgt er noch alles vor mir?

»Ich brauchte frische Luft. Ich war kurz draußen, unten im Park. Und ich hatte das Gefühl, dass mich jemand verfolgt.«

Er zieht die Brauen hoch und sieht plötzlich besorgt aus. »Wie kommst du darauf?«

»Ich weiß nicht, ich …« Ich sauge an meiner Lippe und hebe die Schultern. »Es war nur so ein Gefühl. Eigentlich habe ich niemanden gesehen und ich wüsste auch nicht, wer mich hier verfolgen sollte. Oder hast du eine Idee?«

»Nein«, antwortet er kurz, und wieder ist es, als ob er einen Vorhang zuzieht. Er sperrt mich aus, aber ich sehe ihm an, dass es in ihm arbeitet.

»Adrian, wenn du etwas weißt oder eine Idee hast, solltest du es mir wirklich sagen«, dränge ich. »Ich habe nämlich direkt danach wieder eine anonyme SMS bekommen mit den Worten *Du bist fällig.*«

»Oh fuck. Okay, Kleines … Ich habe eine Ahnung, wer das … Ich werde gleich mit ihr sprechen und ihr sagen, dass das aufhören muss.«

»Mit ihr?« Ich runzle die Stirn. »Es war aber ein Mann, der mir auf die Mailbox gesprochen hat. Glaubst du, dass Jenna dahintersteckt?«

»Sie war nicht nur enttäuscht, als ich unser Verhältnis beendet habe, damit verrate ich sicher kein Geheimnis. Also liegt es nahe.«

»Vielleicht habe ich mich getäuscht und es war überhaupt niemand unten. Vielleicht spielt mein Gehirn mir auch nur Streiche, weil ich so verwirrt bin. Weil du mich so durcheinander bringst«, denke ich laut nach. Es ist doch Unsinn – warum sollte Jenna oder sonst jemand mich verfolgen? Ich meine, wir sind hier nicht in einer Krimiserie, und wenn hätte sie wohl eher einen Grund, Adrian aufzulauern und nicht mir.

Er kommt näher und zieht mich an sich. Ich spüre seinen Herzschlag, als ich meinen Kopf gegen ihn lehne und bin erstaunt, wie schnell sein Puls geht.

»Möglich. Warum sollte es dir besser gehen als mir? Aber du musst vorsichtig sein, hörst du? Versprich mir, das Haus nicht allein zu verlassen. Ich glaube nicht, dass sie gefährlich ist, trotzdem …«

»Glaubst du nicht, dass ich mich wehren kann?«, frage ich belustigt und kneife in seinen Hintern.

Er erwidert meine Geste, indem er beide Hände um meine Pobacken legt und sie sanft knetet. Sofort wird mir warm zwischen den Beinen.

»Adrian, wenn du weiter so …« Mein Unterleib zieht sich zusammen, als er sich herabbeugt und den Hals unter meinem Ohr küsst. Mein Puls fängt an, Kapriolen zu schlagen, und das Flattern in meinem Magen verstärkt sich. Es ist schrecklich, wie leicht er mich manipuliert. Ein Kuss, eine Berührung, sogar ein Blick reicht völlig aus, um mich willenlos zu machen. Und einen schwarzen Moleskine zu vergessen. Jedenfalls für den Moment.

Dann tritt er hinter mich, dreht mich um, sodass ich über die Brüstung in den Park schauen kann, und legt von hinten zärtlich seine Hände auf meine Schenkel. Jetzt richten sich alle Härchen auf und ich presse mich enger gegen ihn, bis ich seinen warmen Körper spüre. Seine Stärke wird mir bewusster, als mir lieb ist. Immerhin befinden wir uns ziemlich weit oben. Das Geländer ist nicht besonders hoch, auch wenn es mir fast bis zur Brust reicht, und der Gedanke, dass er mich einfach so, mit einem leichten Armschlenker, nach unten stürzen könnte, jagt mir Angstschauer durch den Leib. Das ist verrückt, weil er das natürlich niemals tun würde. Weil es nicht seine Schuld ist, dass zwei Frauen gestorben sind. Trotzdem geht von seiner Ausstrahlung eine animalische Gefahr aus, wie von einer Raubkatze. Man kann mit ihr spielen, sogar schmusen, aber man weiß in jeder Sekunde, dass sie dich mit einem gezielten Biss umbringen könnte.

Er schmiegt sich an meinen Rücken, schiebt meine Haare zur Seite und küsst meinen Nacken. Ich erschauere, nicht nur, weil es langsam kühl wird in der Dämmerung.

»Hast du *Angst*?«

»Sollte ich?«, frage ich mit klopfendem Herzen und versuche, mich aus seiner Umarmung zu lösen. Keine Chance. Mein Puls wird schneller, als er seinen Griff verstärkt.

»Ich stelle mir gerade vor, wie ich dich auf dieses Geländer setze, mich zwischen deine Beine knie und dich lecke. Von dir koste und dich mit meiner Zunge in den Wahnsinn treibe. Deine Angst davor, herunterzufallen, in dem Moment, in dem du loslassen musst, um zu kommen ...« Er raunt gegen meinen Hals, den er zwischen den einzelnen Worten immer wieder küsst.

»Adrian, hör auf damit. Das ist nicht witzig.« Meine Beine geben nach und knicken ein. Steht er ernsthaft auf so lebensgefährliche Szenarien? Das kann nicht sein Ernst sein! »Schreib so was in deinen Roman, weil es in der Fantasie vielleicht ganz anregend ist. Aber in der Realität ...«

»Glaubst du, dass ich so etwas mit dir tun würde?«, fragt er schmunzelnd und streicht mit dem Handrücken über meine Wange. »Ich meine, der Gedanke ist mehr als reizvoll, das muss ich zugeben, aber das ist sogar mir zu gefährlich. Es sei denn, ich alarmiere vorab die Feuerwehr und lasse unten ein Sprungtuch aufspannen.«

Dass die blöde Abgrenzung des Balkons aus Glas ist, macht die ganze Sache nun wirklich nicht besser. Wenn man hier oben steht und hinabschaut, fühlt man sich tatsächlich, als ob man schweben würde. Ich versuche erneut, mich aus seinen Armen zu winden, und diesmal gelingt es. »Ich gehe rein, mir ist kalt«, unterbreche ich seinen Furcht einflößenden Gedankenstrom.

»Gut. Ich komme gleich nach.« Er zieht eine zerknitterte Zigarettenschachtel aus der Hosentasche und grinst entschuldigend. »Ab und zu ...«

»Ist schon gut. Du bist mir keine Rechenschaft darüber schuldig«, erwidere ich und kehre ins Apartment zurück.

Im Arbeitszimmer nehme ich mein Handy erneut zur Hand und wähle Kilians Nummer. Er hat sich noch nicht gemeldet, und auch dieser Anruf landet auf der Mailbox. Aber jetzt hinterlasse ich keine Nachricht mehr.

»Wen hast du angerufen?«

Seine plötzliche Stimme lässt mich wie ertappt zusammenfahren, vor Schreck fällt mir das Handy aus der Hand und trennt sich auf dem Boden mit einem lauten Klirren vom Akku. »Himmel! Musst du dich immer so anschleichen?«, frage ich und will mich bücken, um es aufzuheben, doch Adrian kommt mit zwei großen Schritten auf mich zu und hält meine Arme fest. Sein Blick ist finster, als ich nach oben schaue und ihn ansehe. Ich muss schlucken.

»Niemanden. Ich meine, ich wollte Kilian anrufen, weil er …« Mein Herz schlägt mir bis zum Hals. »Es ist nichts, Adrian, wirklich, ich wollte nur …« Oh Gott, warum entschuldige ich mich? Warum ist er so eifersüchtig? Ich schrumpfe unter seinem Blick, der so durchdringend und stechend ist, dass ich mich gar nicht mehr traue, ihn anzulügen.

»Warum, Gwen?«

»Er ist mein Freund! Er hat Sorgen mit seiner Mutter und … ich wollte nur hören, wie es ihm geht.«

Adrians Griff um meine Arme wird fester. Wie ein Schraubstock hält er mich, seine blauen Augen funkeln wütend. »Du kannst alles mit mir machen, Gwendolyn, aber lüg mich nicht an. Nie.«

»Ich … nein.« Verstört bleibe ich stocksteif vor ihm stehen. Es fühlt sich an, als ob der Boden sich auflösen wollte. Ich sehe, wie seine Kiefer mahlen. Ein Muskel in der Wange zuckt hektisch. Oh ja, ich spüre, dass er wütend ist. Auf mich? Warum? »Adrian, bitte. Ich habe Freunde und ich will mit ihnen sprechen. Du kannst mich nicht besitzen, ich bin kein Haustier.«

»Darum geht es nicht«, sagt er und lockert seinen Griff etwas. Ich kann die blauen Flecke, die sich auf meinen Armen bilden werden, schon spüren. Gleichzeitig steigt ein riesiger Kloß in mir auf und verstopft meine Atemwege. Jesus, warum muss alles so kompliziert sein? Vorhin war doch noch alles schön, und jetzt …

»Es geht nicht um deine Freunde. Es geht nur um Kilian.«

»Wieso? Du kennst ihn nicht mal, wolltest ihn auch nicht kennenlernen. Wir hatten nie etwas miteinander und er hat gar kein Interesse an mir, er ist nur ein Freund.«

»Es gibt keine Freundschaft zwischen Männern und Frauen. Körperliche Anziehungskraft spielt immer eine Rolle, auch wenn sie sich nicht unbedingt erfüllt.«

»Das ist Unsinn«, sage ich scharf und schüttle mich, um aus seiner Umklammerung zu entkommen. Zu meinem Erstaunen lässt er mich tatsächlich los. »Es ist nicht wahr und du weißt es. Aber was zum Teufel ist dein Problem? Ich begreife es einfach nicht.«

»Bist du nicht auch eifersüchtig? Auf Jenna? Oder andere Frauen aus meiner Vergangenheit?«

»Das ist etwas anderes, Adrian. Außerdem bin ich nicht eifersüchtig, weil ich dir vertraue. Warum kannst du das nicht?«

»Ich vertraue dir, Gwen. Aber ihm nicht.«

Wieder zuckt der Muskel in der Wange, die Falte zwischen den Brauen ist zu einer tiefen Furche geworden. Die Brust wird mir eng.

»Wirklich, du hast keinen Grund … im Gegensatz zu mir, sollte ich vielleicht sagen.«

»Was meinst du damit?«, fragt er bedrohlich leise.

»Ich habe das Notizbuch gefunden.«

»Welches Notizbuch?«

»Das schwarze hier.« Ich zeige mit der Hand hinter mich zum Schreibtisch. »Das mit den vielen Namen und Adressen drin. Auch meiner.« Mein Herz will jetzt endgültig meinen Körper verlassen, jedenfalls setzt es zum Sprint an. Mir wird schwindelig und ich muss mich am Schreibtisch festhalten, während ich gleichzeitig versuche, meinen Körper zum Atmen zu bewegen. Adrians Gesichtsausdruck wird düster.

»Warum schnüffelst du im Arbeitszimmer, Kleines?«, fragt er. Leise. Sein Tonfall klingt bedrohlich, obwohl ich mir keiner Schuld bewusst bin.

Hektisch überlege ich, ob ich jetzt lügen kann, aber er wird es mir ansehen und dann …

»Es lag dort und ich war neugierig«, gebe ich also offen zu. »Ich dachte, es wäre vielleicht nur ein Notizbuch, in dem du Ideen für deine Bücher notierst. Aber das …«

»Es ist Vergangenheit, Gwen. Vergiss es einfach.«

Hinter meinen Schläfen klopft das Blut. »Vergiss es einfach? Du machst mir eine Szene, weil ich einen Freund anrufen will, und ich soll vergessen, dass du ein Notizbuch mit lauter Namen deiner … deiner willigen Schlampen aufbewahrst? Und mein Name genauso darin steht wie alle anderen?« Der Schweiß dringt mir aus allen Poren. Wütend stoße ich ihn von mir. Weil ich nicht will, dass er meine Wut wieder manipuliert und mich mit seinem Körper überredet. Nicht diesmal. »Was bin ich für dich, Adrian? Nur eine Nummer von vielen? Ein Rechercheobjekt? Eine von den Frauen, die dich gegen Bezahlung buchen und …«

»Was hast du gesagt?« Er senkt den Kopf wie ein Stier und starrt mich beinahe fassungslos an. Mein Gesicht glüht wie ein Ofen. Oh Himmel, ich bin zu weit gegangen. Das hätte ich nicht sagen dürfen … ich hätte nicht … »Es tut mir leid, ich …«

»Was hast du gesagt, Gwen? Was meinst du damit?«

»Jonathan hat erzählt, dass du von Frauen gebucht wirst. Wie eine Domina.«

»Gegen *Bezahlung*?« Er blinzelt irritiert, dann verzieht sich sein Mund zu einem Grinsen. »Im Ernst?«

Ich schlucke nervös und knete meine Finger. »Ja. Nein, ich meine … nicht direkt. Aber so ähnlich.«

»Kleines, ich schwöre dir, dass ich niemals mit einer Frau gegen Bezahlung irgendwas getan habe. Das habe ich doch auch gar nicht nötig!« Er schüttelt den Kopf und sieht fast amüsiert aus. Ich komme mir entsetzlich dumm vor. »Es waren Abkommen. Mit Jenna und ein paar anderen Frauen. Sie wollten unterworfen werden, ich suchte die Abwechslung und forschte gleichzeitig nach den Gründen. Also erfüllte ich ihnen ihre Wünsche und im Gegenzug erzählten sie mir, was genau sie daran so fasziniert. Das brauchte ich für mein Buch, um glaubhaft zu machen, warum eine Frau sich einem Mann freiwillig unterwerfen würde.«

»Nicht wirklich gelungen«, brumme ich und etwas tief in mir schreit *Lüge*. Ich verstehe es. Habe es längst verstanden. Und dennoch …

Er kommt zwei Schritte auf mich zu und hebt mein Kinn mit einem Finger an, sodass ich ihn ansehen muss. »Ich habe dir versprochen, dass es vorbei ist, und dabei bleibe ich. Es gibt kein weiteres Buch, jedenfalls keins, für das ich Recherche benötigen würde. Ich will nur dich.«

Mein Herz schlägt einen Purzelbaum, ich halte den Atem an. Sehe ihm fest in die blauen Augen. Noch nie war er so nahe dran, mir zu sagen, was ich hören will. Hören muss, um es endlich glauben zu können. Doch er schweigt.

22

Stattdessen schlingt er beide Arme um mich. Sein Atem ist warm in meinem Gesicht, er riecht nach Whisky. »Ich will nicht mit dir streiten«, murmelt er dann gegen meine Wange. Mir wird heiß und kalt zugleich, als seine Lippen über meinen Hals gleiten und er mich küsst. »Ich will etwas ganz anderes mit dir tun.«

»Du kannst nicht alle Probleme wegvögeln, Adrian«, flüstere ich, aber mein Körper hat sich längst ergeben und ist anderer Meinung. Der verräterische Schweinehund!

»Was zu beweisen wäre.«

Er schiebt mich mit seinem Körper nach hinten, bis meine Kniekehlen an die Schreibtischkante stoßen. Erst jetzt wird mir bewusst, dass er noch immer mit nacktem Oberkörper hier steht. Und dass er keine Unterhose trägt, fühlen meine Hände, die über seine straffen Pobacken gleiten. Sofort zieht sich mein Schoß zusammen, mein Herzschlag beschleunigt sich, als ich etwas Hartes zwischen meinen gespreizten Beinen spüre. Er küsst mich weiter am Hals, mit mehr Kraft, sodass mein Oberkörper nach hinten gebogen wird und ich auf dem Schreibtisch liege.

Seine Finger haben meine Hose so rasch geöffnet, dass ich es kaum bemerkt habe. Dann sind sie in mir. Streichen über den Slip, über die empfindliche Knospe, die zu pochen anfängt. Ich stöhne leise auf, er reibt kräftiger darüber und knabbert gleichzeitig an meinen Lippen. Unsere Zungen finden sich und tanzen einen sinnlichen, aber auch wilden Tanz. Ich glaube mir wird gerade klar, warum Cat so auf Versöhnungssex steht.

Wir sind hungrig und wild, leidenschaftlich und wenig zärtlich. Seine Hand ist fordernd, bereitet mich vor für das, was gleich kommen wird. Und mein Unterleib zieht sich vor Sehnsucht nach ihm so heftig zusammen, dass ich keuche, während ich mit zitternden Fingern an seiner Hose nestle. Er ist verdammt hart, die Hose rutscht mit einer einzigen Bewegung nach unten und ich schlinge meine Finger um seinen Schaft. Um den großen, harten Stamm, an dem ich auf und ab gleite, bis auch ihm ein leises Stöhnen entfährt.

Die plötzliche Bewegung überrascht mich, als er mich mit beiden Händen umdreht und bäuchlings über den Schreibtisch wirft. Vor Schreck schreie ich leise auf, dann zieht er meine Hose und meinen Slip herunter, die wie Fesseln um meine Knöchel liegen bleiben. Ich kann die Beine nicht weiter spreizen, doch er drängt sich dazwischen, ohne die Finger von meinem Schoß zu nehmen.

»Vielleicht kann ich die Probleme nicht wegvögeln«, knurrt er, während er mit seiner Härte an meiner Spalte entlang gleitet und mir ein Schaudern entlockt. Mein Körper spannt sich an, alles wird steif. »Aber ich will dafür sorgen, dass du mich nie vergisst. Dass du dich immer daran erinnerst, was ich mit dir getan habe. Dass du dich mir hingibst und mein bist. Ich will dich besitzen, Kleines. Ich will, dass du mir gehörst, dein Körper, dein Geist. Ich will in dir sein und so tief in dich eindringen, dass ich das einzige Gefühl bin. Dass ich alles bin, was du je wolltest. So wie du alles bist, was ich je wollte.«

Eine winzige Träne der Erleichterung löst sich aus meinem Auge, als er endlich mit einem kräftigen Stoß in mich eindringt und mich nimmt. Erobert. Ich halte mich am Schreibtisch fest, die Füße fest auf den Boden gestemmt. Er ist riesig in mir, weil meine Beine fast geschlossen sind, und kommt unglaublich tief. Seine Finger trommeln und reiben an mir, verfallen in einen stetigen Rhythmus und steigern meine Gier.

Unsere Körper schlagen gegeneinander, ich zerfließe in seinem

Griff und spüre den Höhepunkt nahen, mit jedem tiefen Stoß, den ich erwidere. So tief. So schön. So perfekt.

»Oh Gott, Adrian«, keuche ich atemlos und versuche, den Kopf zu heben.

Er senkt sich über mich und beißt mir in den Nacken, dann kreisen seine Finger so fest und kräftig über meine Mitte, dass ich anfange zu zittern. Seine wilde Gier reißt mich mit sich in einen Strudel. Ich höre auf zu denken, schließe die Augen, ergeben auf dem Bauch liegend, wie ein Tier, und dann verkrampft sich alles. Ich sauge ihn ein, mein Schoß pulsiert und klopft und fließt, und ich komme mit einem leisen Schrei, auf dem Schreibtisch.

»Ja, komm für mich, meine Kleine«, raunt er in meinen Höhepunkt. »Komm mit mir.«

Und noch während sich in mir alles zusammenzieht, fühle ich, wie er in mir zittert, bevor es in mir heiß wird.

Ich liege nackt auf seinem Schoß, auf der breiten Liege in seinem Arbeitszimmer, und trinke Wasser aus einem Glas, das er mir vor die Lippen hält. »Ich glaube, das mit den Problemen muss ich noch mal überdenken«, scherze ich. Wir küssen uns zärtlich.

Seine blauen Augen funkeln wieder, bevor er mit der Zunge über meine Lippen und meine Zähne fährt. »Ich liebe diese Zahnlücke. Sagte ich das bereits?«

Mein Herz verkrampft sich, aber ich lache. »Nein, sagtest du nicht.«

»Ich liebe deine Brüste. Sie sind perfekt in meiner Hand.« Wie zum Beweis umschließt er sie mit den Händen. Meine Brustwarzen sind noch steif und ich erkenne die Rötung auf meinem Körper, die er erzeugt hat. »Ich liebe diesen Mund. Diesen Schwung in deiner Oberlippe.« Er küsst mich so zärtlich, dass eine Gänsehaut meinen Körper überzieht. »Und deine Augen. So groß und unschuldig, aber doch mit so viel Feuer, dass sie Angst einjagen können.«

Ich muss kichern. Ich und jemandem Angst einjagen? Gut, vielleicht Menschen mit einer Zwergenphobie, das soll's ja geben, aber sonst …

Er küsst mich weiter, überall, und kommentiert jeden Körperteil, dass mir fast schwindelig wird vor Glück. »Ich bestelle Essen. Du musst hungrig sein«, sagt er dann, gerade, als mir wohlig warm geworden ist und er mich mit den Lippen an den Zehen gekitzelt hat. Ich bin fast enttäuscht, aber er hat recht. Mein Magen knurrt inzwischen ziemlich. Offenbar ist Liebe tatsächlich eine perfekte Diät.

Es ist schon spät, als das Essen gebracht wird. Fleisch. Sehr viel Fleisch.

»Da will wohl jemand wieder zu Kräften kommen«, necke ich ihn, als er mit großem Appetit das riesige Steak probiert.

»Eiweiß ist wichtig«, murmelt er mit halbvollem Mund, und wir lachen gemeinsam.

»Ich möchte noch mal über Kilian sprechen«, sage ich, nachdem Adrian den Teller von sich geschoben hat. Wir haben Rotwein getrunken, mir ist warm und wohlig und ich bin mutig. Ich trage ein gemütliches Wickelkleid, eins von den Kleidern, die wir gemeinsam gekauft haben. Ohne Unterwäsche und ohne Strümpfe, dafür habe ich die schwarzen Lackpumps angezogen. Und sein Blick bei meinem Eintreten hat mir bewiesen, dass ich eine gute Wahl getroffen habe. Ich weiß nicht, ob man tatsächlich wachsen kann, wenn man so streichelnde Blicke bekommt, aber ich fühle mich jedenfalls größer als sonst. Was nicht an den Absätzen der Schuhe liegt!

»Ich will nicht, dass du eifersüchtig bist, Adrian. Du hast wirklich keinen Grund dazu. Seit ich dich kenne, denke ich ständig nur an dich. Es wäre gar kein Platz für einen anderen Mann, selbst wenn …«

»Ich bin nicht eifersüchtig, Gwen.« Er wirkt ernst und richtet sich auf dem Stuhl auf, dann verschränkt er die Arme vor der Brust. Wieder ist die unsichtbare Schranke da, die mich auf Abstand hält. Aber diesmal will ich nicht zurückweichen.

»Was ist es dann? Ich verstehe dein Problem nicht.«

»Ich kenne Kilian.«

»Was?« Mein Herz rutscht auf meinen Magen und lässt mich zusammenzucken. »Das kann nicht … unmöglich!«

»Er war Carols Freund.«

Adrian spricht leise und sieht mich nicht an, stattdessen wandern seine Augen hektisch auf dem Tisch umher. Mir wird übel, das Steak macht Anstalten, aus meinem Magen fliehen zu wollen.

»*Mein* Kilian? Wie zum Teufel kommst du darauf?«

Du lieber Himmel, hört das denn nie auf? Wie viel Vergangenheit kann ein Mensch haben? Und wird man jemals in der Lage sein, einen Menschen ganz und gar zu verstehen, wenn man nicht seine gesamte Vergangenheit kennt? Alles, was ihn geprägt und zu dem gemacht hat, was er heute ist? Das ist eine unlösbare Aufgabe, ein Leben reicht nicht dazu aus. Mein Herz klopft heftig gegen meinen Brustkorb, als mir das klar wird. Ich werde niemals einen Menschen so gut kennen, wie ich möchte, weil es einfach nicht machbar ist.

»Ich habe sein Foto damals bei Carol gefunden. Mit seinem Namen darauf. Aber ich habe ihn nie ausfindig machen können, bis ich dein Profil bei Facebook entdeckte und ihn in deiner Freundesliste wiedererkannte.«

Die Worte sickern nur langsam auf fruchtbaren Boden. In meinem Kopf dreht sich alles, die Gedanken wirbeln durcheinander wie Federn aus einem ausgeschüttelten Kissen.

»Was willst du damit sagen?«, frage ich leise und beuge mich vor, um ihn anzustarren. Sieh mich an! Guck mir in die Augen, Adrian!

Er fährt sich mit beiden Händen durch das volle Haar und wirft mir einen flehenden Blick zu, der so gar nicht zu ihm passen will. Mein Körper verkrampft sich.

»Nach der Buchmesse … deine Freundin hat mir eine Anfrage auf Facebook geschickt und ich war neugierig auf dich, habe dich dort gesucht. Und dann entdeckte ich ihn. Kilian.«

»Das ist nicht dein Ernst?«

»Kleines … vielleicht habe ich am Anfang anderes im Sinn gehabt, als ich dich nach London holte. Aber du … es hat nicht lange gedauert und du hast mich verzaubert.«

»Du wolltest mich benutzen«, flüstere ich heiser. Meine Augen werden ganz heiß. »Du bist mit mir nach Aberdeen gefahren, um Kilian aufzusuchen und zur Rede zu stellen, aber dann ist etwas passiert …«

»Ich will dich nicht in die Sache reinziehen, Kleines. Es ist vorbei, jedenfalls für mich.«

»Aber für mich nicht, Adrian! Du hast mich wieder angelogen, die ganze Zeit. Heute erst! Du hast mir nicht gesagt, was du wirklich gegen Kilian hast, und ich dachte, du bist eifersüchtig. Ich kann nicht glauben, dass Kilian etwas damit zu tun hat. Das glaube ich nicht! Wenn du ihn kennen würdest, würdest du das nicht sagen!«

»Er ist aus Aberdeen. Er heißt Kilian und hat das passende Alter. Und er ist definitiv der Junge von Carols Foto.« Adrian zieht die Brauen zusammen und sieht mich mit einem so kühlen Blick an, dass ich erschauere. »Ich weiß längst, wo er lebt. Ich will nicht mehr mit ihm sprechen, ihn zur Rede stellen oder mich womöglich an ihm rächen. Es ist okay. Ich muss die Vergangenheit ruhen lassen, das weiß ich jetzt, und an die Zukunft denken. Die Zukunft mit dir.«

Er steht auf und greift über dem Tisch nach meiner Hand, aber ich ziehe sie blitzschnell zurück. »Ich kann das nicht, Adrian. Ich brauche Zeit und muss nachdenken. Über dich. Über uns.« Ich beiße die Zähne aufeinander und zupfe an meinen Haaren. Mein Körper fühlt sich eiskalt an, ich weiß nicht, was ich überhaupt noch glauben kann und darf. Glauben will. Im Moment will ich nur raus hier, in die Nacht, eisige Luft schnappen und die Tränen verschlucken, die mich zu ertränken drohen. Wütend springe ich auf und stürme aus dem Zimmer zum Aufzug, höre seine Schritte hinter mir. Schnell.

»Gwen! Bleib hier, ich bitte dich! Lauf nicht wieder weg!«

»Lass mich!«, rufe ich, während ich hastig auf den Knopf drücke.

»Wenn du jetzt gehst …«

Ich sehe in seine aufblitzenden Augen, aber die Tür schließt sich, kurz bevor er seinen Arm dazwischen schieben kann. Draußen höre ich ihn noch laut fluchen, während der Lift sich schon nach unten bewegt.

Der irritierte Blick des Portiers kümmert mich nicht. Wie von Sinnen hetze ich auf klappernden Absätzen durch die Lobby und laufe hinaus auf die fast menschenleere Straße, bevor er mich einholen kann. Wo tagsüber Touristen und Einkaufswütige sich gegenseitig auf die Füße treten, herrscht um diese Zeit beinahe beängstigende Ruhe. Nur ein schwarzes Taxi fährt in langsamem Tempo an mir vorbei. Ich wische mir eine Träne aus dem Augenwinkel, ziehe die Pumps aus und wende mich in Richtung des Parks, weil ich mir die hämmernde Wut vom Leib laufen will. Wo sonst sollte ich auch hin? Ich kenne niemanden hier außer Adrian und ich habe meine Handtasche nicht mitgenommen, nicht mal mein Portemonnaie. Ich will nur kurz durchatmen, in Ruhe nachdenken, bevor ich mich wieder von ihm … manipulieren lasse. Oder belügen.

Mein Atem bildet eine feine Wolke vor mir, so kalt ist es inzwischen geworden. Oben im Penthouse war mir das nicht aufgefallen, jetzt ziert meinen ganzen Körper eine Gänsehaut.

Ich biege um die Ecke zwischen dem Apartmentkomplex und dem Mandarin Oriental-Hotel daneben. Irgendwo in der Finsternis kann ich die Bäume des Parks erkennen, in der Ferne läuft ein Pärchen, das nur einen düsteren Schatten bildet. Dann ertönen Schritte hinter mir. Rasche Schritte. Ich halte die Luft an, ohne mich umzudrehen. Der Puls klopft hinter meinen Schläfen.

Adrian. Natürlich ist er mir gefolgt, um mich zurückzuholen. Als ob er mich nachts allein durch den Park laufen ließe! Ich fange an zu rennen, nicht so schnell wie ich gern würde, weil meine nackten Füße schmerzen, wenn ich über Steinchen laufe. Aber ich will weg, allein sein. Kurz vor dem ersten Kiesweg des Parks stoppe ich, um durchzuatmen. Seltsamerweise stoppen auch die Schritte hinter mir, obwohl er doch noch gar nicht bei mir sein kann? Ich will mich umdrehen, da legt sich von hinten ein kräftiger, männlicher Arm um meinen Hals, eine eisige Hand wird auf meinen Mund gepresst und erstickt meinen entsetzen Aufschrei.

»Sieh mal einer an, was für eine hübsche Beute«, raunt die Stimme dicht an meinem Ohr, bevor mich ein heftiger Schlag trifft. Dann drehen sich plötzlich die Bäume um mich herum und die Welt wird schwarz.

23

Hämmernde Kopfschmerzen zeigen mir, dass ich noch lebe. Ein Gefühl, als würde jemand mit einer Kreissäge in meinem Schädel arbeiten, während nebenan ein Presslufthammer benutzt wird. An meiner linken Schläfe spüre ich eine pochende Beule und etwas Feuchtigkeit. Blut? Mein Körper ist steif und meine Beine schmerzen, aber als ich sie ausstrecken will, fühle ich einen Widerstand. Der Raum ist dunkel und kalt, ich friere in dem dünnen Kleid. Meine Augen öffnen sich nur quälend langsam, dann blinzele ich ein paar Mal, um mich an die Dunkelheit zu gewöhnen.

Großer Gott, was ist passiert? Ich erinnere mich nur an die kalte, riesige Hand. An die Stimme, die mich hat erschauern lassen. Und daran, dass plötzlich alles um mich herum dunkel wurde, nachdem ich einen heftigen Schlag auf den Kopf bekommen habe. Adrian! Lieber Himmel, wo ist er? Wie lange bin ich schon hier? Ich habe kein Zeitgefühl mehr, eine Uhr ist weit und breit nicht zu sehen, ich habe keine getragen. Und auch meine Pumps scheinen weg zu sein, ich bin jedenfalls barfuß. Mein Herz zieht sich zusammen und ich versuche wieder, mich in eine bequemere Position zu setzen, bis ich die Fesseln bemerke. Schweiß dringt mir aus allen Poren.

Das kann nicht wahr sein. Das ist ein blöder Traum oder irgendwas, aber niemals die Realität. Meine Hände sind hinter dem Rücken mit Handschellen fixiert, und die Handschellen wurden an einer Stange zwischen meinen Fußknöcheln befestigt. So knie ich auf einem kalten, harten Steinboden in einem Keller, der feucht und muffig riecht. Mein Herz klopft so heftig, dass man es außerhalb meines Körpers hören muss. Ganz sicher. Dafür höre ich selbst kaum noch was, weil das Blut durch meinen Kopf rauscht und ich nur noch meinen eigenen Pulsschlag wahrnehme.

Ich habe kein Zeitgefühl. Wie lange knie ich hier schon? Und wer zum Teufel steckt dahinter? Jenna ist es sicher nicht, aber klar ist, dass derjenige auch die anonymen Nachrichten geschickt hat. Was auch immer er von mir will. Scheiße, was hab ich mit der ganzen Sache überhaupt zu tun?

Meine Knie schmerzen entsetzlich, weil ich mich so gefesselt kaum bewegen kann, und meine Beine fangen an zu kribbeln. Ein kreischendes Quietschen durchschneidet plötzlich die Stille. Als die Tür aufgeht, sitze ich atemlos und stocksteif da. Schritte. Von zwei Personen. Ein Mann und … eine Frau? Ich halte die Luft an und richte die zusammengekniffenen Augen auf den Spalt, der sich in der Wand aufgetan hat. Dann sehe ich vorsichtig nach oben – und reiße den Mund auf. Herr im Himmel, was hat dieser Typ hier verloren?

»Na, Schätzchen?«

Jenna bleibt dicht vor mir stehen und beugt sich zu mir herab. Sie trägt hohe Schuhe und wirkt riesig auf mich in meiner knienden Position. Ihr Grinsen macht mir Angst, aber ich lasse mir nichts anmerken. Mein Körper zittert und mir läuft der kalte Schweiß inzwischen den Schulterblättern die Wirbelsäule runter, aber ich erwidere ihren Blick so frech wie möglich und starre ihr in die blassgrünen Augen.

»Damit hast du nicht gerechnet, was? Du hast doch nicht wirklich geglaubt, dass ich dir Adrian einfach so überlasse? Er gehört mir, und ich werde ihn bekommen. Notfalls über deine Leiche.«

Ich schlucke und wende die Augen von ihr ab, um Benedict anzusehen. Ich habe ihn sofort erkannt – dieses bullige, eiskalte Gesicht, das mir schon im Club Angst eingejagt hat.

»Was wollt ihr von mir?«, frage ich und wundere mich über meine feste Stimme. Noch vor wenigen Wochen wäre ich in einer Situation wie dieser hier einfach ohnmächtig geworden, schließlich bin ich kein Bond-Girl. Aber jetzt rast Adrenalin durch meinen Körper und schärft meine Sinne, ein übermächtiger Überlebenswille verdrängt alle Ängste.

»Was denkst du denn, *Kleines?*«, fragt er spöttisch und schiebt Jenna brüsk zur Seite.

Meine Augen sind jetzt auf der Höhe seines Schrittes und ich schließe sie hastig, um nicht auf das starren zu müssen, was sich unter der Lederhose verbirgt.

»Ich will dir zeigen, wie glücklich ich dich machen kann. Im Gegensatz zu Adrian, der nichts weiter ist als ein reiches, arrogantes Weichei.«

Erst jetzt bemerke ich aus dem Augenwinkel, dass er eine Peitsche in der Hand hält. Eine lange Lederpeitsche, die aus mehreren dicken Riemen besteht. Wie geflochtene Zöpfe. Ein eisiger Schauer geht durch mich hindurch. Hastig schlucke ich die Tränen runter, die nach oben kriechen wollen. *Konzentriert bleiben, Gwen. Lass dich nicht einschüchtern.*

»Ich weiß, was mit Gisele passiert ist. Und ich weiß auch, was er mit dir getan hat, Jenna«, sage ich und werfe Jenna einen funkelnden Blick zu.

Ihr schönes Gesicht ist kalt und hart, von ihr habe ich wohl keine Unterstützung zu erwarten. Zumal sie wahrscheinlich auch noch neidisch wäre auf das, was dieser grobschlächtige Typ für mich vorgesehen hat.

»Er hat mein Mädchen auf dem Gewissen. Jetzt nehme ich ihm seins weg.«

»Indem du mich in einen Keller sperrst und verprügelst? Netter Versuch, Benedict, aber so wird das nichts mit uns beiden.«

Jenna beißt sich auf die Lippe und sieht aus, als ob sie sich ein Lachen verkneifen müsste. Ich kann kaum glauben, dass die Frau vor mir steht, die noch vor wenigen Tagen wie ein heulendes Elend vor Adrians Bett gekniet und ihn angefleht hat. Wo ist sie hin, die demütige, unterwürfige Jenna? Irgendwo in dem kalten Biest versteckt sie sich, da bin ich mir sicher. Jetzt muss ich nur Benedict loswerden und sie aus ihr herauskitzeln, dann habe ich vielleicht eine Chance, hier wegzukommen. Und zwar so schnell wie möglich!

Benedict wedelt bedrohlich mit der Peitsche, und mein Magen schmerzt entsetzlich. Ich richte mich auf, so gut es eben geht mit den verfluchten Fesseln, weil ich stark wirken will. Stark sein *muss*. Meine einzige Hoffnung, ihn zur Vernunft zu bringen. Über seine Wange zieht sich eine helle Narbe. Sein markantes Gesicht ist nicht schön, aber er hat eine gewisse Ausstrahlung. Ich kann mir vorstellen, dass einige Frauen mit bestimmten Vorlieben auf ihn reinfallen, auf mich wirkt er im Moment allerdings so anziehend wie eine Vogelspinne. Vor allem, weil seine wässrig-blauen Augen im fahlen Licht, das durch die Tür in den Keller fällt, kalt wie Eisberge wirken.

»Nun, ich werde dir schon zeigen, was du an Unterwerfung hast. Und ich meine bedingungslose Unterwerfung. Ich werde dich abrichten, bis du so hörig nach mir bist, dass du in deinem ganzen Leben keinen anderen Mann mehr ansehen wirst. Schon gar keinen Schlappschwanz wie Adrian Moore, der gar nicht in der Lage ist, einer Frau Lustschmerz zu bereiten.«

»Lustschmerz?« Ich lache verächtlich und sehe ihm fest in die Augen. Nicht blinzeln. In diesem Fall ist klar, wozu ein längerer Augenkontakt führen wird. Ganz sicher nicht zu bedingungsloser Liebe! »Du hast wahrscheinlich so einen kleinen Schwanz, dass du es nötig hast, Frauen mit Gewalt zu unterwerfen. Sonst würde wohl keine mit dir … aaah!«

Der Schmerz beißt in meinen Oberschenkel, so heftig, dass mir Tränen aus den Augen laufen und mein Gesicht heiß wird. Ich keuche entsetzt und starre erst auf die langen Riemen der Peitsche, die mich geschnitten haben, dann wieder nach oben in sein Gesicht. Ungerührt. Jenna steht hinter ihm und beobachtet mich, die Mundwinkel spöttisch nach oben verzogen.

Als der erste Schock vorüber ist und mein Körper wieder auf mich reagiert, zerre ich wütend an den Handschellen, aber ich bin kurz davor, vornüber zu fallen. Ich fühle mich gedemütigt und versuche verzweifelt, die Tränen herunterzuschlucken, weil es diesem Typen ganz offenbar gefällt, dass ich so auf den Hieb reagiert habe.

»Siehst du? Er hat dich verdammt schlecht vorbereitet, *Kleines.* Denn das war nicht mehr als ein kleines Aufwärmen. Ich werde dich lehren, so mit mir zu sprechen.«

Er geht vor mir in die Knie, das Leder seiner Hose ächzt. Dann hebt er mit einem Finger mein Kinn an und zwingt mich dazu, ihn anzuschauen. Mein Magen dreht sich, ich muss ein Würgen unterdrücken.

»Ab sofort sprichst du mich höflich und respektvoll mit *Sir* an. Du bist nicht die erste widerspenstige Katze, die ich zu zähmen gedenke. Und auch nicht die erste, die meine Erziehungskünste zu lieben lernt. Vorerst bleibst du hier unten im Keller, alles andere ist mir zu unsicher. In ein paar Wochen sehen wir weiter.«

Ich schnappe nach Luft. In ein paar *Wochen*? Verdammter Mist, wie lange gedenkt er denn, mich hier festzuhalten? Mein Oberschenkel tut noch immer weh, und wenn das nur das Aufwärmen war kann ich mir ungefähr ausmalen, was mich erwartet. Die Übelkeit drängt wieder nach oben, und obwohl ich es verhindern will, benetzen weitere Tränen meine Wange. Er wischt sie mit dem Daumen weg, mein Kopf zuckt unwillkürlich zurück vor seiner Berührung. Sekunden später greifen seine Finger um meine Haare und zerren meinen Kopf nach hinten. Meine Kopfhaut brennt, aber ich beiße die Zähne aufeinander, um nicht aufzuschrcien. Die Genugtuung werde ich ihm nicht geben.

»Natürlich werden wir auch viel Spaß miteinander haben. Und ich werde dir zeigen, was wahrer Lustschmerz bedeutet.

»Niemals«, zische ich und ziehe die Nase hoch, was Jenna ein leises Lachen entlockt. Ich hatte die dumme Kuh fast vergessen und richte meinen Blick jetzt mit zusammengekniffenen Augen auf sie. »Und du … glaubst du wirklich, Adrian würde sich noch mit dir abgeben, wenn er wüsste, dass du hiermit zu tun hast? Er wird sich rächen, und dann …«

»Oh ja«, haucht sie und wirft theatralisch die langen Haare über ihre Schulter. Ihr Kleid ist drei Nummern zu klein und betont jede Hautfalte an ihrem zugegebenermaßen perfekten Körper. Zu Angst und Wut mischt sich eine diffuse Eifersucht, die mich wahnsinnig macht. »Genau darauf spekuliere ich, Süße. Ich werde ihn trösten, falls er deinetwegen verzweifelt sein sollte. Das hat bei Gisele …«

»Halt den Mund«, fährt Benedict sie an und dreht sich ruckartig zu ihr um.

Sofort verstummt sie und senkt den Kopf, ihre blonden Haare fallen wie ein Vorhang um ihr Gesicht. Himmel, der Typ hat sie nicht mehr alle, aber offenbar alles im Griff. Ich bin in der Hölle gefangen und habe keinen Schimmer, wie ich hier rauskommen soll. Wir sind in London, in irgendeinem Keller! Die Chance, dass man mich hier findet, ist ehrlich gesagt winzig.

»Adrian wird wissen, dass du dahintersteckst«, sage ich mit ruhiger Stimme. »Er wird dich finden, und dann wanderst du ins Gefängnis. Wo du hingehörst.«

Er ist so blitzschnell bei mir, dass mir schwindelig wird von seiner raschen Bewegung. Als er mein Kleid anhebt, wird mir eiskalt. Drohend streicht er mit den Riemen der Peitsche über … meinen nackten Hintern! Ach du … Ich habe ja keine Unterwäsche an, und falls er es noch nicht wusste, hat er es spätestens jetzt gesehen. Mein Gesicht glüht vor Scham.

»Wie nett. Da ist uns das Vögelchen so gut wie nackt ins Nest geflattert.«

Das Grinsen, das ich mir nun ansehen muss, weil er mein Kinn umklammert und meinen Kopf nach hinten verdreht, ist widerlich. Ich möchte ihn am liebsten anspucken, aber mein Mund ist so trocken, als ob ich gerade ein Papiertaschentuch zerkaut hätte.

»Mir fehlt der Respekt, Mäuschen. Wenn du mich noch einmal so respektlos ansprichst, lernst du meinen guten Freund hier sehr viel besser kennen als vorhin.«

Er lässt mein Kinn abrupt los und steht auf, und noch ehe ich die Luft anhalten kann, schlägt er mir mit den Lederriemen auf den Hintern. Einige Riemen treffen meinen Unterarm und meine gefesselten Hände, ich kann ein schreckliches Jaulen einfach nicht unterdrücken. Es brennt und zieht und sticht, die Tränen fließen jetzt unkontrolliert.

»Was deinen Adrian angeht … du glaubst nicht im Ernst, dass

er nach dir suchen wird? Oder sich deinetwegen mit mir anlegt? Dafür müsste er viel zu viel riskieren, und das bist du ihm gar nicht wert.«

»Was soll das Ganze hier dann?«, frage ich schniefend und versuche, die Tränen an meiner Schulter abzuwischen, was nur halbwegs gelingt. Ich fühle mich erbärmlich, diesem Perversen hilflos ausgeliefert. Langsam wird mir klar, wie sich Verzweiflung anfühlt. »Ich dachte, du ... Sie! Sie wollten mich Adrian wegnehmen, aber wenn es ihn doch gar nicht interessiert ...?«

»Kluges Geschöpf«, raunt er in mein Ohr und fährt mit dem langen Peitschengriff über meinen Körper. Dabei schiebt er mein Kleid hoch, sodass meine Oberschenkel entblößt werden. Kurz bevor er zwischen meine Beine gucken kann, hält er inne. Breitbeinig stellt er sich vor mich, und dann ... Oh mein Gott, nein! Bitte! Er nestelt an seiner Hose, vor meinen Augen! Ich kann ihn riechen. Das Leder, und etwas anderes. Moschus. Mann. Und da ist ... Ich kneife die Augen zu und fange hemmungslos an zu heulen. Bis er lacht. Heiser.

»Da hat jemand Angst«, sagt er, anscheinend zu Jenna gewandt, ich sehe nicht hin. Will ihn nicht ansehen. Mein Magen schlägt einen Salto und ich muss tief durch die Nase atmen, um mich nicht zu übergeben. Mein Herz rast in meiner Brust und pumpt viel zu viel Blut durch meinen Körper.

»Und das macht mich wahnsinnig an. Ich sollte mir Erleichterung verschaffen.«

»Nicht, lasst mich es tun, Sir Benedict.«

Ich reiße die Augen auf und bereue das sofort. Herr im Himmel, er hält mir tatsächlich sein hässliches Ding vor die Nase! Wenn ich die Zunge rausstrecken würde, könnte ich ihn berühren. Ich höre wieder ein Würgen, und es stammt eindeutig von mir. Aber der Einspruch kam von Jenna, die mit glänzenden Augen vor uns auf die Knie fällt und die Hände hinter ihrem Rücken zusammenlegt.

»Sir, Sie wird Euch verletzen, wenn Ihr sie in den Mund fickt. Benutzt ihre Angst, aber nehmt mich an ihrer Stelle.« Wie ein Vögelchen reißt sie den Mund auf und bietet sich ihm dar. Ich zittere am ganzen Körper und mir ist so übel, als käme ich direkt aus einem

Kettenkarussell. Ich kann nicht hinsehen, als er sich tatsächlich der hübschen, blonden Frau nähert und ihr sein Ding in den Mund …

»Sieh mich an!«, bellt er.

Oh verdammt, er meint mich. Ich soll … Nein, ich will das nicht sehen. Aber er kriegt es hin, mich erneut mit der schrecklichen Peitsche zu schlagen, diesmal auf die nackten Oberschenkel. Meine Haut platzt auf, ich sehe Blut, dann hebe ich den Kopf und starre ihn an. Durch ihn hindurch. Bis er zufrieden die Hände in Jennas schönem Haar vergräbt und grauenhafte Töne von sich gibt. Mein ganzer Körper zittert vor Angst, dass er es sich anders überlegen könnte und doch mich statt Jenna benutzt. Jesus, mach, dass es aufhört. Das Brennen und Ziehen, die Schmerzen, die Tränen, dieser Anblick, der mir das Blut in den Adern gefrieren lässt.

Hilf mir, Adrian. Wo zum Teufel bist du?

24

»Danke«, flüstere ich Minuten später, als Benedict den Keller verlassen hat, um sich zu waschen, und mich mit Jenna zurücklässt.

Sie lächelt gequält, wird aber sofort darauf wieder zu dem kleinen Biest. »Das habe ich nicht für dich getan, du kleine Schlampe. Ich wollte nicht, dass du Benedict in den Schwanz beißt.«

Oh Gott, auf die Idee wäre ich gar nicht gekommen! Aber danke für den Hinweis, ich notiere ihn in meinem Hinterkopf, falls sich die Gelegenheit noch mal ergibt. Was ich nicht hoffe. Meine Beine schmerzen überall. Die Knie vom langen Hocken auf dem Steinboden, die Oberschenkel von den brutalen Peitschenhieben. Obendrein habe ich auch noch eine saftige Ohrfeige von dem Perversen kassiert, von der mir jetzt noch die Ohren klingeln. Unfassbar, dass irgendeine Frau sich so etwas freiwillig gefallen lässt und auch noch Spaß daran hat!

»Jenna. Ich kann nicht mehr lange so sitzen. Kannst du die Fußfesseln nicht … Wenigstens die, bitte?« Ich sehe ihr fest in die Augen und hoffe, dass irgendwo in dieser Person noch ein Funken Menschlichkeit steckt. Doch zu meiner Enttäuschung lacht sie mich nur aus.

»Ich verstehe echt nicht, was er mit dir will. Du taugst absolut nicht zur Sklavin. Völlig verweichlicht.« Sie spitzt die Lippen, als ob sie auf mich spucken wollte, überlegt es sich nach einem kurzen Blick über ihre Schulter aber zum Glück anders. Mein Kopf dröhnt noch immer von dem heftigen Schlag, ich bin mir sicher, dass ich eine Gehirnerschütterung habe. Mir ist schwindelig und ich habe entsetzlichen Durst. So muss sich jemand fühlen, der sich in der Wüste verirrt hat.

»Wenigstens ein Glas Wasser? Bitte, ich verdurste.«

Sie grinst. In der engen Lederhose und dem Korsett sieht sie selbst aus wie eine Domina, aber offenbar hat sie die Verkleidung extra für mich angezogen. Um mir Angst zu machen?

»Gut, das wird wohl in Ordnung gehen«, murmelt sie dann vor sich hin, während sie sich umdreht und den Keller verlässt.

Sofort sind all meine Sinne hellwach. Ich lasse den Blick durch den Keller fliegen und versuche, so viel wie möglich zu erkennen. Irgendwas, das mir helfen könnte. Eine Waffe, irgendwas. Aber ich bin leider nicht MacGyver, und selbst wenn in der Ecke links eine Axt läge könnte ich in meiner Situation gar nichts damit anfangen! Mir wird wieder übel, ich schließe die Augen und versuche nicht dran zu denken, dass ich in einer verdammt verzweifelten Lage bin. Plötzlich sind die Peitschenhiebe, die er mir zufügen wird, nicht mehr das Schlimmste, womit ich rechnen muss. Die nächsten *Wochen* … ich stecke hier fest und verdammt in der Klemme. *Denk nach, Gwendolyn. Denk nach*!

Die Kälte an meiner Lippe erschreckt mich und ich fahre zusammen. Jenna hält mir ein Glas an den Mund, das mit einer klaren Flüssigkeit gefüllt ist. Ob sie irgendwelche Drogen darin aufgelöst hat, um mich gefügig zu machen? Egal, ich habe keine Wahl. Ich muss etwas trinken, sonst werde ich gleich ohnmächtig und dann ist sowieso alles zu spät. Das darf nicht passieren. Vorsichtig nippe ich an dem Glas, dann kippt sie es mit so viel Schwung zu mir, dass die Hälfte des Wassers über meinen Körper läuft.

»Nett«, sagt sie süffisant, aber es kümmert mich nicht, dass mein Kleid jetzt nass ist. Ich habe verdammt andere Probleme. »Ich lasse dich jetzt allein. Vielleicht kannst du ein bisschen schlafen bis morgen. Allerdings nur in der Position, in der du dich gerade befindest.«

»Jenna, bitte … das könnt ihr nicht machen! Was ist, wenn ich zur Toilette muss?«

Lieber Himmel, daran habe ich noch gar nicht gedacht! Mir wird ganz heiß bei der Vorstellung. Ich stöhne entsetzt und werfe ihr einen bittenden Blick zu. Okay, anstatt auf Knien Adrian anzuflehen, dass er mit mir was auch immer tut, hocke ich gefesselt vor einer fremden Frau und flehe sie an, mir wenigstens ein bisschen zu helfen. Sogar die Erinnerungen an meine Mutter verblassen plötzlich. Ich beiße mir auf die Lippen, um mein Schluchzen zu unterbinden, aber die Tränen fließen ungehemmt aus meinen Augen.

»Ach Gott, du bist wirklich … da hinten in der Ecke ist ein Eimer, da kannst du dich erleichtern.«

Mit angewidertem Gesichtsausdruck deutet sie auf die dunkle Ecke rechts, und ich starre verdattert auf meine Beine. Wie soll ich mit diesen Fesseln überhaupt dahin kommen? Ich kann wohl kaum auf den Knien kriechen. Was, wenn ich hinfalle und mit dem Gesicht auf dem Boden aufschlage?

»Jenna! Geh nicht weg!«, rufe ich, als sie mit großen Schritten auf die Tür zugeht.

Doch sie reagiert gar nicht. Stattdessen höre ich die quietschenden Scharniere und kurz darauf wird es dunkel. Ziemlich dunkel.

Meine Zähne klappern und ich versuche, mich mitsamt meiner Fesseln irgendwie hinzulegen. Auf den eisigen Steinboden unter mir. Natürlich falle ich um, aber zum Glück zur Seite, immerhin entspannen sich meine Beine ein klein wenig. Auch wenn ich keinen Schimmer habe, wie ich aus dieser Lage jemals zurückfinden sollte. Ich heule hemmungslos und zermartere mir das Hirn, aber mir fällt einfach nichts ein. Alles ist schwarz und dunkel, mein Kopf dröhnt und ist leer. So endet es also mit mir. Gefangen von einem verrückten Perversen und seiner Freundin. Wäre das alles nicht so entsetzlich, müsste ich fast über die Ironie lachen.

Zwei starke Arme richten mich auf, noch ehe ich die Augen aufschlagen kann. Helles Licht sticht, sodass ich die Lider stöhnend direkt wieder schließe. In meinem Mund lebt ein Pelztier und in meinem Kopf hämmert und pocht es so sehr, dass ich taumle, als meine geschundenen Knie den Boden berühren.

»Fuck«, höre ich eine männliche Stimme, dann spüre ich, dass jemand hinter mir die Handschellen aufschließt.

»Adrian?«, lalle ich hoffnungsvoll und öffne nun doch die Augen, blinzle ins grelle Licht. Und sehe die widerliche Visage von Benedict, der mich angrinst.

»Ich wusste, dass Blondie zu dämlich war. Sorry, *Kleines*, das war nicht so geplant.«

Was zum …? Ist er jetzt ganz durchgedreht? Will er mir jetzt erzählen, dass sie sich nur einen Spaß erlaubt haben? Ein kleines Spielchen, haha, nicht der Rede wert? Langsam kehren die Lebensgeister zurück, obwohl mein Körper schwach ist und meine Blase sich anfühlt wie ein zu prall gefüllter Ballon.

»Mach mich los, Benedict, und lass mich zu Adrian. Ich verspreche, wenn du mich jetzt gehen lässt, werde ich niemandem sagen, was du …«

Seine Finger umklammern mein Kinn wie ein Schraubstock und verdrehen mir wieder den Kopf, bis ich aufkeuche.

»Ich schätze, ich werde ein gesundes Muskeltraining durch dich bekommen. Oder hatte ich mich nicht klar ausgedrückt, wie ich von dir genannt werden möchte?«

Mit einem Ruck lässt er meinen Kopf los, der wie von einem Gummiband gezogen nach hinten schnellt. Meine Augen fangen wieder an zu brennen, obwohl sie von den vielen Tränen so geschwollen sind, dass ich kaum etwas sehen kann. Ich beiße die Zähne so fest zusammen, dass es knirscht. Wenn ich Angst zeige, macht ihn das an, und da wir offenbar allein hier sind, muss ich das verhindern. Unbedingt!

»Deine Erziehung wird mir besondere Freude bereiten«, flüstert er dann dicht vor mir.

Sein Atem lässt mich erneut würgen. Mein Magen ist leer, ich schmecke Säure in der Kehle. Ein beißender Geruch nach Zigaretten und Schweiß dringt in meine Nase, ich atme durch den Mund.

»Steh auf.«

Erst jetzt wird mir klar, dass er meine Fesseln gelöst hat. Alle. Trotzdem gehorchen meine Beine mir nicht, sie haben alle Kraft verloren und knicken sofort weg, als ich mich an der Wand festhaltend aufrichten will. Benedict schiebt seine feisten Hände unter meine Achseln und zieht mich hoch, bis ich mit dem Rücken an der kalten Kellerwand lehne. Jetzt im hellen Licht der Leuchtstoffröhre sieht er noch fieser aus als gestern, ich bin kurz davor, mich auf seine Schuhe zu übergeben.

»Ich denke es ist an der Zeit, dass ich uns beiden ein bisschen Spaß gönne«, sagt er heiser. Ich höre den Reißverschluss seiner Hose und beiße meine trockenen Lippen so fest aufeinander, dass es wehtut. Nicht weinen. Keine Angst zeigen. »Vielleicht wirst du gefügiger, wenn du erst meinen Schwanz in dir hattest. Und danach kannst du mir sagen, wer von uns besser fickt, der schöne Adrian Moore oder Stahlschwanz Benedict.« Er lacht. Widerlich.

»Bitte, Benedict. Sir«, versuche ich es mit Flehen, aber das ist wohl vergeblich. Wieder laufen mir die Augen über, als er seine Hand zwischen meine Beine schiebt. Meine Blase pocht und mein Unterleib brennt, sodass ich mir ein Stöhnen nicht verkneifen kann. Was er natürlich völlig falsch interpretiert.

»Du bist trocken wie die Sahara«, stellt er fest und lässt mich verächtlich los. »Ich habe aber keine Lust, dich vorzubereiten. Was soll's, wenn du mich erst mal in dir hast, wird sich das sehr schnell ändern.«

Ich sehe nicht hin, als ich seine eindeutige Armbewegung aus dem Augenwinkel erkenne. Das eindeutige Geräusch zeigt mir, was er da tut, und ich würge wieder. Der Raum verschwindet gnädig hinter meinem Tränenschleier, genau wie sein Gesicht. Ich schließe die Augen und versuche, mich aus meinem Körper zu befreien. Ich muss mich schützen. Wenn er mich jetzt wirklich … Ich schlottere am ganzen Leib und kann kaum aufrecht stehen. Seine linke Hand liegt wie eine Kralle um meinen Oberarm. Er braucht lange, um selbst bereit zu sein für das, was er da vorhat. Vielleicht ist er doch nicht so hart, wie er glaubt. Mein Herz schlägt mir bis zum Hals, mir ist schwindelig, mein Kopf dröhnt und mein Körper fühlt sich an wie ausgedörrt. Aber ich sammle mich und spanne alle Muskeln an, als er auch meinen linken Arm loslässt, um ein Kondom überzustreifen. Meine Chance. Jetzt oder nie.

Ich höre nur noch das Blut in meinen Ohren rauschen, als ich das Knie anhebe und mit so viel Kraft wie möglich zwischen seine Beine ramme. Ich sehe nicht hin, höre seinen Schrei nicht, sondern tauche unter seinem Arm hindurch und renne auf die offene Tür zu. Um kurz vorher zurückgerissen zu werden. An den Haaren.

Der Schmerz schießt durch meinen Körper, es fühlt sich an, als ob er mir die Kopfhaut abreißen wollte. Ein schwerer Stiefel trifft mich in die Seite und ich keuche auf vor Schmerz, krümme mich auf dem Boden zusammen und heule, als er sich über mich beugt. Mit einem blitzenden Messer in der Hand, das er mir an die Kehle legt.

»Wenn du nicht brav bist, schlitze ich dich auf«, droht er, und das Funkeln in den wässrig-blauen Augen lässt mich entsetzt schlucken. Mein Kehlkopf drückt sich gegen die Schneide. Oh Gott, ich traue es ihm zu. Traue ihm zu, dass er mir den Hals durchschneidet.

»Benedict«, flüstere ich heiser und versuche, ihm in die Augen zu sehen. *Rede mit ihm. Zeig ihm, dass du ein Mensch bist und kein Gegenstand. Irgendwo tief drin muss auch in ihm ein Herz stecken. Irgendwo …*

Er ist schwer auf mir, so schwer, dass ich kaum atmen kann. Ich spüre seine Erektion zwischen meinen Beinen, fühle, wie er sich mir nähert, und meine Blase ist schmerzhaft geschwollen. Heulend kneife ich die Augen zusammen, bete, dass es wenigstens schnell geht. Bitte … ganz, ganz schnell. Ich kann den Kopf nicht bewegen, weil die scharfe Klinge schon meine Haut angeritzt hat.

»Geh runter von ihr, Benedict.«

Keuchend reiße ich die Augen wieder auf und drehe meinen Kopf zur Tür, was einen schmerzhaften Schnitt zur Folge hat. Blut quillt hervor, aber ich spüre den Schmerz kaum. Mein Herz rast und stolpert, weil ich seine Stimme natürlich sofort erkannt habe.

Seine Augen sind zu Schlitzen verengt, die Kiefer aufeinandergepresst. Er ist blass und hat dunkle Augenringe, aber ich fand ihn noch nie so schön wie in diesem Moment. Vor Erleichterung heule ich wieder, obwohl Benedict keine Anstalten macht, von mir aufzustehen oder seine Hose wieder anzuziehen. Stattdessen hebt er nur den Kopf und grinst Adrian an.

»Master Adrian persönlich. Du möchtest wohl gern zusehen?«

Adrian ballt die Hände zu Fäusten und kommt langsam auf uns zu. Sein Blick flackert, aber er sieht mich nicht an, sondern fixiert Benedict. Hinter ihm entdecke ich Jennas blonde Haare, sie versteckt sich im Flur. Ich bin ihr so dankbar, denn offenbar hat sie Adrian hierher geführt.

»Runter. Von. Ihr.«

»Keinen Schritt weiter, sonst …«

Benedict drückt das Messer fester gegen meinen Hals. Die Schnittwunde brennt und ich blute, aber ich bin wild entschlossen, mich jetzt zu befreien. Ich kann mich kaum bewegen unter ihm, weil er mich mit seinem Gewicht und seinen Beinen festhält. Dann rieche ich wieder seinen rauchgeschwängerten Atem in meinem Gesicht, spüre, wie er näherkommt.

»Ich habe mich getäuscht, *Kleines*«, sagt er und grinst diabolisch. Mein Atem stockt vor Panik. »Es macht nicht nur Spaß, dich mit Gewalt zu nehmen. Es ist sogar noch sehr viel besser, wenn er dabei zusieht. Wenn er mit ansehen darf, wie ich dich küsse. Bei Gisele hat er oft zugesehen, weißt du? Erst, als wir ihn nicht mehr zusehen lassen wollten, hat er gestreikt. Seinetwegen ist sie tot, wusstest du das? Er hat sie auf dem Gewissen.«

»Das ist nicht wahr, Benedict«, ertönt jetzt Jennas Stimme.

Ich kann sie nicht sehen, weil Benedicts Gesicht alles ist, was ich wahrnehme. Mein Kopf ist fixiert durch das Messer und durch ihn. Ihre Stimme zittert deutlich.

»Es ist nicht wahr, und du weißt es.« Jemand saugt scharf Luft durch die Zähne ein. »Es ist deine Schuld, dass sie nicht mehr lebt. Du hast sie dazu gezwungen, nicht Adrian.«

»Halt den Rand!«, schnauzt Benedict, aber ich kann seine plötzliche Unsicherheit spüren, weil das Messer sich um wenige Millimeter von mir entfernt.

Ich spanne alle Muskeln an, um bereit zu sein. *Bitte, Jenna, red weiter*!

»Lass sie gehen, Benedict, und wir vergessen die ganze Sache.« Adrians Stimme löst Hitze in mir aus. Hält mich wachsam und am Leben. Ich starre auf Benedicts Kiefer, weil er noch immer nach hinten sieht. Jetzt müsste ich … oh Gott, er ist so verdammt schwer! Als ich meine Beine ein wenig bewege, verstärkt er den Druck und quetscht mich mit seinen kräftigen Oberschenkeln ein. Mein Puls rast, noch nie im Leben habe ich so große Angst verspürt wie in diesem Moment.

»Das könnte dir so passen, Master Adrian.« Benedict spuckt auf den kahlen Boden neben uns, dann verlagert er sein Gewicht. Himmel, er drückt auf meine Blase! Wieder schießen mir Tränen hoch. Angst, Wut und Scham. Alles auf einmal. Immerhin hat die Unterbrechung seine Erektion vernichtet, was mich etwas sicherer macht. Er wendet sich wieder mir zu und neigt den Kopf, bis ich seinen Mund auf meinen Lippen spüre. Ich würge und versuche, ihm meinen Mund zu entziehen, aber er drückt das Messer fester gegen meine Kehle. Hinter uns höre ich Adrian leise knurren.

»Ein Schritt, und ich schneide ihr die Kehle durch, während ich sie küsse«, raunt Benedict an meinen Lippen, die ich so fest zusammengepresst habe, als ob er mir Gift einflößen wollte.

Dann sehe ich ihm in die Augen, erkenne Verzweiflung und Wut darin. Mein Schädel klopft zum Zerspringen, aber ich tue es. Öffne die Lippen und strecke die Zunge heraus, ganz vorsichtig, ein Stück nur. Hebe meinen Hinterkopf ein wenig an, bis ich ihn spüren kann. Lecke über seine Unterlippe und suche seinen Blick, der tatsächlich etwas irritiert wirkt.

»Lass es uns tun, Benedict«, flüstere ich. »Fick mich und lass ihn dabei zusehen. Es wird ihm das Herz zerreißen, zu sehen, wie du Dinge mit mir tust, die ich ihn nicht machen lasse. Fick mich, wohin du willst, so hart du willst. Je härter, umso besser, damit er leidet. Er hat mich verletzt und es macht mir Spaß, ihm wehzutun. Genau wie dir. Ich bin auf deiner Seite, Benedict. Lass mich deinen harten Schwanz spüren, ich bin auch schon feucht für dich, sieh nach.«

»Halt die Klappe«, raunt er, aber ich höre nicht auf ihn und mache einfach weiter. Rede wie im Fieberwahn auf ihn ein, die Worte purzeln einfach so aus meinem Mund und ich habe nicht mal genug Nerven, um mich dafür zu schämen. Herr im Himmel, bitte mach, dass es funktioniert. So wie es bei mir funktioniert hat, schließlich hat Adrian mich vor allem mit Worten verführt. Natürlich mit anderen Worten, aber der Zweck heiligt die Mittel, und ein Typ wie Benedict fährt hoffentlich auf andere Sachen ab, die mir wirklich schwer von den Lippen gehen.

»Sir Benedict! Großer Master. Ich habe gesehen, was für einen riesigen Schwanz Ihr habt. Er ist so viel größer als Adrians, und ich will ihn, Sir. Bitte, gebt mir Euren Schwanz, mit all Eurer Härte. Fickt mich, benutzt mich, wie Ihr wollt.«

Nur wenige Millimeter kann ich mein Becken anheben, aber es genügt, um zu spüren, dass meine Worte Wirkung haben. Mit halb geöffnetem Mund sehe ich ihn an, schließe die Lider ein wenig und küsse ihn. Er wird härter, die Verwirrung weicht, aber ebenso weicht das Messer an meinem Hals. Millimeter für Millimeter. Ich kneife die Augen zu und denke an Adrian. An unseren Sex. Daran, wie er mich küsst und mich anfasst, mich berührt und … es funktioniert. Ich kann ihn küssen, ohne zu würgen. Vergesse, dass es nicht Adrian ist, sondern ein anderer, und gebe alle Lust in diesen Kuss, zu der ich in der Lage bin. Bis ich höre, wie das Messer klirrend zu Boden fällt. Und dann passieren ganz viele Dinge auf einmal.

Ein heiserer Schrei. Eine Faust in meinem Gesicht, die Blitze vor meine Augen zaubert. Ein Messer, das mich sticht, schneidender Schmerz, ich weiß nicht, wo. Ein kräftiger Arm, der das Gewicht von mir reißt. Blaue Augen, die mich kurz besorgt ansehen, bevor sie wieder verschwinden. Blonde Haare, die meine Nase kitzeln. Eine weiche Hand, die mich nach hinten zerrt. Blut, das fließt, irgendwo. Schreie. Schläge. Etwas, das gegen die Wand geschlagen wird. Ich höre mich stöhnen, der Schmerz kommt plötzlich und heftig mit Verzögerung. Dann wird mir schwarz vor Augen und ich verliere das Bewusstsein.

25

Um mich herum ist alles weiß. Ein weißes Zimmer, also bin ich … bei Adrian? Aber das Bett ist winzig, der Geruch der Wäsche ist mir fremd. Scharf und sauber, nicht blumig und sinnlich wie im Penthouse. Vorsichtig schlage ich die Augen auf und stöhne, als sich mein Kopf mit hämmernden Schmerzen meldet. Großer Gott, wo bin ich? Was ist passiert? Und … was zum Teufel hat Kilian hier zu suchen?

»Gwen? Gwen, bist du wach? Geht es dir gut? Was macht der Kopf? Hast du …«

»Zu viele Fragen«, murmle ich, noch immer todmüde, und strecke die Hand zur Seite aus. Er ergreift sie und beugt sich über mich. Noch immer dünn und blass, so wie früher, als wir zusammen gewohnt haben. Dunkle Augenränder. »Was tust du hier?«

»Adrian Moore hat mich angerufen, nachdem du verschwunden warst. Er dachte, ich hätte etwas damit zu tun, also bin ich gleich hergekommen, um nach dir zu sehen. Wir hatten solche Angst um dich, Gwen! Wir alle.«

Wir alle? Ich drehe den Kopf, bis ein stechender Schmerz mich ermahnt, ruhig zu bleiben. Wo ist Adrian?

»Hey Süße! Soll ich dir neue Drogen besorgen?«

Mein Mund verzieht sich zu einem Grinsen. Ich muss sie nicht sehen, ich habe ihre Stimme sofort erkannt. »Ich hoffe, ihr seid nicht alle zu meiner Beerdigung gekommen«, sage ich und huste, weil mein Hals entsetzlich trocken ist. Cat sitzt neben mir auf dem

Bett und reicht mir ein Glas Wasser, hält meinen Kopf, während ich langsam trinke.

»Du hast ein paar Verletzungen, vor allem dein Kopf hat ganz schön was abgekriegt, daher haben die Ärzte dich mit Schlaftabletten vollgestopft. Du liegst übrigens auf Adrians Kosten in einer wirklich noblen Privatklinik, Süße! Ich bin verdammt neidisch.«

»Spinner«, sage ich und lasse mich wieder aufs Kissen sinken. Mein Schädel hämmert noch immer ganz entsetzlich, und ich kriege die Augen kaum auf. »Ich gebe dir gerne was von meinen Kopfschmerzen ab, wenn du so neidisch bist.«

»Mann, du hast uns vielleicht einen Schrecken eingejagt.« Kilian verzieht das Gesicht.

»Wie geht es deiner Mutter?« Mein schlechtes Gewissen ist schlimmer als mein Kopfweh. Ich habe mich nicht um ihn gekümmert in der letzten Zeit, und das tut mir verdammt leid.

»Sie liegt im Hospiz, aber es ist gut so. Wir hatten genug Zeit, uns zu verabschieden, und es ist besser, wenn sie endlich erlöst wird.«

Ich hebe den Arm, um seine Wange zu streicheln, aber der plötzliche Schmerz lässt mich aufstöhnen und entsetzt auf meinen Körper starren.

»Der Typ hat dir in den Arm gestochen«, erklärt Cat. »Und du siehst echt scheiße aus. Willst du's sehen?«

»Nein, danke«, sage ich geschockt und fasse mir ins Gesicht. Alles scheint geschwollen zu sein, ich spüre Beulen auf der Stirn und Schnitte an meinem Hals.

»Das heilt wieder, bis zur Hochzeit bist du wieder schön.« Cat grinst und ich verziehe den Mund.

»Sehr witzig. Wo ist Adrian?« Mein Herz klopft schneller, als Cats Gesichtsausdruck trüb wird. Lieber Himmel, nein! Bitte, lass ihm nichts passiert sein! »Wo, Cat?«

»Er hat ein paar Messerstiche abgekriegt und liegt auch hier, darf aber noch nicht aufstehen.«

»Was?« Sofort sitze ich aufrecht im Bett, obwohl mein Kopf die schnelle Bewegung gleich wieder mit klopfenden Schmerzen quittiert. Egal.

»Genau wie du, Süße. Du hast eine Menge Schmerzmittel in dir und musst dich erholen. Offenbar hast du eine heftige Gehirnerschütterung und der Arzt hat gesagt, dass du Bettruhe brauchst.«

»Aber … aber ich will ihn sehen«, klage ich. »Ist er nebenan? Wie ist die Zimmernummer?«

»114. Direkt über dir.« Kilian zeigt auf die Zimmerdecke und lächelt. Mir wird plötzlich flau im Magen.

»Hast du schon mit ihm gesprochen?«

Er nickt stumm.

»Ich wusste nicht, dass du Carol kanntest. Adrian hat es mir erzählt, kurz bevor ich …«

»Ich weiß. Wir haben darüber geredet. Auch über das, was damals passiert ist. Du kannst dir nicht vorstellen, mit welchen Schuldgefühlen ich jahrelang gelebt habe, Gwen. Wie sehr du mich an sie erinnert hast … immer.« Kilian schluckt und sieht mir fest in die Augen. Cat streicht mir übers Haar, sagt aber nichts. Sehr ungewöhnlich! »Wir waren noch so jung damals. Und ich war unerfahren. Leider habe ich auf andere gehört, die meinten, ich müsste sie auf Abstand halten. Sonst würde sie sich nicht in mich verlieben. Ich sollte so tun, als ob mir nichts an ihr läge, damit sie sich zu mir hingezogen fühlt. Ich Idiot habe das geglaubt und an jenem Abend …«

»Ich weiß, was passiert ist.« Ich taste nach seiner Hand und ergreife sie. Sie ist kalt und klamm. »Es war nicht deine Schuld, Kilian. Sie ist weggelaufen und wurde vergewaltigt und ermordet.« Ich muss schlucken als mir klar wird, wie ähnlich mein eigenes Schicksal hätte verlaufen können. Und wie sehr Adrian gelitten haben muss, als ich plötzlich verschwunden war! Ein Schauer läuft mir über den Rücken bei der Vorstellung.

»Du konntest nicht ahnen, was passieren würde. Genauso wenig wie Adrian. Ist er … Ist er wütend auf dich?«

Kilian schüttelt den Kopf. »Nein. Er hatte Verständnis für mich und hat seltsamerweise dasselbe gesagt, nachdem wir miteinander geredet haben und ihm klar wurde, dass ich nichts mit deinem Verschwinden zu tun haben kann.«

Meine Lippen kräuseln sich zu einem Lächeln.

»Und er sagte: Wer liebt, sucht die Schuld immer bei sich.«

»John Karry«, sage ich leise. Ich kenne den Spruch, er hängt seit Jahren in Newcastle an meiner Zimmerwand. Aber zum ersten Mal im Leben glaube ich, ihn zu begreifen.

»Ich muss ihn sehen. Helft mir.« Entschlossen schiebe ich Kilian zur Seite und hieve meine Beine aus dem Bett. Mein Oberschenkel ist bandagiert, genau wie mein Arm, und schmerzt. Aber erst, als ich das Bett schon fast verlassen habe, bemerke ich, dass mir kalt wird. Cat kichert.

»Gwen, bleib bitte liegen! Du willst nicht ernsthaft mit nacktem Hintern durchs Krankenhaus laufen!«

Ich stöhne genervt und lasse mich aufs Bett zurückfallen. »Herr im Himmel! Besorg mir was zum Anziehen, Cat. Bitte! Dieses Krankenhaushemd bringt mich um.«

»Ich suche einen Rollstuhl oder so was. Warte.«

Sie huscht hinaus, und Kilian hilft mir, aufzustehen.

»Ich guck nicht hin«, sagt er und wendet diskret die Augen ab.

Ich muss lachen. »Du hast doch sowieso schon mehr von mir gesehen als die meisten anderen, also was soll's.«

»Er ist nett.« Kilian sieht mich lächelnd an. »Wirklich. Ich wollte dich vor ihm warnen, weil ich mir Sorgen gemacht habe und dachte, dass er dich nur benutzt. Meinetwegen. Aber er liebt dich, da bin ich mir sicher. Ich habe selten einen so verzweifelten Menschen gesehen wie ihn vorletzte Nacht, er wäre fast umgekommen vor Sorge um dich.«

»Ich hoffe es«, murmle ich. Mein Magen verkrampft sich vor Sehnsucht, und mein Herz klopft schneller, als Cat einen faltbaren Rollstuhl reinschiebt.

»Schnell. Ich musste ihn stehlen, weil der Arzt verboten hat, dass du das Zimmer verlässt. Trotzdem …« Sie betrachtet mich stirnrunzelnd, während ich versuche, mich mit Kilians Hilfe in das klapprige Ding zu setzen. »So kannst du nicht zu ihm. Ich meine, falls er bei Bewusstsein ist, fällt er gleich ins Koma, wenn er dich so sieht.«

Sie holt ihre riesige Handtasche und kramt ein Kosmetiktäschchen hervor. Abwehrend hebe ich beide Hände.

»Oh nein! Wie auch immer ich aussehe, aber es kann nicht schlimmer sein als das, was du mit deinem Make-up fabrizierst!«

»He!« Cat schmollt, hört aber nicht auf mich, sondern kniet sich vor mich hin und zückt Puder, Make-up und Rouge. »Nur ein bisschen abdecken, das Desaster. Ich habe ja nicht versprochen, eine atemberaubende Schönheit aus dir zu machen. Aber es wäre wohl ganz hilfreich, wenn du nicht aussiehst wie Quasimodo.«

Es ist schon dunkel draußen, als die beiden mich so leise wie möglich über den menschenleeren Flur schieben. Leise Musik dringt aus Lautsprechern, weiße Vorhänge wehen vor offenen Fenstern, und es duftet nach blumigem Parfum. Cat läuft vor, um den Fahrstuhl zu holen, der uns in die nächste Etage bringt. Und kurz darauf stehen wir vor seiner Tür. Mein Herz schlägt mir im Hals vor Aufregung, meine Finger sind ganz steif. Es kommt mir vor, als wären wir wochenlang getrennt gewesen, dabei können es höchstens ein paar Stunden – oder Tage? – gewesen sein. Ich habe kein Gefühl für Zeit oder Raum, aber mein Körper verlangt danach, ihn zu sehen. Zu berühren.

Am Ende des langen Ganges ertönen Schritte und wir zucken erschreckt zusammen. Hilfesuchend sehe ich Cat an.

»Festhalten, ich schieb dich rein«, bestimmt sie, reißt die Tür auf, gibt dem Rollstuhl einen kräftigen Stoß und schließt die Tür hinter mir sofort geräuschvoll. Ich kann mich gerade noch mit den Händen abstützen, bevor ich ungebremst gegen Adrians Bett knalle. Heilige Mutter!

»Kleines? Gwen, bist du das?«

Er ist furchtbar blass, sein schönes Gesicht wirkt ein wenig eingefallen. Mir schießen die Tränen in die Augen, als ich ihn so daliegen sehe. So verletzlich und krank … Oh Gott, was habe ich getan? Es ist meine Schuld! Wäre ich nicht weggelaufen, hätte Benedict mich nicht …

»Kleines! Komm her!«

Er breitet beide Arme aus, an denen ich weiße Verbände entdecke, durchsickert von hellem Blut. Ich stehe vom Rollstuhl auf, um zu ihm zu gehen. Langsam. Sehr langsam. Jeder Schritt jagt einen stechenden Schmerz durch mein Bein, aber es ist egal. Und wenn ich über glühende Kohlen laufen müsste – nichts kann mich jetzt aufhalten. Schluchzend vor Erleichterung falle ich in seine Arme, die sich fest um mich legen und mich halten, und mich stört nicht einmal mein nackter Hintern, der jedem plötzlichen Besucher hell wie der Mond entgegenleuchten würde.

Meine Lippen suchen seine, wir küssen uns. Lange, intensiv. Warm und rau ist er, so wie ich, und trotzdem so köstlich wie nichts auf der Welt. Mit beiden Händen fahre ich über sein Gesicht, prüfe seine Verletzungen. Sein linkes Auge ist blutunterlaufen, auf der Wange ist ein dunkelblauer Bluterguss.

»Was hat er dir getan?«

»Das ist nicht wichtig, Kleines. Wichtig ist, dass es dir gut geht. Es geht dir doch gut?«

»Jetzt ja«, flüstere ich und schmiege mich an ihn. Spüre seine Brust, die sich hebt und senkt wenn er atmet. So tief, so ruhig.

»Wie hast du uns gefunden?«, frage ich Minuten später und richte mich etwas auf, um ihn anzusehen. Seine Unterlippe ist etwas aufgeplatzt, was ich beim Küssen kaum bemerkt habe. Jetzt streiche ich sanft mit dem Finger über die Stelle.

»Nachdem Kilian da war und ich wusste, dass er nichts damit zu tun hat, habe ich Jenna aufgelauert. Sie hat mich zu Benedicts Keller geführt.«

Ich schlucke trocken. Eigentlich will ich nicht wissen, wie er es aus ihr herausgekitzelt hat. Ich kann es mir vorstellen, aber ich will nicht. Will das schöne Gesicht unter den blonden Haaren vergessen, für immer.

»Es ist nichts passiert«, beruhigt er mich und ich muss lachen.

»Gottseidank, du kannst es noch!«

»Was?«, fragt er und zieht mich mit einer Hand in meinem Nacken wieder zu sich runter, um mir einen zärtlichen Kuss auf den Mundwinkel zu geben.

»Meine Gedanken lesen.«

Adrian lacht leise und sieht mich an. Die blauen Augen funkeln schon wieder, sein Bart ist nicht so sorgfältig gestutzt wie sonst. Ich kann ihm ansehen, dass er in den letzten Tagen kaum geschlafen hat, wenn überhaupt.

»Wie lange war ich denn weg? Ich habe gar kein Zeitgefühl …«

»Eine zu lange Nacht und einen viel zu langen Vormittag.«

»Hast du mit Kilian gesprochen?« Ich streiche vorsichtig über die kleine Narbe an seinem Auge, das er reflexartig zukneift, als ich die Stelle berühre. Die Stelle, die ihn immer an seine Schwester erinnern wird. So wie … ich?

»Ja, und es war gut so. Wir hätten uns schon vor Jahren finden sollen, dann wäre uns beiden viel Leid erspart geblieben. Danke.«

»Danke?« Ich runzle die Stirn. »Was habe ich damit zu tun?«

»Durch dich habe ich ihn überhaupt erst gefunden. Und seinetwegen habe ich noch etwas viel Besseres und Wichtigeres gefunden, Kleines. Dich.«

Mein Herz schlägt heftig gegen meinen Brustkorb. »Du musst es nicht sagen, Adrian. Ich … ich glaube, ich weiß es«, versuche ich, ihn aufzuhalten, weil mein Magen seltsame Kapriolen schlägt und eine Horde Flattertiere darin einen Aufstand probt.

Er lächelt und hält mich, seine Hand streichelt Kreise auf meinem nackten Rücken und erzeugt eine kribbelnde Gänsehaut. »Ich habe stundenlang darüber nachgedacht, was ich dir sagen will, Kleines. Du wirst mir das Vergnügen jetzt nicht versagen!«

Ich kichere albern und lege den Kopf auf seine Brust. Auch sein Herz schlägt schnell, ich spüre, wie mein Puls sich mit seinem vermischt.

»Ich liebe dich, Gwen. Ich liebe deine Ehrlichkeit, deinen Sarkasmus, deine Intelligenz. Ich liebe dein Lächeln, wenn du verträumt und nachdenklich aussiehst. Ich liebe es, dich zu beobachten, wenn du konzentriert arbeitest und die Stirn in Falten legst. Ich liebe deine großen Augen, die mit der Verwunderung eines kleinen Mädchens schauen können, wenn du etwas nicht verstehst. Ich liebe den spöttischen Zug um deine köstlichen Lippen, wenn du dich über etwas lustig machst. Und ich liebe diese Zahnlücke, die ich ständig küssen will. Deinen kleinen Hintern, den ich am liebsten dauernd …«

»Halt!«, rufe ich und verschließe seinen Mund mit den Lippen. »Bis hierher war es das Schönste, was jemals jemand zu mir gesagt hat. Verdirb es jetzt nicht.«

Sein schiefes Grinsen löst ein heftiges Ziehen in meinem Leib aus, als wir uns tief in die Augen sehen. Mein Kopf schmerzt noch immer, aber die anderen Gefühle sind viel stärker und verdrängen das unangenehme Pochen. Vor allem mein Herz … Es fühlt sich an, als ob es gerade gewachsen wäre. So riesig! Viel zu groß für meine Brust.

»Ich liebe dich auch, Adrian«, flüstere ich mit brennenden Augen. »So sehr! Und ich will … ich will bei dir bleiben, wenn du mich willst.«

»Was ist das für eine Frage«, murmelt er gegen meine Wange und küsst mein Ohrläppchen, meinen Hals, zieht mit den Fingern das grüne Krankenhaushemd zur Seite, unter dem ich nackt bin. Ich spreize die Beine und setze mich auf ihn, dann spüre ich, wie er unter mir hart wird.

»Großer Gott«, flüstere ich. »Du bist krank, Adrian. Nimmt dein Körper denn gar keine Rücksicht?«

»Da unten hat er mich zum Glück nicht getroffen mit dem Messer. Und solange die unteren Gliedmaßen funktionieren, werde ich …«

»Nicht hier!« Entsetzt hebe ich den Kopf und sehe zur Tür, aber auch in meinem geschundenen Körper wird die Lust auf ihn übermächtig. Als ob ich damit die schlimmen Erinnerungen einfach auslöschen könnte. Und vielleicht kann ich. »Außerdem sehe ich schrecklich aus.«

»Du bist wunderschön. Immer.«

Seine Lippen schließen sich um meine Brustwarzen, die schon klein und hart geworden sind. Ich stöhne leise auf und rutsche auf seinem harten Schoß herum, auch er trägt ein hässliches grünes Hemd.

»Ich bin nackt darunter«, raunt er und beißt in meinen Hals, ohne seine Hände von meinem Hintern zu nehmen.

»Ich auch«, sage ich heiser und verkneife mir ein Lachen.

Herr im Himmel, wenn hier jetzt einer reinkommt, eine Krankenschwester oder was … Das Zimmer ist dunkel, nur eine kleine Leselampe spendet gerade genug Licht, dass ich sein Gesicht sehen kann. Der Rest unserer Körper ist in gnädige Dämmerung gehüllt, was in Anbetracht meines Äußeren vermutlich ziemlich gut ist.

»Das hättest du nicht sagen dürfen.« Murmelnd gleiten seine Finger unter mich, und ich hebe automatisch das Becken etwas an, um ihm Platz zu machen. »Du bist schon so feucht, Kleines. Es wäre eine Schande, wenn ich nicht …«

Ein letzter Rest meines Verstandes versucht, sich zu wehren, aber er ist chancenlos. Chancenlos gegen meinen Körper und das, was Adrian mit seinen Händen auslöst. Wir küssen uns wieder, so wild, dass unsere Zähne gegeneinanderschlagen. Wie betrunken kreisen unsere Zungen umeinander, sein Finger streicht sanft und vorsichtig über meinen Schoß und erspürt, wie bereit ich schon für ihn bin.

Mein Körper scheint sich aufzulösen, als ich die Hemden zur Seite schiebe und mich vorsichtig auf ihn setze. Mühelos lasse ich ihn in mich eindringen, und als seine ganze Härte tief und sicher in mir ist, beuge ich mich wieder vor, um ihn zu küssen. Sein Haar zu streicheln. In seine Augen zu sehen.

Er bewegt die Hüften nur sanft, sehr langsam, und zieht mit beiden Händen die weiße Decke über uns, was mir Sicherheit gibt. Mich wärmt.

Ich küsse sein Gesicht, seinen Hals, seine Brust, während er mich weiter so quälend langsam nimmt, dass ich mich beherrschen muss. Er füllt mich aus, ist so tief in mir, dass hitzige Zufriedenheit durch meinen Körper strömt.

»Ich liebe dich«, murmelt er wieder und greift in mein Haar, zerwühlt die Locken mit beiden Händen, während wir uns immer wieder küssen. »Lauf nicht mehr weg, Kleines. Bleib bei mir.«

Ich stöhne leise, als seine Stöße etwas kräftiger werden, und lasse mein Becken auf ihm kreisen. Lust durchzuckt mich, das Pochen und Pulsieren wird stärker und meine Bewegungen schneller. Die Schmerzen verschwinden, mein Körper will sich auflösen. Mit ihm.

»Ich liebe es, in dir zu sein. Es fühlt sich verdammt perfekt an. Wie für mich gemacht.«

»Oh ja«, hauche ich und beschleunige mein Kreisen, weil das Pochen tief in mir unerträglich wird. »Du bist perfekt. Für mich gemacht.«

Ich spüre, wie er in mir zuckt, noch bevor er leise aufstöhnt. Dann sehe ich ihm fest in die Augen, sauge jede Sekunde ein, in der sich sein Gesicht lockert, die Anspannung löst. Die Falte auf der Stirn verschwindet, der wunderschöne Mund sich leicht öffnet, und wir kommen gemeinsam. Verschmelzen in unserer Lust, im Pulsieren unserer Körper, ehe unser Atem sich wieder beruhigt und mein Herz langsamer schlägt. Bis die Tür aufgerissen und das Deckenlicht eingeschaltet wird.

»Allmächtiger«, stößt die nicht mehr ganz junge Krankenschwester aus, und Adrian dreht den Kopf zur Seite, um sie anzugrinsen.

»Haben Sie ein Glück!«, sagt er, ohne mich loszulassen. Mein Kopf glüht wie eine Herdplatte. »Wären sie zwei Minuten früher gekommen, hätte ich sie womöglich umgebracht.«

»Sie gehören ins Bett«, sagt sie zu mir, mit rügend hochgezogenen Brauen.

»Da bin ich doch«, erwidere ich trotzig und rutsche langsam von Adrians Schoß, um mich neben ihn zu legen. »Und ich habe nicht vor, es so bald zu verlassen.«

26

Ich liebe das Menschengewirr bei Harrods. Ich liebe es, hier oben zu sitzen und eine ganz traditionelle Teatime zu genießen, bei der ich die zahlreichen Besucher beobachten kann. Touristen mit Kindern und Rucksäcken, die nur die Karte studieren und dann kopfschüttelnd wieder gehen (kein Wunder bei den Preisen). Frauen, von denen ich nur die Augen sehen kann unter ihren schwarzen Burkas. Ältere Damen, die allein für den Tee hierher kommen und sich mit Freundinnen treffen.

Vor mir auf dem Tisch steht eine silberne Etagere, belegt mit winzigen Sandwiches, Shortbreads und kleinen Cupcakes. Drei volle grüne Tüten liegen zu meinen Füßen – ich hätte nicht gedacht, dass mir Shopping so viel Spaß macht, wenn ich nicht selbst dafür bezahlen muss. In meinem Portemonnaie befindet sich Adrians schwarze Kreditkarte, die mir hier tatsächlich Herzen öffnet. Eigentlich wollte ich nicht, aber jetzt bin ich froh, dass ich auf ihn gehört habe.

Seit vier Wochen wohne ich nun schon bei ihm und arbeite mit Adrian an seinen Büchern. Mein Zimmer in Newcastle hat Jonathan übernommen. Cat hat geweint, als ich die fünf Umzugskisten mit meinen Habseligkeiten geholt habe, aber dann überreichte Adrian ihr einen Schlüssel für ein kleines, sehr schönes Apartment in Shoreditch und sie war wieder glücklich. Seitdem hat sie mich schon zweimal in London besucht, allerdings war sie eher für die Privatpartys von Nelson hier, zu denen Adrian ihr Zutritt verschafft hat. Im Gegensatz zu mir weiß sie die Vorzüge seiner Clubs offenbar zu schätzen. Und neuerdings ist ihr Ehrgeiz an ihrem Studium wieder erwacht, weil sie so schnell wie möglich fertig werden und umziehen möchte. Mit Jonathan.

Ich nippe an dem köstlichen grünen Tee, der in der filigranen Porzellantasse dampft, und greife nach meiner Handtasche, um das Päckchen herauszuholen. Adrian hat es mir heute Morgen in die Hand gedrückt, nachdem ich gesagt habe, dass ich mir einen Tag für mich wünsche. Zusammen mit seiner Kreditkarte, die ich empört zurückgeben wollte, aber er hat mich überredet. Jetzt ist es drei Uhr, meine Füße brennen vom vielen Laufen und ich bin erschöpft, als hätte ich zehn Stunden am Stück gearbeitet. Und glücklich.

In einer der Tüten befindet sich ein schwarzes, sündhaft teures winziges Etwas, das ich natürlich für ihn gekauft habe. Zusammen mit hübschen schwarzen Pumps, die eine kleine Schleife an der Ferse haben, und Nahtstrümpfen. Ich weiß, dass er so was mag, und ich habe mir selbst darin gefallen. Jetzt freue ich mich auf sein Gesicht, wenn ich ihm meine Errungenschaften heute Abend vorführen werde.

Vorsichtig löse ich das braune Papier vom Päckchen. Zuerst fällt ein kleines schwarzes Buch heraus – der Moleskine. Mein Herz rast, als ich es hastig aufschlage und durch die Seiten blättere. Die zahlreichen Frauennamen stehen immer noch darin, aber alle anderen Informationen sind durchgestrichen und unkenntlich gemacht. E-Mail-Adressen, Telefonnummern … nichts mehr da. Nur die Namen sind geblieben. Als ich an die Seite mit dem Buchstaben *G* komme, bleibt mir die Luft weg. Sie ist herausgerissen, stattdessen steht da in seiner sorgfältigen, geschwungenen Handschrift:

Sorry, Kleines, aber diese Daten sind mir zu wichtig. Mit dem Rest kannst du tun, was du willst.

Meine Augen werden ganz heiß, und als ich die Papierbögen aus dem Umschlag ziehe und den Titel lese, läuft mir ein eisiger

Schauer über den Rücken. Himmel, er hat es ernst gemeint, sie existiert tatsächlich und war nicht nur ein Trick, um mich nach London zu locken! Es ist ... seine Biografie. Die ausgedruckten Seiten sind sorgfältig geheftet.

Adrian Moore – ein Leben zwischen Liebe und Wahnsinn

(Anmerkung des Autors: Dieses Buch ist nicht für die Öffentlichkeit bestimmt, sondern einer ganz speziellen Person gewidmet, von der ich weiß, dass sie es wertschätzen und sorgfältig damit umgehen wird.)

Ich lese, stundenlang. Zwischendurch bestelle ich frischen Tee, aber für die vielen Menschen um mich herum habe ich keinen Blick mehr. Fieberhaft blättere ich durch die Seiten, lese jedes einzelne Wort, ohne auch nur eine Stelle auszulassen. Meine Augen brennen, ab und zu tropft eine Träne auf eine der Seiten und durchnässt das Papier, verschmiert die Druckerschwärze.

Ich lese von Adrian, seiner Kindheit. Der Enttäuschung über seine Eltern, den ewigen Kampf und die Schuldzuweisung mit seiner Mutter, die ständig neue Männer in das Leben der beiden Jungs schleppte. Den Konkurrenzkampf mit seinem Bruder, die viel zu frühe Vaterrolle, die er für seine kleine Stiefschwester übernahm, weil seine Mutter unter der erneuten Trennung litt.

Ich lese von Drogen, von seiner Jugendliebe, die ihn für einen anderen, reicheren Mann verließ, weil sie nicht an ihn glaubte und ihn für einen ewigen Verlierer hielt, einen verträumten Spinner. Und zunächst schien es, als sollte sie recht behalten. Die ersten beiden Romane von John Karry bekamen Lobeshymnen der Feuilletons, gewannen zwei renommierte Literaturpreise, aber leider brachten sie nur sehr wenig Geld ein, von dem er unmöglich leben konnte.

Ich lese von den Jahren, die geprägt waren von Verlustschmerz. Von Carol und den schrecklichen Schuldgefühlen, die ihn beinahe in den Selbstmord getrieben hätten. Von der Erkenntnis, dass die

Dinge, die wir unterlassen, häufig wichtiger für unser Leben sind als die Dinge, die wir tun. Von Unsicherheiten, Verzweiflung.

Dann kommt Gisele. Eine neue Welt, die ihm mehr über die Liebe und Beziehungen offenbart als alle Erfahrungen vorher. Die Probleme zwischen Männern und Frauen, das Problem, als Mann immer stark und dominant sein zu müssen, auch wenn man sich zwischendurch gar nicht so fühlt, den Wunsch vieler Frauen, schwach sein zu dürfen und sich hinzugeben, obwohl das in der heutigen Zeit politisch unkorrekt ist. Vom ewigen Kampf der Geschlechter, die sich suchen und nicht finden wollen, weil sie Angst haben. Ich lese über seine Verluste und seine Trauer, weitere Schuldgefühle. Weine über den Schmerz, den er mit tiefgründigen, feinsinnigen Worten schildert und mich dadurch miterleben lässt.

Schließlich der Bestseller – vom Verlag kalkuliert, trotzdem in seinem ungeheuren Ausmaß überraschend für alle. Auch für Adrian, der sich plötzlich mit einer starken Beliebtheit konfrontiert sieht und Schwierigkeiten hat, zwischen ehrlicher Zuneigung und Anbiederei zu unterscheiden. Der den Glauben an die Liebe verloren hat in all den Jahren, mit den Erfahrungen, die er sammelte. Bis er eines Tages auf der Buchmesse eine Frau trifft, die mit ihrer Art, ihrer Stimme und ihren Worten eine Saite in ihm zum Klingen bringt, die er lange vermisst hat. Eine Frau, die ihn mit ihrer Ehrlichkeit dazu zwang, sich Gefühlen zu öffnen, die er nicht mehr zulassen wollte.

Die junge Kellnerin räumt geräuschvoll meinen Tisch ab und mustert mich besorgt, weil meine Augen geschwollen sind und meine Nase in einem herrlichen Rot leuchtet. Himmel, ich hätte das nicht in der Öffentlichkeit lesen sollen, aber ich konnte einfach nicht mehr aufhören.

»Möchten Sie noch etwas trinken? Einen Whisky?« Sie neigt den Kopf zur Seite und lächelt, und ich nicke dankbar.

»Großartige Idee, ja! Danke!«

Als sie weggeht, schlage ich die letzte Seite auf und lese einen handschriftlichen Eintrag.

Kleines …

Ich hoffe, ich habe kein Bild zerstört mit diesem Buch. Du weißt, was Gilbert Chesterton gesagt hat: Ein guter Roman verrät die Wahrheit über den Romanhelden, ein schlechter Roman verrät die Wahrheit über den Autor. Dies ist kein Roman – dies ist nur die Wahrheit über den Autor. Hoffentlich ist es trotzdem nicht so schlecht, wie Du vielleicht befürchtet hast. Allerdings fehlen Seiten, denn natürlich ist die Biografie noch nicht vollständig.

Du fehlst, Kleines.

Ich wünsche mir nichts mehr, als dass Du ein Teil dieses Buches wirst. Der wichtigste, der letzte Teil. Ein Teil von mir, und ein Teil von John Karry, wenn Du willst. Ich weiß jetzt, wie es sich anfühlt, Dich zu verlieren. Ich kenne den Schmerz, deshalb habe ich keine Angst mehr davor. Und ich hoffe, dass auch Du Deine Ängste endlich loswerden kannst, wenn Du mich besser verstehst. Wenn Du weißt, warum manche Dinge so geschehen sind. Wenn die Gespenster der Vergangenheit auch in Deinen Augen zu dem geworden sind, was sie sein sollen – ein Schattentheater, dessen Vorhang längst gefallen ist.

In Liebe

Dein

Adrian

»Ich hoffe, das sind Freudentränen?«

Die dunkelhaarige Kellnerin mit den riesigen Augen stellt einen köstlich duftenden Malt Whisky vor mich und betrachtet mich neugierig. Ich nicke und lache unter den Tränen, die meine Wangen nässen.

»Oh Gott, ja. Sie können sich nicht vorstellen …«

»Sind Sie nicht die Freundin von Adrian Moore?«, fragt sie dann plötzlich, bevor sie sich zu mir setzt und mir das Glas hinschiebt. »Ich kenne Sie doch aus der Zeitung. Sind Sie's?«

Mein Magen flattert, hastig trinke ich einen Schluck. Jesus, daran werde ich mich wohl nie gewöhnen. Natürlich fand die Presse die ganze Sache mit Benedict und Gisele heraus und Adrian musste einige Schlagzeilen über sich ergehen lassen, nachdem Benedict verhaftet wurde. Er wartet auf sein Urteil, da Jenna ihn mit einer Aussage belastet hat, die mich wiederum entlastet hat. Denn ihrer Meinung nach ist Gisele nicht ganz freiwillig in den Freitod gegangen – Benedict war nicht länger bereit, sie mit Adrian zu teilen, und als sie nicht von Adrian loslassen konnte, hat er sie mit Tabletten vergiftet und vor Adrians Wohnung platziert, um ihm damit etwas anzuhängen. Die Polizei rollt die ganze Sache neu auf, und erst seit einer Woche ist wieder etwas Ruhe in den Medien eingekehrt. Heute war der erste Tag, an dem ich das Haus verlassen konnte, ohne einer Horde Paparazzi in die Arme zu laufen.

»Spielt das eine Rolle?«

»Nein. Ich bin nur neugierig.«

Sie lächelt freundlich und ich bezahle meine Rechnung, weil es immer leerer wird hier oben. Schon fast Dinnerzeit, du meine Güte. Hoffentlich ist er nicht sauer, weil ich den ganzen Tag unterwegs war! Immerhin konnte er so in Ruhe arbeiten; wenn ich mit ihm im Arbeitszimmer sitze, wird er doch einfach zu häufig … abgelenkt.

Grinsend schnappe ich mir meine Tüten und mache mich auf den Weg zurück ins Penthouse, das nur ein paar Meter entfernt liegt. Vor allem bin ich gespannt, ob meine Lieferung schon angekommen ist und was Adrian dazu sagen wird, dass ich so eigenmächtig gehandelt habe.

»Sorry, hat etwas länger gedauert!«, rufe ich, als die Lifttür sich öffnet, und stelle meine Einkaufstaschen im Flur ab. »Hallo?«

»Kleines? Ich bin … hier.«

Oh-oh. Er klingt nicht gerade fröhlich und ich frage mich, ob es an meiner sagenhaften Verspätung liegt oder an der Lieferung. Ich streife die Sneakers ab und gehe weiter, bis ich ihn im Wohnzimmer entdecke. Inmitten einiger ziemlich großer … Pflanzen.

Sein Gesicht verdüstert sich, als er mich sieht, und ich spüre, wie meine Wangen heiß werden.

»Nett«, sagt er dann, sein linker Mundwinkel verzieht sich nach oben. »Eine schöne Idee.«

»Ich … oh Gott.« Entsetzt schlage ich die Hand vor den Mund. Der ganze weiße Raum ist voller Bäume, Blumen und Palmen. Herr im Himmel, das habe ich doch gar nicht alles bestellt! »Das muss ein Versehen sein, Adrian! Ich hab nur ein paar Blumen … weil es so kahl hier war und ich dachte, Pflanzen könnten …« Mein Herz wummert. Wie konnten die so dämlich sein?

»Komm her«, sagt er und streckt beide Arme aus, noch immer grinsend. Wie in Trance gehe ich auf ihn zu und starre dabei verwirrt auf das Sammelsurium von verschiedenen Pflanzen. »Niedlich, dass wir beide dieselbe Idee hatten. Zur selben Zeit.«

»Was?« Ich sehe ihm in die Augen. Er fährt mit dem Daumen über meine Unterlippe, bevor er sich zu mir herabbeugt und mich küsst. Unwillkürlich presse ich mein Becken fester gegen seins.

»Ich habe Pflanzen bestellt. So wie du. Jetzt müssen wir offenbar in einem Urwald leben.«

»Ach du …« Ich breche in Gelächter aus und schüttle den Kopf. »Das kann doch nicht wahr sein!«

Mit Schwung legt er die Arme um mich und hat mich in wenigen Sekunden hochgehoben. Ich schmiege mich an ihn, mein Herz klopft schnell und in meinem Magen flattert Aufregung.

»Lauf nie wieder von mir weg, Kleines«, flüstert er und trägt mich rüber ins Schlafzimmer. »Es ist nicht nötig, um mir zu beweisen, dass du die größere Macht über mich hast.«

»So, habe ich das?«, frage ich und ziehe eine Braue hoch, bevor er mich aufs Bett fallen lässt. Ich wünschte, ich hätte die neuen Dessous und Strümpfe angezogen und würde nicht in Socken und Jeans vor ihm liegen, aber sein hungriger Blick bedeutet wohl, dass es ihm egal ist. Also ist es auch mir egal.

»Dabei bin ich mir sicher, dass ich dich viel mehr liebe als du mich«, flüstere ich, während er sich über mich beugt und meine Hose aufknöpft. Langsam. Noch langsamer zieht er sie über meine

Hüften nach unten und küsst dabei meine Beine, Zentimeter für Zentimeter, während er leise weiterspricht.

»Liebe bedeutet nicht, die größte Macht über den anderen zu haben. Sondern ihm so zu vertrauen, dass man ihm die größte Macht freiwillig überlässt.« Kurz hebt er seinen Kopf, um mich anzusehen, und als sein Blick mich trifft, durchflutet Hitze meinen ganzen Körper. Mein Herz zieht sich zusammen. So viel liegt in diesem Blick. Alles. Er muss es nicht aussprechen, ich sehe es, spüre es, und trotzdem halte ich den Atem an und sehe ihm so tief in die Augen, dass ich das Gefühl habe, ganz und gar nackt zu sein.

»Ich liebe dich, Gwendolyn Hamlin, und ich gebe dir diese Macht von Herzen. Bleib bei mir. Lass zu, dass wir uns gegenseitig brauchen, so wie ich dich brauche.«

»Ich liebe dich auch«, flüstere ich. »So sehr. Mit dir fühle ich mich sicher und ganz. Und wunderschön. Du bist nicht so schwarz, wie ich dachte.«

Oh Gott, das ist er in der Tat nicht. Ich liebe seine sanfte Seite. Aber ich liebe es auch, wenn er mich über seinen Schoß wirft, wenn seine Hände mir beweisen, dass er grob und zärtlich zugleich sein kann. Wenn ich nur noch fühlen und genießen kann. Wenn er mich quält, indem er meine Erregung schürt und mir keine Erfüllung gönnt.

»Die Welt ist nicht nur schwarz und weiß, Kleines. Es gibt viele wunderschöne Farben darin.« Er zieht meine Socken aus und massiert sanft meine Zehen, während er mich ernst ansieht. »Es bedeutet auch nicht, kein Rückgrat zu haben, wenn man das erkennt. Es bedeutet nur, dass man erwachsen wird und die vielen Facetten der Welt akzeptieren kann. Unser Leben bietet so viel Platz dafür.«

Mir wird warm. Adrian rutscht nach oben zu mir, stützt die Hände neben meinem Kopf auf und sieht mich an. Sein Gesicht ist nur noch Zentimeter von meinem entfernt, ich spüre seinen Atem auf meiner Haut. All meine Körperhaare richten sich auf, als wollten sie ihm entgegenkommen.

»Rau oder zärtlich heute, Madame?«, fragt er grinsend.

»Beides«, flüstere ich, bevor ich ihn mit beiden Händen zu mir herabziehe und ihn küsse. Und dann verschwindet die Welt um uns herum. Die Geräusche verstummen, die Farben verblassen, und in meinem Kopf verstummen endlich die Stimmen der Vergangenheit. Die Rügen meiner Mutter. Die Lügen von Julius. Die unbekannte Stimme meines Vaters, den ich nie kennengelernt habe. Die bösen Stimmen meiner Vernunft, die mir einreden wollten, nicht gut genug zu sein. Das Weiß um uns herum, das Schwarz, vor dem ich mich so lange gefürchtet habe.

Als er mich endlich erobert und wir uns voller Leidenschaft vereinen, höre ich mein eigenes Stöhnen. Spüre unsere Körper, die zu einem werden wollen. So dicht, so tief. Dann wird alles in mir Rot, die Welt scheint zu explodieren und als roter Staub auf uns zurückzufallen. Ich sehe ihm keuchend in die Augen, während sich alles in mir verkrampft, pulsiert, zusammenzieht.

Rot. Was für eine wunderschöne Farbe. Unsere Farbe …

Liebe Leserin, lieber Leser

(ja, ich bekomme auch Zuschriften von männlichen Lesern, was mich sehr freut),

ich hoffe, die Geschichte von Gwen und Adrian hat Dir gefallen und die lange Wartezeit auf den zweiten Teil hat sich »gelohnt«. Wie immer freue ich mich riesig über Dein Feedback – per E-Mail, via Facebook oder in Form einer Rezension im Internet oder auf Amazon.

Wie wahrscheinlich jede Autorin bin ich mir sicher, die besten LeserInnen der Welt zu haben! Eure Nachrichten, Euer Lob sind die größte und beste Motivation, die ich mir wünschen kann. Ich liebe es, Geschichten zu erfinden und Figuren zum Leben zu erwecken. Aber was wären meine Geschichten ohne Euch, die Leser? Ich weiß nun, dass irgendwo auf der Welt Menschen sitzen, die meine Worte lesen und mit meinen Figuren mitleiden, auch wenn ich mir oft die Augen reibe und es kaum glauben kann. Wie sich das anfühlt? Wie ein Lottogewinn an Weihnachten!

Das Schreiben ist manchmal ein schmerzhafter Prozess, vor allem dann, wenn die Geschichten meine kuschelige Stube verlassen und in die Welt ziehen. Denn dann ist es nicht mehr nur »mein« Buch, sondern das Buch eines jeden Lesers. Weil jeder Leser aus einem Buch ein einzigartiges Buch macht, indem er seine eigenen Wünsche, Gedanken, Fantasien und Vorstellungen hineingibt. Deshalb liebe ich Bücher so sehr – sie sind eine Form der Kommunikation, ein lebendiger Prozess zwischen mir, dem Autor, und Dir, dem Leser.

Obwohl das Schreiben an sich ein ziemlich einsamer Vorgang ist, bin ich natürlich ganz und gar nicht allein verantwortlich für so ein Buch. Ich bedanke mich wieder einmal bei meinen lieben TestleserInnen, die mir mit Ihren Hinweisen immer eine riesige Hilfe sind – danke, Sonna, Kosha, Nicole, Vivian und Anne! Was würde ich ohne Euch tun?).

Danach muss ich die fiesen Kommentare meiner Lektorin Franziska ertragen ... nein, ehrlich, die Arbeit mit ihr macht riesigen Spaß, weil ich ständig laut über ihre Notizen lache (was man manchmal so schreibt, wenn man im Wahn ist ... das glaubt keiner). Danach sind dann aber oft ein paar Tränchen fällig, weil eine Lieblingsszene gestrichen oder ein meiner Meinung nach besonders schöner Satz gelöscht werden muss, aber auch dieser Schmerz gehört zum Schreibprozess dazu.

Dank auch an die großartige Andrea Gunschera, die meine Traumcover für mich zaubert, und an Hanspeter Ludwig, der mindestens so viel Liebe in den Drucksatz steckt wie ich in die Worte, aus denen er besteht.

Meine Familie hat es manchmal nicht leicht mit mir, wenn ich an Schreibfieber leide. Ich vergesse bei packenden Szenen gerne das Essen, das Schlafen und alles andere, was sonst noch so »wichtig« ist im Leben. Zum Glück haben mein Mann und meine Tochter inzwischen ein gutes Verständnis dafür entwickelt, wann ich in meiner Parallelwelt versunken bin und nicht angesprochen werden darf (sie verständigen sich dann untereinander mit schlimmen Zeichen und machen sich über mich lustig! Ehrlich, auch wenn es nicht so aussieht für Euch – ich kriege das mit!).

Und zum Schluss noch einmal: Danke Dir! Dafür, dass Du meine Bücher kaufst und liest und liebst (hoffentlich) und mir schreibst und mir das Gefühl gibst, meine Geschichten mit anderen Menschen teilen zu dürfen. Das ist das größte Geschenk, das ich mir wünschen kann!

Alles Liebe!
Katelyn Faith

Feedback? Wünsche, Anregungen, Kritik, Fehler gefunden …? Herzlich gerne!

Schreib mir eine **E-Mail**, wenn Du magst, unter katelyn@alphafrau.de

Oder besuche mich bei **Facebook**: www.facebook.com/autorinkatelynfaith

Sogar eine **Webseite** habe ich, auf der Du regelmäßig Neuigkeiten erfährst
www.katelynfaith.de

Als selbst veröffentlichende Autorin bin ich auf Deine Unterstützung angewiesen. Empfiehl meine Bücher doch gern weiter, wenn sie Dir gefallen haben.

Oder hinterlasse eine Bewertung bei Amazon, itunes, Thalia, in Deinem Blog, auf Deiner Facebookseite, auf lovelybooks.de … wo auch immer. Denn damit hilfst Du vielleicht anderen Lesern, eine Entscheidung für meine Bücher zu treffen, und Deine Empfehlung ist die schönste und beste Werbung, die ich mir als Autorin wünschen kann (wer braucht schon TV-Spots? ☺).

Danke!

Weitere Bücher von Katelyn Faith:

Gefährliche Verlockung

Reich, unverschämt und unverschämt gut aussehend – dieser Mann ist Gift. Emmas Herz bleibt beinahe stehen, als sie auf einer Auktion das lange verschollene Halsband ihrer Urgroßmutter sieht. Sie muss es haben! Doch frecherweise wird sie von jemandem überboten, dem Geld völlig egal zu sein scheint. Und wer hat ihr das Andenken vor der Nase weggeschnappt? Ausgerechnet Jason Hall, ihr ehemaliger Highschool-Schwarm. Leider sieht Jason noch immer so gut aus wie damals, und zu Emmas Entsetzen macht er ihr ein unmoralisches Angebot, wie sie das Schmuckstück zurückerobern kann. Emma weiß: Wenn sie bei Verstand bleiben will, sollte sie sich besser von Jason fernhalten. Aber kann sie etwas gegen seine Anziehungskraft ausrichten?

Sexy, quirlig, unwiderstehlich: der berauschende E-Book-Erfolg von Katelyn Faith.

Seit über einem halben Jahr in den Kindle-Top100, erschien der Roman am 1.7.2013 auch als Taschenbuchausgabe im **Rowohlt-Verlag** und ist seit August 2013 bereits in der dritten Auflage erhältlich.

2820614R00152

Printed in Germany
by Amazon Distribution
GmbH, Leipzig